MARC LEVY

Marc Levy a publié huit romans : *Et si c'était vrai...* (2000), *Où es-tu ?* (2001), *Sept jours pour une éternité...* (2003), *La prochaine fois* (2004), *Vous revoir* (2005), *Mes Amis Mes Amours* (2006), *Les enfants de la liberté* (2007) et *Toutes ces choses qu'on ne s'est pas dites* (2008). Traduit dans le monde entier, adapté au cinéma, Marc Levy est depuis huit ans l'auteur français le plus lu dans le monde.

Retrouvez toute l'actualité de Marc Levy sur :
www.marclevy.info

TOUTES CES CHOSES
QU'ON NE S'EST PAS DITES

MARC LEVY

TOUTES CES CHOSES
QU'ON NE S'EST PAS DITES

ROBERT LAFFONT

Le papier de cet ouvrage est composé de fibres naturelles, renouvelables, recyclables et fabriquées à partir de bois provenant de forêts plantées et cultivées durablement pour la fabrication du papier.

© Éditions Robert Laffont, S.A., Susanna Lea Associates, Paris, 2008
ISBN 978-2-266-18730-5

« Il y a deux façons de voir la vie, l'une comme si rien n'était un miracle, l'autre comme si tout était miraculeux. »

Albert EINSTEIN

À Pauline,
et
à Louis

1.

– Alors, comment me trouves-tu ?

– Tourne-toi et laisse-moi te regarder.

– Stanley, cela fait une demi-heure que tu m'examines de la tête aux pieds, je n'en peux plus de rester debout sur ce podium.

– Je diminuerais dans la longueur ; ce serait un sacrilège de cacher des jambes comme les tiennes !

– Stanley !

– Tu veux mon avis, ma chérie, oui ou non ? Tourne-toi encore que je te voie de face. C'est bien ce que je pensais, entre le décolleté et le tombé du dos, je ne vois aucune différence ; au moins si tu fais une tache, tu n'auras qu'à la retourner... devant derrière, même combat !

– Stanley !

– Cette idée d'acheter une robe de mariage en solde m'horripile. Pourquoi pas sur Internet pendant que tu y es ? Tu voulais mon opinion, je te l'ai donnée.

– Pardon si je ne peux pas m'offrir mieux avec mon salaire d'infographiste.

– Dessinatrice, ma princesse ! Dieu que j'ai horreur de ce vocabulaire du XXIe siècle.

11

– Je travaille sur un ordinateur, Stanley, plus avec des crayons de couleur !

– Ma meilleure amie croque et anime de merveilleux personnages, alors, ordinateur ou pas, elle est dessinatrice et pas infographiste ; il faut vraiment que tu discutes sur tout !

– On la raccourcit ou on la laisse comme ça ?

– Cinq centimètres ! Et puis il faudra me reprendre cette épaule et serrer à la taille.

– Bon, j'ai compris, tu détestes cette robe.

– Ce n'est pas ce que j'ai dit !

– Mais c'est ce que tu penses.

– Laisse-moi participer aux frais et filons chez Anna Maier ; je t'en supplie, pour une fois écoute-moi !

– À dix mille dollars la robe ? Tu es complètement dingue ! Ce n'est pas non plus dans tes moyens, et puis ce n'est qu'un mariage, Stanley.

– Ton mariage !

– Je sais, soupira Julia.

– Avec la fortune qu'il possède, ton père aurait pu...

– La dernière fois que j'ai aperçu mon père, j'étais à un feu rouge et lui dans une voiture qui descendait la Cinquième Avenue... il y a six mois. Fin de la discussion !

Julia haussa les épaules et quitta son estrade. Stanley la retint par la main et la serra dans ses bras.

– Ma chérie, toutes les robes du monde t'iraient à merveille, je veux juste que la tienne soit parfaite. Pourquoi ne pas demander à ton futur mari de te l'offrir ?

– Parce que les parents d'Adam payent déjà la cérémonie, et si on pouvait éviter de raconter dans sa famille qu'il épouse une Cosette, je ne m'en sentirais pas plus mal.

D'un pas léger, Stanley traversa le magasin et se dirigea vers un portant près de la vitrine. Accoudés au comptoir de la caisse, vendeurs et vendeuses en pleine conversation l'ignorèrent totalement. Il attrapa une robe fourreau en satin blanc et fit demi-tour.

– Essaye-moi celle-là et je ne veux plus entendre un mot !

– C'est un 36, Stanley, je ne rentrerai jamais dedans !

– Qu'est-ce que je viens de dire !

Julia leva les yeux au ciel et partit vers la cabine d'essayage que Stanley pointait du doigt.

– C'est un 36, Stanley ! dit-elle en s'éloignant.

Quelques minutes plus tard, le rideau s'ouvrit aussi brusquement qu'il s'était fermé.

– Voilà enfin quelque chose qui ressemble à la robe de mariée de Julia, s'exclama Stanley. Remonte tout de suite sur ce podium.

– Tu aurais un treuil pour me hisser ? Parce que, là, si je plie un genou...

– Elle te va à ravir !

– Et si j'avale un petit-four, les coutures craquent.

– On ne mange pas le jour de son mariage ! Un petit rien à lâcher à la poitrine et tu auras l'air d'une reine ! Est-ce que tu crois qu'on peut avoir un vendeur dans ce magasin, c'est quand même incroyable !

– C'est moi qui devrais être nerveuse, pas toi !

– Je ne suis pas nerveux, je suis effaré qu'à quatre jours de la cérémonie, ce soit moi qui doive te traîner pour aller acheter ta robe !

– Je n'ai fait que travailler ces derniers temps ! Et on ne parlera jamais de cette journée à Adam, cela fait un mois que je lui jure que tout est prêt.

Stanley attrapa une pelote d'épingles abandonnée sur l'accoudoir d'un fauteuil et s'agenouilla aux pieds de Julia.

– Ton mari ne se rend pas compte de la chance qu'il a, tu es splendide.

– Arrête avec tes petites piques sur Adam. Qu'est-ce que tu lui reproches à la fin ?

– Il ressemble à ton père...

– Tu dis n'importe quoi. Adam n'a rien à voir avec lui, d'ailleurs, il le déteste.

– Adam déteste ton père ? Un bon point pour lui.

– Non, c'est mon père qui déteste Adam.

– Ton père a toujours haï tout ce qui s'approchait de toi. Si tu avais eu un chien, il l'aurait mordu.

– Pas faux, si j'avais eu un chien, il aurait certainement mordu mon père, dit Julia en riant.

– C'est ton père qui aurait mordu le chien !

Stanley se releva et recula de quelques pas pour contempler son travail. Il hocha la tête et inspira profondément.

– Qu'est-ce qu'il y a encore ? demanda Julia.

– Elle est parfaite, ou plutôt non, c'est toi qui es parfaite. Laisse-moi ajuster la ceinture et tu pourras enfin m'emmener déjeuner.

– Dans le restaurant de ton choix, mon Stanley !

– Avec ce soleil, la première terrasse me conviendra ; à condition qu'elle soit à l'ombre et que tu cesses de t'agiter pour que je puisse en finir avec cette robe... presque parfaite.

– Pourquoi presque ?

– Elle est en solde ma chérie !

Une vendeuse passait là et demanda s'ils avaient besoin d'aide. Stanley la renvoya d'un geste de la main.

– Tu crois qu'il viendra ?

– Qui ? demanda Julia.

– Ton père, idiote !

– Arrête de me parler de lui. Je t'ai dit que je n'avais pas eu de ses nouvelles depuis des mois.

– Ça ne veut pas dire pour autant...

– Il ne viendra pas !

– Tu lui en as donné toi, des nouvelles ?

– Cela fait longtemps que j'ai renoncé à raconter ma vie au secrétaire particulier de mon père, parce que papa est en voyage ou en réunion et qu'il n'a pas le temps de parler à sa fille.

– Tu lui as bien envoyé un faire-part ?

– Est-ce que tu as bientôt fini ?

– Presque ! Vous êtes comme un vieux couple, il est jaloux. Tous les pères sont jaloux ! Ça lui passera.

– C'est bien la première fois que je t'entends prendre sa défense. Et puis si nous sommes un vieux couple, alors cela fait des années que nous avons divorcé.

La mélodie d'« I Will Survive » se fit entendre depuis le sac de Julia. Stanley la questionna du regard.

– Tu veux ton téléphone ?

– C'est sûrement Adam ou le studio...

– Ne bouge pas, tu vas ruiner tout mon travail, je te l'apporte.

Stanley plongea la main dans le fourre-tout de son amie, extirpa le portable et le lui tendit. Gloria Gaynor se tut aussitôt.

– Trop tard ! souffla Julia en regardant le numéro affiché.

– Alors, Adam ou le boulot ?

– Ni l'un ni l'autre, répondit-elle, la mine renfrognée.

Stanley la fixa du regard.

– On joue aux devinettes ?

– C'était le bureau de mon père.

– Rappelle-le !

– Sûrement pas ! Il n'a qu'à m'appeler lui-même.

– C'est ce qu'il vient de faire, non ?

– C'est ce que vient de faire son secrétaire, c'était sa ligne.

– Tu attends cet appel depuis que tu as posté ton faire-part, cesse de faire l'enfant. À quatre jours de son mariage, on passe en mode économie de stress. Tu veux avoir un énorme bouton de fièvre sur la lèvre, un épouvantable rash dans le cou ? Alors, rappelle-le immédiatement.

– Pour que Wallace m'explique que mon père est sincèrement désolé, qu'il sera en déplacement à l'étranger et ne pourra hélas annuler un voyage prévu depuis des mois ? Ou bien encore qu'il est malheureusement pris ce jour-là par une affaire de la plus haute importance ou je ne sais quelle autre excuse ?

– Ou bien encore qu'il est ravi de venir au mariage de sa fille et souhaite s'assurer qu'en dépit de leurs différends, elle l'aura assis à la table d'honneur !

– Mon père se fiche bien des honneurs ; s'il venait, il préférerait être placé près du vestiaire à condition que la jeune femme qui s'en occupe soit joliment faite !

– Cesse de le haïr et appelle-le, Julia. Oh, et puis fais comme tu veux, tu passeras tout ton mariage à guetter son arrivée au lieu de profiter de l'instant.

– Eh bien comme ça, cela me fera oublier que je ne peux pas toucher aux petits-fours au risque d'exploser dans la robe que tu as choisie !

– Touché, ma chérie ! sifflota Stanley en se dirigeant vers la porte du magasin, nous déjeunerons un jour où tu seras de meilleure humeur.

Julia manqua trébucher en descendant de l'estrade et courut vers lui. Elle le rattrapa par l'épaule et, cette fois, ce fut elle qui le serra dans ses bras.

– Pardonne-moi, Stanley, je ne voulais pas dire ça, je suis désolée.

– Au sujet de ton père ou de la robe que je t'ai si mal choisie et ajustée ? Je te ferai remarquer que ni ta descente catastrophique ni ta cavalcade dans cet endroit miteux n'ont semblé défaire la moindre couture !

– Ta robe est parfaite, tu es mon meilleur ami, sans toi je ne pourrais même pas envisager de me rendre à l'autel.

Stanley regarda Julia, sortit un mouchoir de soie de sa poche et essuya les yeux humides de son amie.

– Tu veux vraiment traverser l'église au bras d'une grande folle, ou ta dernière vacherie en date serait de me faire passer pour ton salaud de père ?

– Ne te flatte pas, tu n'as pas assez de rides pour être crédible dans ce rôle-là.

– C'est toi que je complimentais, andouille, en te rajeunissant un peu trop.

– Stanley, c'est à ton bras que je veux être conduite à mon mari ! Qui d'autre que toi ?

Il sourit, désigna le portable de Julia et dit d'une voix tendre :

– Appelle ton père ! Je vais donner des instructions à cette idiote de vendeuse, qui n'a pas l'air de savoir à quoi ressemble un client, afin que ta robe soit prête après-demain et nous irons enfin déjeuner. Fais-le maintenant, Julia, je meurs de faim !

Stanley tourna les talons et s'en alla vers la caisse. En chemin, il jeta un coup d'œil à son amie, la vit hésiter et finalement téléphoner. Il en profita pour sortir discrètement son chéquier, paya la robe, les travaux du retoucheur, et ajouta un supplément pour que tout soit prêt dans les quarante-huit heures. Il rangea le ticket dans sa poche et retourna vers Julia, elle venait juste de raccrocher.

– Alors ? demanda-t-il impatient. Il vient ?

Julia secoua la tête.

– Quel est cette fois le prétexte invoqué pour justifier son absence ?

Julia inspira profondément et fixa Stanley.

– Il est mort !

Les deux amis restèrent un moment à se regarder, muets.

– Là, je dois dire que l'excuse est irréprochable ! chuchota Stanley.

– Tu es vraiment con, tu sais !

– Je suis confus, ce n'est pas ce que je voulais dire, je ne sais même pas ce qui m'a pris. Je suis triste pour toi, ma chérie.

– Je ne ressens rien, Stanley, pas la moindre petite douleur dans la poitrine, pas une larme qui monte.

– Ça viendra, ne t'inquiète pas, tu ne réalises pas encore.

– Mais si, justement.

– Tu veux appeler Adam ?

– Non, pas maintenant, plus tard.

Stanley regarda son amie, l'air inquiet.

– Tu ne veux pas dire à ton futur mari que ton père vient de mourir ?

– Il est mort hier soir, à Paris ; son corps sera rapatrié par avion, l'enterrement aura lieu dans quatre jours, ajouta-t-elle d'une voix à peine audible.

Stanley se mit à compter sur ses doigts.

– Ce samedi ? dit-il en écarquillant les yeux.

– L'après-midi même de mon mariage..., murmura Julia.

Stanley se dirigea aussitôt vers la caissière, récupéra son chèque et entraîna Julia dans la rue.

– C'est moi qui t'invite à déjeuner !

*

New York baignait dans la lumière dorée de juin. Les deux amis traversèrent la Neuvième Avenue et se dirigèrent vers Pastis, une brasserie française, véritable institution dans ce quartier en pleine mutation. Au fil

18

des dernières années, les vieux entrepôts du Meat Packing District avaient cédé leur place aux enseignes de luxe et aux créateurs de mode les plus courus de la ville. Hôtels prestigieux et commerces avaient surgi comme par magie. L'ancienne voie de chemin de fer à ciel ouvert avait été transformée en une coulée verte, qui remontait jusqu'à la 10e Rue. Ici, une ancienne usine reconvertie abritait désormais un marché bio au rez-de-chaussée, des sociétés de production et des agences publicitaires en occupaient les étages, au cinquième Julia y avait son bureau. Là-bas, les berges de l'Hudson River, réaménagées, offraient une longue promenade aux cyclistes, joggers et amoureux éperdus des bancs manhattaniens de Woody Allen. Dès le jeudi soir, le quartier ne désemplissait plus des visiteurs du New Jersey voisin, qui traversaient la rivière pour venir flâner et se distraire dans les nombreux bars ou restaurants en vogue.

Attablé à la terrasse de Pastis, Stanley commanda deux cappuccinos.

– J'aurais déjà dû appeler Adam, dit Julia l'air coupable.

– Si c'est pour lui dire que ton père vient de mourir, oui, tu aurais déjà dû l'en informer, ça ne fait aucun doute. Maintenant, si c'est pour lui annoncer que votre mariage doit être reporté, qu'il faut avertir le prêtre, le traiteur, les invités et par voie de conséquence ses parents, alors disons que cela peut attendre un petit peu. Il fait un temps de rêve, laisse-lui une heure de plus avant que sa journée ne soit fichue. Et puis tu es en deuil, cela te donne tous les droits, autant en profiter !

– Comment lui annoncer ça ?

– Ma chérie, il devrait comprendre qu'il est assez difficile d'enterrer son père et de se marier dans le même après-midi ; et si je devine qu'une telle idée puisse quand même te tenter, elle serait assez inconvenante. Mais comment une telle chose a pu arriver ? Seigneur Dieu !

– Crois-moi, Stanley, Dieu n'est pour rien là-dedans, c'est mon père et lui seul qui a choisi cette date.

– Je ne pense pas qu'il ait décidé de mourir hier soir à Paris dans le seul but de compromettre ton mariage, même si je lui concède un certain raffinement quant au choix du lieu !

– Tu ne le connais pas, pour me faire chier, il est capable de tout !

– Bois ton cappuccino, profitons de ce bain de soleil et, ensuite, appelons ton ex-futur mari !

2.

Les roues du 747 Cargo d'Air France crissèrent sur
la piste de l'aéroport John Fitzgerald Kennedy. Depuis
les grandes fenêtres du bâtiment de l'aviation
générale, Julia regardait le long cercueil acajou descendre sur le tapis roulant qui le conduisait des soutes
de l'appareil au corbillard garé sur le tarmac. Un
officier de la police aéroportuaire vint la chercher dans
la salle d'attente. Escortée du secrétaire de son père,
de son fiancé et de son meilleur ami, elle monta à bord
d'un minivan et fut conduite jusqu'à l'avion. Un responsable des douanes américaines l'attendait au pied
de la carlingue pour lui remettre une enveloppe. Elle
contenait quelques papiers administratifs, une montre
et un passeport.

Julia le feuilleta. Quelques visas témoignaient des
derniers mois de vie d'Anthony Walsh. Saint-Péters-
bourg, Berlin, Hong-Kong, Bombay, Saigon, Sydney,
autant de villes qui lui étaient inconnues, autant de
pays qu'elle aurait aimé visiter avec lui.

Pendant que quatre hommes s'affairaient autour du
cercueil, Julia repensait aux longs voyages qu'entre-
prenait son père quand elle était encore cette petite
fille qui se battait pour un rien dans la cour de récréa-
tion.

Tant de nuits passées à guetter son retour, autant de matins, où sur les trottoirs des chemins de l'école elle sautillait de dalle en dalle, inventant une marelle imaginaire et se jurant que l'accomplissement parfait du jeu garantirait la venue de son père. Et puis parfois, perdu dans ces nuits de prières, un vœu exaucé faisait s'ouvrir la porte de sa chambre, dessinant sur le parquet un rai de lumière magique où se profilait l'ombre d'Anthony Walsh. Il venait alors s'asseoir au pied de son lit et déposait sur la couverture un petit objet à découvrir au réveil. Ainsi était éclairée l'enfance de Julia, un père rapportait à sa fille de chaque escale l'objet unique qui raconterait un peu du voyage accompli. Une poupée du Mexique, un pinceau de Chine, une statuette en bois de Hongrie, un bracelet du Guatemala, constituaient de véritables trésors.

Et puis était venu le temps des premiers troubles de sa mère. Premier souvenir, cette gêne ressentie dans un cinéma du dimanche, alors qu'au beau milieu du film elle lui avait demandé pourquoi on avait éteint la lumière. Esprit passoire où ne cesseraient jamais plus de se creuser d'autres trous de mémoire, petits, puis de plus en plus grands ; ceux qui lui faisaient confondre la cuisine et la salle de musique, donnant naissance à des cris insoutenables, parce que le piano à queue avait disparu... disparition de matière, qui lui faisait oublier le prénom de ceux qu'elle côtoyait. Abîme, le jour où elle s'était exclamée en regardant Julia « Que fait donc cette si jolie enfant dans ma maison ? ». Vide infini de ce vieux mois de décembre où l'ambulance était venue la chercher, après qu'elle eut mis le feu à sa robe de chambre, immobile, encore émerveillée de ce pouvoir découvert en allumant une cigarette, elle qui ne fumait pas.

Une maman qui mourut quelques années plus tard dans une clinique du New Jersey sans jamais avoir reconnu sa fille. Dans le deuil était née l'adolescence, comblée de trop nombreuses soirées à répéter ses leçons avec le secrétaire particulier de son père, tandis que ce dernier poursuivait ses voyages, de plus en plus fréquents, de plus en plus longs. Le collège, l'université, le départ de l'université pour s'adonner enfin à son unique passion, inventer des personnages, leur donner forme aux encres de couleur, leur donner vie sur un écran d'ordinateur. Animaux devenus presque humains, compagnons et complices fidèles qui voulaient bien lui sourire d'un simple trait de crayon, et dont elle séchait les larmes d'un coup de gomme à la palette graphique.

– Mademoiselle, cette pièce d'identité est-elle bien celle de votre père ?

La voix de l'agent des douanes ramena Julia à la réalité. Elle acquiesça d'un simple signe de la tête. L'homme apposa sa signature sur un formulaire et un coup de tampon sur la photo d'Anthony Walsh. Dernière estampille sur un passeport où les noms griffés des villes n'avaient plus d'autre histoire à raconter que celle de l'absence.

On embarqua le cercueil à bord d'un long break noir. Stanley monta à côté du chauffeur, Adam ouvrit la portière à Julia, attentif à la jeune femme qu'il aurait dû épouser cet après-midi-là. Quant au secrétaire particulier d'Anthony Walsh, il prit place sur un strapontin tout à l'arrière, au plus près de la dépouille mortuaire. Le convoi s'ébranla et quitta la zone aéroportuaire en empruntant l'autoroute 678.

Le fourgon remontait vers le nord. À bord, personne ne parlait. Wallace ne quittait pas des yeux la boîte qui renfermait le corps de son ancien employeur. Stanley, lui, fixait ses mains, Adam regardait Julia et Julia contemplait le paysage gris de la banlieue de New York.

– Quel itinéraire prenez-vous ? demanda-t-elle au chauffeur alors que s'annonçait l'embranchement vers Long Island.

– Le Whitestone Bridge, madame, répondit ce dernier.

– Pourriez-vous emprunter le pont de Brooklyn ?

Le chauffeur mit son clignotant et changea de file aussitôt.

– C'est un immense détour, chuchota Adam, son chemin était plus court.

– La journée est foutue, autant lui faire plaisir.

– À qui ? demanda Adam.

– À mon père. Offrons-lui une dernière traversée de Wall Street, de TriBeCa, de SoHo et pourquoi pas aussi de Central Park.

– Ça, je dois dire, la journée est foutue, alors si tu veux lui faire plaisir, reprit Adam. Mais il faudra prévenir le prêtre de notre retard.

– Vous aimez les chiens, Adam ? demanda Stanley.

– Oui, enfin je crois, mais eux ne m'aiment pas beaucoup, pourquoi ?

– Pour rien, une idée comme ça..., répondit Stanley en ouvrant grand sa vitre.

Le convoi traversa l'île de Manhattan du sud au nord et arriva une heure plus tard 233e Rue.

À la porte principale du cimetière de Woodlawn, la barrière se souleva. Le fourgon emprunta une petite route, contourna un rond-point, dépassa une série de mausolées, franchit un gué qui surplombait un lac et s'arrêta devant l'allée où une tombe fraîchement creusée accueillerait bientôt son futur occupant.

Un homme d'Église attendait. On posa le cercueil sur deux tréteaux au-dessus de la fosse. Adam alla à la rencontre du prêtre, afin de régler les derniers détails de la cérémonie. Stanley prit Julia sous son bras.

– À quoi penses-tu ? lui demanda-t-il.

– À quoi je pense au moment précis où j'enterre mon père à qui je n'ai pas parlé depuis des années ? Tu as toujours des questions vraiment déroutantes, mon Stanley.

– Pour une fois je suis sérieux ; à quoi penses-tu à cet instant présent ? Il est important que tu t'en souviennes. Ce moment fera toujours partie de ta vie, crois-moi !

– Je pensais à maman. Je me demandais si elle le reconnaîtrait là-haut, ou si elle continue d'errer dans son oubli au milieu des nuages.

– Tu crois en Dieu maintenant ?

– Non, mais on n'est jamais à l'abri d'une bonne nouvelle.

– Il faut que je t'avoue quelque chose, ma Julia, et jure-moi de ne pas te moquer, mais plus les années passent et plus j'y crois au Bon Dieu.

Julia esquissa un sourire triste.

– En fait, en ce qui concerne mon père, je ne suis pas sûre que l'existence de Dieu soit une bonne nouvelle.

– Le prêtre demande si nous sommes au complet, il veut savoir s'il peut commencer ? questionna Adam en les rejoignant.

– Il n'y a que nous quatre, enchaîna Julia en faisant signe au secrétaire de son père de s'approcher. C'est le mal des grands voyageurs, des flibustiers solitaires. Famille et amis ne sont que des connaissances dispersées aux quatre coins de la terre... Et les connaissances viennent rarement de loin pour se rendre à des obsèques ; c'est un moment de la vie où on ne peut plus guère rendre de service ni accorder de faveurs à personne. On naît seul et on meurt seul.

– C'est Bouddha qui a dit cela et ton père était un

Irlandais franchement catholique, ma chérie, répondit Adam.

– Un doberman, il vous faudrait un énorme doberman, Adam ! soupira Stanley.

– Mais qu'est-ce que vous avez à vouloir me coller un chien, vous ?

– Rien, laissez tomber !

Le prêtre s'approcha de Julia pour lui dire combien il était désolé d'avoir à conduire ce genre de cérémonie, lui qui aurait tant voulu célébrer aujourd'hui son mariage.

– Vous ne pourriez pas faire d'une pierre deux coups ? lui demanda Julia. Parce que finalement, les invités, on s'en fiche un peu. Pour votre Patron c'est l'intention qui compte, non ?

Stanley ne put refréner un franc éclat de rire tandis que le prêtre s'indignait.

– Enfin, mademoiselle !

– Je vous assure que ce n'était pas si stupide, au moins comme ça, mon père aurait assisté à mon mariage !

– Julia ! réprimanda cette fois Adam.

– Bon, alors de l'avis général, c'est une mauvaise idée, concéda-t-elle.

– Vous voulez prononcer quelques mots ? demanda le prêtre.

– Je voudrais tellement, dit-elle en fixant le cercueil. Vous, peut-être, Wallace ? proposa-t-elle au secrétaire particulier de son père. Après tout, vous étiez son plus fidèle ami.

– Je crois que je n'en serai pas capable non plus, mademoiselle, répondit le secrétaire, et puis, votre père et moi avions l'habitude de nous comprendre en silence. Peut-être un seul mot si vous me le permettez, pas à lui mais à vous. En dépit de tous les défauts que vous lui attribuiez, sachez que c'était un homme, parfois dur, souvent cocasse, voire farfelu, mais un homme bon, sans aucun doute ; et il vous aimait.

– Eh bien, si mes comptes sont exacts, cela nous fait plus d'un mot, toussota Stanley en voyant les yeux de Julia s'embuer.

Le prêtre récita une prière et referma son bréviaire. Lentement le cercueil d'Anthony Walsh descendit dans sa tombe. Julia tendit une rose au secrétaire de son père. L'homme sourit et lui rendit la fleur.

– Vous d'abord, mademoiselle.

Les pétales s'éparpillèrent au contact du bois, trois autres roses tombèrent à leur tour et les quatre visiteurs du dernier jour rebroussèrent chemin.

Au loin dans l'allée, le corbillard avait cédé sa place à deux berlines. Adam prit la main de sa fiancée et l'entraîna vers les voitures. Julia leva le regard vers le ciel.

– Pas un nuage, du bleu, du bleu, du bleu, partout du bleu, ni trop chaud ni trop froid, pas l'ombre d'un frisson, quelle merveilleuse journée c'était pour se marier.

– Il y en aura d'autres, ne t'inquiète pas, la rassura Adam.

– Comme celle-ci ? s'exclama Julia en écartant grand les bras. Avec un ciel comme ça ? Une température pareille ? Des arbres qui explosent de vert ? Des canards sur le lac ? À moins d'attendre le prochain printemps, j'en doute !

– L'automne sera tout aussi beau, fais-moi confiance, et depuis quand tu aimes les canards ?

– C'est eux qui m'aiment ! Tu as vu combien ils étaient tout à l'heure sur l'étang, près de la tombe de mon père !

– Non, je n'ai pas fait attention, répondit Adam, un peu inquiet de l'effervescence soudaine de sa fiancée.

– Il y en avait des dizaines ; des dizaines de colverts,

avec leurs nœuds papillons, venus se poser juste là et repartis aussitôt la cérémonie terminée. Ce sont des canards qui avaient décidé de venir à MON mariage, et qui sont venus me rejoindre à l'enterrement de mon père !

– Julia, je ne veux pas te contrarier aujourd'hui, mais je ne crois pas que les canards portent des nœuds papillons.

– Qu'est-ce que tu en sais ? Tu en dessines, toi, des canards ? Moi si ! Alors si je te dis que ceux-là s'étaient mis en costume de cérémonie, je te prie de me croire ! cria-t-elle.

– D'accord, mon amour, tes canards étaient en smoking, rentrons maintenant.

Stanley et le secrétaire particulier les attendaient près des voitures. Adam entraîna Julia mais elle s'arrêta devant une pierre tombale au milieu de la grande pelouse. Elle lut le prénom de celle qui reposait sous ses pieds et la date de naissance qui remontait au siècle dernier.

– Tu la connaissais ? demanda Adam.

– C'est la tombe de ma grand-mère. Toute ma famille repose désormais dans ce cimetière. Je suis la dernière de la lignée des Walsh. Enfin, à part quelques centaines d'oncles, tantes, cousins et cousines inconnus qui vivent entre l'Irlande, Brooklyn et Chicago. Pardonne-moi pour tout à l'heure, je crois que je me suis un peu emportée.

– Ce n'est pas très grave, nous devions nous marier, tu enterres ton père, c'est normal que tu sois boule-versée.

Ils avancèrent dans l'allée. Les deux Lincoln n'étaient plus maintenant qu'à quelques mètres.

– Tu as raison, dit Adam en regardant à son tour le ciel, c'est une journée magnifique, ton père nous aura vraiment emmerdés jusqu'à son dernier jour.

Julia s'immobilisa aussitôt et retira brusquement sa main de la sienne.

– Ne me regarde pas comme ça ! supplia Adam, tu l'as dit toi-même au moins vingt fois depuis l'annonce de son décès.

– Oui, moi je peux le dire autant de fois que je le veux, mais pas toi ! Monte dans la première voiture avec Stanley, je prendrai la seconde.

– Julia ! Je suis désolé...

– Ne le sois pas, j'ai envie d'être seule chez moi ce soir, et de ranger les affaires de ce père qui nous aura emmerdés jusqu'à son dernier jour, comme tu dis.

– Mais ce n'est pas moi qui le dis, bon sang, c'est toi ! cria Adam alors que Julia montait dans la berline.

– Une dernière chose, Adam, le jour où nous nous marierons, je veux des canards, des colverts, des dizaines de colverts ! ajouta-t-elle avant de claquer la portière.

La Lincoln disparut à la grille du cimetière. Dépité, Adam regagna la seconde voiture et s'installa sur la banquette arrière à la droite du secrétaire particulier.

– Ou un fox-terrier peut-être ! c'est petit mais ça mord bien..., conclut Stanley assis à l'avant en faisant signe au chauffeur qu'il pouvait démarrer.

3.

La voiture qui raccompagnait Julia descendait lentement la Cinquième Avenue sous une averse soudaine. À l'arrêt depuis de longues minutes, bloquée dans les embouteillages, Julia fixait la devanture d'un grand magasin de jouets à l'angle de la 58e Rue. Elle reconnut dans la vitrine l'immense loutre en peluche au pelage gris-bleu.

Tilly était née un samedi après-midi semblable à celui-ci, où la pluie tombait si fort qu'elle avait fini par former de petits ruisseaux le long des fenêtres du bureau de Julia. Perdue dans ses pensées, elle y vit bientôt des rivières, les bordures de la fenêtre en bois devinrent les rivages d'un estuaire d'Amazonie et l'amas de feuilles chassé par la pluie, la maison d'un petit mammifère, que le déluge allait emporter, laissant la communauté des loutres dans le plus grand désarroi.

La nuit suivante fut tout aussi pluvieuse. Seule dans la grande salle informatique du studio d'animation qui l'employait, Julia avait alors esquissé les premiers traits de son personnage. Impossible de compter les milliers d'heures passées face à son écran, à dessiner, colorier, animer, inventer chaque expression et chaque mimique qui donnerait vie à la loutre couleur azur.

Impossible de se souvenir de la multitude de réunions tardives, du nombre de week-ends consacrés à raconter l'histoire de Tilly et des siens. Le succès que remporterait le dessin animé récompenserait les deux années de travail de Julia et des cinquante collaborateurs, qui avaient œuvré sous sa direction.

– Je vais descendre ici, je rentrerai à pied, dit Julia au chauffeur.

Le conducteur lui fit remarquer la violence de l'orage.

– C'est bien la première chose que j'aime dans cette journée, promit Julia, alors que déjà la portière se refermait derrière elle.

Et le chauffeur eut à peine le temps de la voir courir vers le magasin de jouets. Qu'importait l'averse, de l'autre côté de la vitrine, Tilly semblait sourire de sa visite. Julia ne put s'empêcher de lui faire un signe ; à sa grande surprise une petite fille qui se tenait à côté de la grande peluche lui répondit. Sa mère la prit brusquement par la main et tenta de l'entraîner vers la sortie, mais l'enfant résistait et sauta dans les bras grands ouverts de la loutre. Julia épiait la scène. La petite fille s'accrochait à Tilly et la maman lui tapait sur les doigts pour qu'elle relâche son emprise. Julia entra dans le magasin et s'avança vers elles.

– Saviez-vous que Tilly a des pouvoirs magiques ? dit Julia.

– Si j'ai besoin d'une vendeuse, mademoiselle, je vous ferai signe, répondit la femme, affligeant sa petite fille d'un regard réprobateur.

– Je ne suis pas une vendeuse, je suis sa maman.

– Pardon ?! interrogea la mère de famille en haussant le ton. Jusqu'à preuve du contraire, c'est moi la mère !

– Je parlais de Tilly, la peluche qui a l'air de s'être attachée à votre petite fille. C'est moi qui l'ai mise au

32

monde. Vous me permettez de la lui offrir ? Cela me rend triste de la voir toute seule dans cette vitrine trop éclairée. Les lumières vives des spots finiront par décolorer son pelage et Tilly est si fière de sa robe gris-bleu. Vous n'imaginez pas les heures que nous avons passées à lui trouver les justes couleurs de sa nuque, de son cou, de son ventre, de son museau, celles qui lui rendraient le sourire après que sa maison eut été avalée par le fleuve.

– Votre Tilly restera dans ce magasin et ma fille apprendra à rester près de moi quand nous nous promenons en ville ! répondit la maman en tirant si fort sur le bras de son enfant que celle-ci fut bien forcée d'abandonner la patte de la grosse peluche.

– Tilly serait contente d'avoir une amie, insista Julia.

– Vous voulez faire plaisir à une peluche ? questionna la maman, interloquée.

– Aujourd'hui est une journée un peu particulière, Tilly et moi serions heureuses, votre petite fille aussi, je crois. Un seul oui pour trois bonheurs, cela vaut la peine d'y réfléchir, n'est-ce pas ?

– Eh bien, c'est non ! Alice n'aura pas de cadeau et encore moins d'une inconnue. Bonne soirée, mademoiselle ! dit-elle en s'éloignant.

– Alice a bien du mérite ; ne venez pas vous plaindre dans dix ans ! lâcha Julia en retenant sa rage.

La maman se retourna et la fixa d'un regard hautain.

– Vous avez accouché d'une peluche, mademoiselle, et moi d'une enfant, alors gardez vos leçons de vie pour vous, si vous le voulez bien !

– C'est vrai, les petites filles ce n'est pas comme les peluches, on ne peut pas rafistoler les déchirures qu'on leur a faites !

La femme sortit du magasin, outrée. Mère et fille

s'éloignèrent sur le trottoir de la Cinquième Avenue sans se retourner.

– Pardon, ma Tilly, dit Julia à la peluche, je crois que j'ai manqué de diplomatie. Tu me connais, ce n'est pas mon fort. Ne t'inquiète pas, tu verras, on te trouvera une jolie famille, rien qu'à toi.

Le directeur qui n'avait rien perdu de la scène s'approcha.

– Quel plaisir de vous voir, mademoiselle Walsh, cela faisait un bon mois que vous n'étiez pas passée.

– J'ai eu beaucoup de travail, ces dernières semaines.

– Nous rencontrons un succès fou avec votre création, c'est le dixième exemplaire que nous commandons. Quatre jours en vitrine et, hop, elles disparaissent aussitôt, assura le directeur du magasin en remettant la peluche en place. Bien que celle-ci soit là depuis presque deux semaines, si je ne m'abuse. Mais avec un temps pareil...

– Le temps n'y est pour rien, répondit Julia. Cette Tilly-là est la vraie, alors elle est plus difficile, il faut qu'elle choisisse elle-même sa famille d'accueil.

– Mademoiselle Walsh, vous me dites cela à chaque fois que vous passez nous voir, répondit le directeur, amusé.

– Elles sont toutes originales, affirma Julia en le saluant.

La pluie avait cessé, Julia quitta les lieux, repartit à pied vers le bas de Manhattan et sa silhouette disparut au milieu de la foule.

*

Les arbres d'Horatio Street pliaient sous le poids de leurs feuilles détrempées. En ce début de soirée, le soleil réapparaissait enfin, faisant son lit dans celui de l'Hudson River. Une douce lumière pourpre irradiait les ruelles du West Village. Julia salua le patron du petit restaurant grec situé en face de chez elle ; l'homme affairé à dresser sa terrasse lui rendit son salut et lui demanda s'il lui gardait une table pour le soir. Julia déclina l'offre poliment et promit de venir bruncher demain dimanche.

Elle fit tourner la clé dans la serrure de la porte d'entrée du petit immeuble où elle vivait et grimpa l'escalier jusqu'au premier étage. Stanley l'attendait, assis sur la dernière marche.

– Comment es-tu entré ?

– Zimoure, le gérant du magasin en bas de chez toi ; il descendait des cartons au sous-sol, je l'ai aidé, nous avons parlé de sa dernière collection de chaussures, une pure merveille. Mais qui peut encore s'offrir de telles œuvres d'art de nos jours ?

– À voir la foule qui entre et sort en permanence de chez lui le week-end, les bras chargés de paquets, crois-moi, beaucoup de monde, répondit Julia. Tu as besoin de quelque chose ? demanda-t-elle en ouvrant la porte de son appartement.

– Non, mais toi, de compagnie, sans nul doute.

– Avec ton faux air d'épagneul, je me demande lequel de nous deux a une attaque de solitude.

– Eh bien, pour la sauvegarde de ton amour-propre, je prends sur moi l'entière responsabilité d'être venu ici sans y avoir été invité !

Julia ôta sa gabardine et la lança sur le fauteuil près de la cheminée. La pièce sentait bon la glycine qui courait le long de la façade en brique rouge.

– C'est vraiment charmant chez toi, s'exclama Stanley en se laissant choir sur le canapé.

– J'aurai au moins réussi cela cette année, dit Julia en ouvrant le réfrigérateur.

– Réussi quoi ?

– À aménager l'étage de cette vieille maison. Tu veux une bière ?

– Terrible pour la ligne ! Un verre de vin rouge peut-être ?

Julia dressa rapidement deux couverts sur la table en bois ; elle y déposa une assiette de fromages, déboucha une bouteille, inséra un disque de Count Basie dans le lecteur de CD et fit signe à Stanley de venir s'asseoir en face d'elle. Stanley regarda l'étiquette du cabernet et émit un sifflement admiratif.

– Un vrai dîner de fête, répliqua Julia en s'asseyant à la table. À deux cents invités et quelques petits-fours près, on pourrait presque en fermant les yeux se croire à ma soirée de mariage.

– Tu veux danser, ma chérie ? demanda Stanley.

Et avant même que Julia lui réponde, il la força à se lever et l'entraîna dans un swing.

– Tu vois que c'est quand même un soir de fête, dit-il rieur.

Julia posa sa tête sur son épaule.

– Qu'est-ce que je ferais sans toi, mon vieux Stanley ?

– Rien, mais ça, je le sais depuis longtemps.

Le morceau s'acheva et Stanley retourna s'asseoir.

– As-tu au moins appelé Adam ?

Julia avait profité de sa longue marche pour s'excuser auprès de son futur mari. Adam comprenait son besoin de rester seule. C'était lui qui s'en voulait d'avoir été si maladroit au cours de l'enterrement. Sa mère, avec laquelle il s'était entretenu en revenant du cimetière, lui avait reproché une telle indélicatesse. Il partait ce soir dans la maison de campagne de ses parents pour passer, auprès de sa famille, ce qu'il restait du week-end.

– Il y a des moments où j'en viens à me demander

si ton père n'a pas bien fait de se faire enterrer aujour-d'hui, chuchota Stanley en se resservant un verre de vin.

– Tu ne l'aimes vraiment pas !

– Je n'ai jamais dit ça !

– Je suis restée seule trois ans dans une ville qui compte deux millions de célibataires. Adam est galant, généreux, attentif et prévenant. Il accepte mes horaires de travail impossibles. Il fait de son mieux pour me rendre heureuse, et puis par-dessus tout, Stanley, il m'aime. Alors, fais-moi ce plaisir, sois plus tolérant avec lui.

– Mais je n'ai rien contre ton fiancé, il est parfait ! C'est juste que je préférerais voir dans ta vie un homme qui t'emporte, même s'il est plein de défauts, plutôt qu'un autre qui te retient uniquement parce qu'il a certaines qualités.

– C'est facile de me faire la leçon, pourquoi tu es seul, toi ?

– Je ne suis pas seul, ma Julia, je suis veuf, ce n'est pas pareil. Et ce n'est pas parce que l'homme que j'aimais est mort qu'il m'a quitté pour autant. Tu aurais dû voir comme Edward était encore beau sur son lit d'hôpital. Sa maladie ne lui avait rien ôté de sa superbe. Il faisait encore de l'humour, jusqu'à sa dernière phrase.

– Quelle était cette phrase ? demanda Julia en prenant la main de Stanley dans la sienne.

– Je t'aime !

Les deux amis restèrent à se regarder en silence. Stanley se leva, enfila sa veste et embrassa Julia sur le front.

– Je vais aller me coucher. Ce soir, c'est toi qui as gagné, l'attaque de solitude est pour moi.

– Attends encore un peu. Ces derniers mots étaient vraiment pour te dire qu'il t'aimait ?

– C'était la moindre des choses, lui qui mourait de m'avoir trompé, dit Stanley en souriant.

*

Au matin, Julia, endormie sur le canapé, ouvrit les yeux et découvrit le plaid que Stanley avait posé sur elle. Quelques instants plus tard, elle trouva un mot glissé sous le bol du petit déjeuner. Elle y lut : « Quelles que soient les vacheries qu'on se balance, tu es ma meilleure amie, et je t'aime aussi, Stanley. »

4.

À dix heures, Julia quitta son appartement, décidée à passer sa journée au bureau. Elle avait du travail en retard et il ne servait à rien de rester chez soi à tourner en rond ou pis encore, à ranger ce qui serait forcément de nouveau en désordre dans quelques jours. Inutile aussi de téléphoner à Stanley qui devait encore dormir ; le dimanche, à moins de le tirer du lit pour le traîner à un brunch ou lui promettre des pancakes à la cannelle, il n'émergeait qu'au milieu de l'après-midi.

Horatio Street était encore déserte. Julia salua quelques voisins attablés à la terrasse de Pastis et accéléra le pas. En remontant la Neuvième Avenue, elle envoya de son téléphone portable un message tendre à l'attention d'Adam, et deux croisements de rues plus loin elle entra dans l'immeuble du Chelsea Farmer's Market. Le liftier la conduisit au dernier étage. Elle fit glisser son badge sur le lecteur qui sécurisait l'accès à ses bureaux et repoussa la lourde porte en métal.

Trois infographistes étaient à leur poste de travail. À voir leur mine, et le nombre de gobelets de café écrasés au fond de la corbeille à papier, Julia comprit qu'ils avaient passé la nuit ici. Le problème qui mobilisait son équipe depuis plusieurs jours ne devait donc pas être résolu. Personne n'arrivait à établir l'algorithme savant qui permettrait de donner vie à une unité de libellules censée défendre un château de l'invasion imminente d'une armée de mantes religieuses. Le planning accroché au mur indiquait que l'attaque était programmée pour ce lundi. Si d'ici là l'escadron n'avait pas décollé, soit la citadelle tomberait sans résistance aux mains de l'ennemi, soit le nouveau dessin animé prendrait beaucoup de retard ; les deux options étaient inconcevables.

Julia fit rouler son fauteuil et s'installa entre ses collaborateurs. Après avoir consulté l'avancement de leurs travaux, elle décida d'activer la procédure d'urgence. Elle décrocha le téléphone et appela, les uns après les autres, tous les membres de son équipe. S'excusant chaque fois de gâcher leur dimanche après-midi, elle les convoqua en salle de réunion dans l'heure. Quitte à réviser l'ensemble des données et ce, jusqu'au bout de la nuit, il n'y aurait pas de lundi matin sans que ses libellules envahissent le ciel d'Enowkry.

Et pendant que la première équipe rendait les armes, Julia descendit en courant vers les allées du marché pour remplir deux cartons de pâtisseries et sandwichs en tout genre qui nourriraient ses troupes.

À midi, trente-sept personnes avaient répondu présent à l'appel. À l'atmosphère calme des bureaux au matin succéda celle d'une ruche où dessinateurs, infographistes, coloristes, programmeurs et experts en animation échangeaient rapports, analyses et idées les plus farfelues.

À dix-sept heures, une piste découverte par une toute nouvelle recrue déclencha l'effervescence et une conférence dans la grande salle de réunion. Charles, ce jeune informaticien récemment embauché en renfort, comptait à peine huit jours de service à son actif. Lorsque Julia lui demanda de prendre la parole pour exposer sa théorie, sa voix trembla et ses mots n'étaient que bredouillements. Le chef d'équipe ne lui facilita pas le travail, raillant son élocution. Ce, du moins, jusqu'à ce que le jeune homme se décide à pianoter sur un clavier d'ordinateur pendant de longues secondes où l'on pouvait entendre des ricanements dans son dos ; ricanements qui cessèrent définitivement quand une libellule se mit à battre des ailes au milieu de l'écran et s'envola en décrivant un cercle parfait dans le ciel d'Enowkry.

Julia fut la première à le féliciter, et ses trente-cinq collègues l'applaudirent. Restait maintenant à faire décoller sept cent quarante autres libellules en armure. Cette fois, le jeune informaticien avait gagné en assurance, il exposa la méthode grâce à laquelle on pourrait peut-être multiplier sa formule. Pendant qu'il détaillait son projet, la sonnerie du téléphone retentit. Le collaborateur qui décrocha, fit signe à Julia, l'appel était pour elle, et cela semblait urgent. Elle chuchota à son voisin de bien retenir ce que Charles était en train d'expliquer et quitta la pièce pour aller prendre la communication dans son bureau.

*

Julia reconnut tout de suite la voix de M. Zimoure, le directeur du magasin installé au rez-de-chaussée de la maison d'Horatio Street. À coup sûr, la robinetterie de son appartement avait à nouveau rendu l'âme. L'eau devait ruisseler par le plafond sur les collections de chaussures de M. Zimoure, dont chaque paire coûtait l'équivalent d'un demi-mois de son salaire, une semaine en période de soldes. Julia le savait d'autant plus que c'était précisément ce que lui avait indiqué son assureur en remettant l'an dernier un chèque important à M. Zimoure, en réparation des dommages qu'elle avait causés. Julia avait oublié de fermer le robinet de son antique machine à laver le linge en partant de chez elle, mais qui n'oublie jamais ce genre de détails ?

Ce jour-là, son assureur lui avait garanti que c'était la dernière fois qu'il prendrait en charge un sinistre de cette nature. C'était seulement parce que Tilly était le héros de ses enfants, et le sauveur de ses dimanches matin depuis qu'il leur avait acheté le dessin animé en DVD, qu'il avait bien voulu convaincre la compagnie de ne pas résilier purement et simplement sa police.

En ce qui concernait les relations de Julia avec M. Zimoure, l'affaire avait nécessité beaucoup plus d'efforts. Une invitation à la fête du réveillon de Thanksgiving organisée chez Stanley, un rappel de la trêve de Noël, et de multiples autres attentions furent nécessaires pour que le climat entre voisins redevienne normal. Le personnage était d'un naturel peu avenant, avait des théories sur tout, et ne riait en général que de ses propres bons mots. Retenant son souffle, Julia attendit que son interlocuteur annonce l'étendue de la catastrophe.

– Mademoiselle Walsh...

– Monsieur Zimoure, quoi qu'il se soit passé, sachez que je le regrette infiniment.

– Pas autant que moi, mademoiselle Walsh, j'ai un monde fou dans mon magasin, et bien d'autres choses à faire que de m'occuper en votre absence de vos problèmes de livraison.

Julia tenta de calmer les battements de son cœur et de comprendre de quoi il s'agissait.

– Quelle livraison ?

– Mais c'est à vous de me le dire, mademoiselle !

– Je suis désolée, je n'ai rien commandé, et de

toutes les façons, je fais toujours tout livrer à mon bureau.

– Eh bien, il semble que cette fois ce ne soit pas le cas. J'ai un énorme camion garé devant ma devanture. Le dimanche est ma journée la plus importante, cela me cause un préjudice considérable. Les deux géants qui ont déchargé cette caisse qui vous est destinée refusent de partir tant que quelqu'un n'en aura pas pris possession. Que faisons-nous, je vous le demande ?

– Une caisse ?

– C'est exactement ce que je viens de dire, voulez-vous que je vous répète tout par deux fois, pendant que ma clientèle s'impatiente ?

– Je suis confuse, monsieur Zimoure, reprit Julia, je ne sais pas quoi vous dire.

– Dites-moi par exemple quand vous pourrez être là, afin que j'informe ces messieurs du temps que nous allons tous perdre grâce à vous.

– Mais je ne peux absolument pas venir maintenant, je suis en plein travail...

– Parce que vous croyez que je suis en train de faire des gaufres, mademoiselle Walsh ?

– Monsieur Zimoure, je n'attends aucune livraison, ni carton, ni enveloppe et encore moins une caisse ! À nouveau, il s'agit forcément d'une erreur.

– Sur le bordereau que je peux lire sans lunettes depuis ma vitrine, puisque votre colis est déposé devant chez moi, votre nom figure en gros caractères juste au-dessus de notre adresse commune et en dessous du mot « fragile » ; il s'agit probablement d'un oubli de votre part ! Ce ne serait pas la première fois que votre mémoire vous fait défaut, n'est-ce pas ?

Qui pouvait bien être à l'origine de cet envoi ? Un cadeau d'Adam peut-être, une commande qu'elle aurait oubliée, un équipement destiné au bureau qu'elle aurait malencontreusement fait livrer à son

43

adresse personnelle ? Dans tous les cas, Julia ne pouvait abandonner les équipes qu'elle avait convoquées au studio un dimanche. Le ton de M. Zimoure imposait de trouver une idée dans les plus brefs délais, autant dire, immédiatement.

– Je crois que j'ai une solution à notre problème, monsieur Zimoure. Avec votre aide, nous pourrions nous sortir de cette situation.

– J'apprécie là encore votre esprit mathématique. Vous m'auriez dit que vous pouviez résoudre ce qui s'avère jusque-là être votre seul problème, et non le mien, sans m'impliquer pour autant une nouvelle fois, vous m'auriez épaté, mademoiselle Walsh. Je vous écoute donc avec la plus vive attention.

Julia lui confia qu'elle cachait un double de la clé de son appartement sous le tapis de l'escalier, au niveau de la sixième marche. Il suffisait de les compter. Si ce n'était pas la sixième, ce serait la septième ou peut-être la huitième. M. Zimoure pouvait ainsi ouvrir la porte aux livreurs et elle était certaine qu'aussitôt fait, ils ne tarderaient pas à repartir avec ce gros camion qui obstruait sa vitrine.

– Et j'imagine qu'idéalement il faudrait que j'attende qu'ils s'en soient allés pour refermer la porte de votre appartement derrière eux, n'est-ce pas ?

– Idéalement, je n'aurais pas trouvé de mots plus justes, monsieur Zimoure...

– S'il s'agit d'un équipement électroménager, mademoiselle Walsh, je vous serais vivement reconnaissant de le faire installer par des plombiers chevronnés. Vous voyez ce que je veux dire !

Julia voulut le rassurer, elle n'avait commandé aucun équipement de cette sorte, mais son voisin avait déjà raccroché. Elle haussa les épaules, réfléchit quelques secondes et retourna à la tâche qui occupait tout son esprit.

*

À la tombée de la nuit, tout le monde se réunit devant l'écran de la grande salle de réunion. Charles était aux commandes de l'ordinateur et les résultats qui s'affichaient semblaient encourageants. Encore quelques heures de travail et la « bataille des libellules » pourrait avoir lieu à l'horaire prévu. Les informaticiens révisaient leurs calculs, les infographistes affinaient les derniers détails du décor et Julia commençait à se sentir inutile. Elle se rendit à la tisanerie, elle y retrouva Dray, un dessinateur et ami avec lequel elle avait fait une grande partie de ses études.

La voyant s'étirer, il devina le mal de dos qui la gagnait et lui conseilla de rentrer chez elle. Elle avait la chance d'habiter à quelques rues d'ici, autant qu'elle en profite. Il l'appellerait aussitôt les essais achevés. Julia était sensible à l'attention mais elle se devait de rester auprès de ses troupes ; Dray rétorqua que la voir aller de bureau en bureau ajoutait une tension inutile à la fatigue générale.

– Et depuis quand ma présence est-elle un poids ici ? demanda Julia.

– N'exagère rien, tout le monde est à cran. Nous n'avons pas pris une journée de repos en six semaines.

Julia aurait dû être en congé jusqu'à dimanche prochain et Dray avoua que le personnel espérait en profiter pour souffler un peu.

– Nous te croyions tous en voyage de noces... Ne le prends pas mal, Julia. Je ne suis que leur porte-parole, reprit Dray embarrassé. C'est le prix à payer pour les responsabilités que tu as acceptées. Depuis que tu as été nommée directrice du département création, tu n'es plus une simple collègue de travail, tu représentes une certaine autorité... La preuve, regarde le monde que tu as réussi à mobiliser en quelques coups de fil et de surcroît un dimanche !

– J'ai l'impression que cela en valait la peine, non ? Mais je crois que j'ai compris le topo, répondit Julia. Puisque mon autorité semble peser sur la créativité des uns et des autres, je vous laisse. Appelle-moi sans faute quand vous aurez fini, pas parce que je suis chef, mais parce que je fais partie de l'équipe !

Julia attrapa son imperméable abandonné sur le dossier d'une chaise, vérifia que ses clés étaient au fond de la poche de son jean et marcha d'un pas rapide vers l'ascenseur.

En sortant de l'immeuble, elle composa le numéro d'Adam, mais n'obtint que sa messagerie vocale.

– C'était moi, dit-elle, je voulais entendre ta voix. Sinistre samedi et triste dimanche aussi. Finalement, je ne sais pas si cette idée de rester seule était la meilleure qui soit. Au moins, je t'aurai épargné ma mauvaise humeur. Je viens presque de me faire virer de mon bureau par mes collègues. Je vais marcher un peu, tu es peut-être rentré de la campagne et déjà au lit. Je suis certaine que ta mère t'a épuisé. Tu aurais pu me laisser un message. Je t'embrasse. J'allais te dire de me rappeler, mais c'est idiot puisque tu dois dormir. De toute façon, je crois que tout ce que je viens de te dire est idiot. À demain. Appelle-moi quand tu te réveilles.

Julia rangea son portable dans son sac et s'en alla marcher le long des quais. Une demi-heure plus tard, elle rentra chez elle et découvrit une enveloppe scotchée à la porte d'entrée de la maison. Son nom y était griffonné. Elle la décacheta, intriguée. « J'ai perdu une cliente en m'occupant de votre livraison. La clé est à sa place. P-S : Sous la onzième marche et non sous la six, sept ou huitième ! Bon dimanche ! » Le petit mot se dispensait de signature.

– Il aurait dû flécher le parcours pour les cambrioleurs ! maugréa-t-elle en grimpant l'escalier.

Et au fur et à mesure qu'elle montait vers le premier étage, elle se sentit gagnée par l'impatience de découvrir ce que pouvait contenir ce colis qui l'attendait chez elle. Elle accéléra le pas, récupéra la clé sous le tapis, décidée à lui trouver une nouvelle cachette et alluma en entrant.

Une immense caisse posée à la verticale trônait au beau milieu du salon.

– Mais qu'est-ce que ça peut bien être ? dit-elle en abandonnant ses affaires sur la table basse.

L'étiquette collée sur le côté, juste sous l'inscription *Fragile*, portait bien son nom. Julia commença par faire le tour du volumineux caisson en bois clair. La chose pesait bien trop lourd pour qu'elle envisage de la déplacer, même de quelques mètres. À moins d'avoir un marteau et un tournevis, elle ne voyait pas non plus comment l'ouvrir.

Adam ne répondait pas au téléphone, restait son recours habituel, elle composa le numéro de Stanley.

– Je te dérange ?

– Un dimanche soir, à cette heure-là ? J'attendais que tu m'appelles pour sortir.

– Rassure-moi, tu n'aurais pas fait livrer chez moi une stupide caisse de presque deux mètres de haut ?

– De quoi parles-tu, Julia ?

– C'est bien ce que je pensais ! Question suivante, comment ouvre-t-on une stupide caisse de deux mètres de haut ?

– Elle est en quoi ?

– En bois !

– Avec une scie peut-être ?

– Merci de ton aide, Stanley, je dois avoir ça dans mon sac à main ou dans l'armoire à pharmacie, répondit Julia.

– Sans être indiscret, qu'est-ce qu'elle contient ?

– C'est ce que j'aimerais bien savoir ! Et si tu veux faire ta curieuse, Stanley, saute dans un taxi et viens me donner un coup de main.

– Je suis en pyjama, ma chérie !

– Je croyais que tu t'apprêtais à sortir ?

– De mon lit !

– Je vais me débrouiller toute seule.

– Attends, laisse-moi réfléchir. Il n'y a pas de poignée ?

– Non !

– Des charnières ?

– Je n'en vois pas.

– C'est peut-être de l'art moderne, une boîte qui ne s'ouvre pas, signée par un grand artiste ? enchaîna Stanley en ricanant.

Le silence de Julia lui fit comprendre que le moment n'était pas du tout à la plaisanterie.

– As-tu essayé simplement de donner une petite impulsion, un coup sec, comme pour ouvrir certaines portes de penderies ? Une poussée et hop...

Et pendant que son ami poursuivait ses explications, Julia posa sa main sur le bois. Elle appuya ainsi que Stanley venait de le lui suggérer et la façade de la caisse pivota lentement.

– Allô ? Allô, s'époumonait Stanley dans le combiné. Tu es là ?

Le téléphone avait glissé de la main de Julia. Ébahie, elle contempla le contenu de la caisse et ce qu'elle découvrit lui sembla à peine imaginable.

La voix de Stanley continuait de grésiller dans l'appareil tombé à ses pieds. Julia se baissa lentement pour ramasser le combiné, sans jamais quitter la caisse du regard.

– Stanley ?

– Tu m'as fait une peur bleue, tout va bien ?

– En quelque sorte.

– Tu veux que j'enfile un pantalon et que je vienne tout de suite ?

– Non, dit-elle d'une voix blanche, ce n'est pas la peine.

– Tu as réussi à l'ouvrir, ta caisse ?

– Oui, répondit-elle absente, je t'appelle demain.

– Tu m'inquiètes !

– Recouche-toi, Stanley, je t'embrasse.

Et Julia coupa la communication.

– Qui a pu m'envoyer une chose pareille ? dit-elle à haute voix, seule au beau milieu de son appartement.

*

À l'intérieur du caisson, une sorte de statue de cire à taille humaine, parfaite réplique d'Anthony Walsh, se tenait debout face à elle. L'illusion était saisissante ; il aurait suffi qu'il ouvre les yeux pour qu'on lui prête vie. Julia peinait à recouvrer sa respiration. Quelques gouttes de sueur filaient le long de sa nuque. Elle s'approcha pas à pas. La reproduction grandeur nature de son père était prodigieuse, la couleur et l'aspect de la peau d'une authenticité époustouflante. Chaussures, costume anthracite, chemise en coton blanc, tous identiques aux vêtements que portait invariablement Anthony Walsh. Elle aurait voulu toucher sa joue, arracher un cheveu pour s'assurer que ce n'était pas lui, mais Julia et son père avaient perdu depuis longtemps le goût du moindre contact. Pas la plus petite étreinte, pas un baiser, pas même un frôlement de main, rien qui aurait pu s'apparenter à un geste de tendresse. Le fossé creusé par les années ne pouvait plus se combler et encore moins avec un duplicata.

49

Il fallait maintenant se résoudre à l'impensable. Quelqu'un avait eu l'idée terrible de faire réaliser une réplique d'Anthony Walsh, figure pareille à celles que l'on trouvait dans certains musées de cire, à Québec, à Paris comme à Londres, un personnage encore plus criant de réalisme que tout ce qu'elle avait pu voir jusqu'à ce jour. Et crier était exactement ce que Julia aurait rêvé de faire.

Détaillant la sculpture, elle aperçut au revers de la manche une petite note épinglée, sur laquelle une flèche tracée à l'encre bleue pointait vers la poche haute du veston. Julia la décrocha et lut les deux mots griffonnés au verso du papier : « Allume-moi. » Elle reconnut aussitôt la calligraphie si singulière de son père.

De cette poche indiquée par la flèche, où d'ordinaire Anthony Walsh glissait une pochette de soie, dépassait l'extrémité de ce qui semblait être une télécommande. Julia s'en empara. Elle comportait un seul bouton sur la face, un poussoir rectangulaire de couleur blanche.

Julia crut s'évanouir. Un mauvais rêve, elle se réveillerait dans quelques instants, en sueur, riant de s'être laissé emporter dans un tel délire. Elle qui s'était pourtant juré en voyant le cercueil de son père descendre sous terre, que son deuil était fait depuis longtemps, qu'elle ne pourrait souffrir de son absence quand celle-ci était consommée depuis presque vingt ans. Elle, qui s'était presque enorgueillie d'avoir mûri, se faire piéger ainsi par son inconscient, cela frisait l'absurde et le ridicule. Son père avait déserté les nuits de son enfance, mais pas question que sa mémoire vienne hanter celles de sa vie de femme.

Le bruit de la benne à ordures bringuebalant sur le pavé n'avait rien d'irréel. Julia était bien éveillée et, devant elle, une improbable statue aux yeux clos semblait attendre qu'elle décide, ou non, d'appuyer sur le bouton d'une simple télécommande.

Le camion s'éloigna dans la rue, Julia aurait souhaité qu'il ne s'en aille pas ; elle se serait précipitée à la fenêtre, aurait supplié les éboueurs de débarrasser son appartement de cet impossible cauchemar. Mais la rue était à nouveau silencieuse.

Son doigt effleura la touche, tout doucement, sans trouver encore la force d'y appliquer la moindre pression.

Il fallait en finir. Le plus sage serait de refermer la caisse, chercher sur l'étiquette les coordonnées de la société de transport, les appeler à la première heure du matin, leur donner l'ordre de venir enlever ce sinistre pantin et enfin trouver l'identité de l'auteur de cette mauvaise farce. Qui avait pu imaginer une pareille mascarade, qui dans son entourage était capable d'une telle cruauté ?

Julia ouvrit grand la fenêtre et inspira à pleins poumons l'air doux de la nuit.

Dehors, le monde était comme elle l'avait laissé en franchissant la porte de sa maison. Les tables du restaurant grec étaient empilées, les lumières de l'enseigne éteintes, une femme traversait le carrefour, promenant son chien. Son labrador couleur chocolat marchait en zigzag, tirant sur la laisse, tantôt pour aller humer le pied d'un réverbère, tantôt l'allège d'un mur.

Julia retint son souffle, serrant la télécommande dans sa main. Elle avait beau ressasser l'annuaire de ses connaissances, un seul nom revenait sans cesse, une seule personne susceptible d'avoir imaginé un tel scénario, une pareille mise en scène. Mue par la colère, elle se retourna, traversa la pièce, maintenant décidée à vérifier le bien-fondé du pressentiment qui la gagnait.

Son doigt appuya sur le bouton, un petit déclic se fit entendre et les paupières de ce qui n'était déjà plus une statue se soulevèrent ; le visage esquissa un sourire et la voix de son père demanda :

– Je te manque déjà un peu ?

5.

– Je vais me réveiller ! Rien de ce qui m'arrive ce soir n'appartient à l'univers du possible ! Dis-le-moi avant que je sois convaincue d'être devenue folle.

– Allons, allons, calme-toi, Julia, répondit la voix de son père.

Il fit un pas en avant pour sortir de la caisse et s'étira en grimaçant. La justesse des mouvements, même ceux des traits du visage à peine figé, était époustouflante.

– Mais non, tu n'es pas folle, enchaîna-t-il ; juste surprise, et je te l'accorde, en pareille circonstance, c'est plutôt normal.

– Rien n'est normal, tu ne peux pas être là, murmura Julia en secouant la tête, c'est strictement impossible !

– C'est vrai, mais ce n'est pas tout à fait moi en face de toi.

Julia mit sa main devant la bouche et brusquement éclata de rire.

– Le cerveau est vraiment une machine incroyable ! J'ai failli y croire. Je suis en plein sommeil, j'ai bu quelque chose en rentrant qui ne m'a pas réussi. Du vin blanc ? C'est ça, je ne supporte pas le vin blanc ! Mais quelle idiote, je me suis laissé prendre au jeu de

53

ma propre imagination, poursuivit-elle en arpentant la pièce. Accorde-moi quand même que, de tous mes rêves, celui-ci est de loin le plus dingue !

– Arrête, Julia, demanda délicatement son père. Tu es parfaitement éveillée, et tu as toute ta lucidité.

– Non, ça, j'en doute, parce que je te vois, parce que je te parle, et parce que tu es mort !

Anthony Walsh l'observa quelques secondes, silencieux, et répondit aimablement :

– Mais oui, Julia, je suis mort !

Et comme elle restait là, à le regarder, tétanisée, il posa sa main sur son épaule et désigna le canapé.

– Tu veux bien t'asseoir un instant et m'écouter ?

– Non ! dit-elle en se dégageant.

– Julia, il faut vraiment que tu entendes ce que j'ai à te dire.

– Et si je ne veux pas ? Pourquoi les choses devraient-elles toujours être comme tu le décides, toi ?

– Plus maintenant. Il te suffit d'appuyer à nouveau sur le bouton de cette télécommande et je redeviendrai immobile. Mais tu n'auras jamais l'explication de ce qui est en train de se passer.

Julia regarda l'objet au creux de sa main, elle réfléchit un instant, serra les mâchoires et s'assit à contrecœur, obéissant à cette étrange mécanique qui ressemblait diablement à son père.

– J'écoute ! murmura-t-elle.

– Je sais que tout cela est un peu déroutant. Je sais aussi que cela fait longtemps que nous ne nous sommes pas donné de nouvelles.

– Un an et cinq mois !

– Tant que ça ?

– Et vingt-deux jours !

– Ta mémoire est si précise ?

– Je me rappelle encore assez bien la date de mon anniversaire. Tu as fait appeler ton secrétaire pour dire que l'on ne t'attende pas pour dîner, tu devais nous rejoindre en cours de repas, tu n'es jamais venu !

– Je ne m'en souviens pas.

– Moi si !

– De toutes les façons, là n'est pas la question du jour.

– Je n'en avais posé aucune, répondit Julia aussi sec.

– Je ne sais pas très bien par où commencer.

– Il y a un début à tout, c'est l'une de tes sempiternelles répliques, alors commence par m'expliquer ce qui est en train de se passer.

– Il y a quelques années je suis devenu actionnaire d'une société de haute technologie, puisque c'est ainsi qu'on les nomme. Au fil des mois, leurs besoins financiers ont augmenté, ma part en capital aussi, assez pour que je finisse par siéger au conseil d'administration.

– Une entreprise de plus absorbée par ton groupe ?

– Non, cette fois l'investissement n'était qu'à titre personnel ; je suis resté un actionnaire parmi d'autres, mais quand même un investisseur de poids.

– Et que développe cette société dans laquelle tu avais investi tant d'argent ?

– Des androïdes !

– Des quoi ? s'exclama Julia.

– Tu as très bien entendu. Des humanoïdes, si tu préfères.

– Pour quoi faire ?

– Nous ne sommes pas les premiers à avoir envisagé de créer des machines robots à l'apparence humaine, pour nous débarrasser de toutes les tâches que nous ne voulons plus accomplir.

– Tu es revenu sur terre pour passer l'aspirateur chez moi ?

– ... Faire les courses, surveiller la maison, répondre au téléphone, fournir des réponses à toutes sortes de questions, cela fait en effet partie des applications possibles. Mais disons que la société dont je te parle a développé un projet plus élaboré, plus ambitieux en quelque sorte.

– Comme ?

– Comme de donner la possibilité d'offrir aux siens quelques jours de présence supplémentaires.

Julia le regardait, interdite, sans véritablement comprendre ce qu'il lui expliquait. Alors Anthony Walsh ajouta...

– Quelques jours de plus, après sa mort !

– C'est une plaisanterie ? demanda Julia.

– À voir la tête que tu as faite en ouvrant la caisse, ce que tu appelles une plaisanterie est plutôt réussi, répondit Anthony Walsh en se regardant dans le miroir accroché au mur. Je dois dire que je frise la perfection. Bien que je ne croie pas avoir jamais eu ces rides sur le front. Ils ont un peu exagéré le trait.

– Tu les avais déjà quand j'étais enfant, à moins que tu ne te sois fait lifter, je ne pense pas qu'elles aient disparu toutes seules.

– Merci ! répondit Anthony Walsh, tout sourire.

Julia se leva pour l'ausculter de plus près. Si ce qu'elle avait devant elle était une machine, il fallait avouer que le travail était remarquable.

– C'est impossible, c'est technologiquement impossible !

– Qu'as-tu accompli hier devant ton écran d'ordinateur que tu aurais encore juré impossible il y a seulement un an ?

Julia alla s'asseoir à la table de la cuisine et prit sa tête entre ses mains.

– Nous avons investi énormément d'argent pour arriver à un tel résultat, et pour tout te dire, je ne suis encore qu'un prototype. Tu es la première de nos clientes, même si pour toi, bien entendu, c'est gratuit. C'est un cadeau ! ajouta Anthony Walsh, affable.

– Un cadeau ? Et qui serait assez fou pour vouloir de ce genre de cadeau ?

– Sais-tu combien de personnes se disent au cours des derniers instants de leur vie, « Si j'avais su, si j'avais pu comprendre ou entendre, si seulement j'avais pu leur dire, s'ils savaient... » et puisque Julia restait sans voix, Anthony Walsh ajouta : Le marché est immense !

– Cette chose à qui je parle, c'est vraiment toi ?

– Presque ! Disons que cette machine contient ma mémoire, une grande partie de mon cortex, c'est un dispositif implacable composé de millions de processeurs, doté d'une technologie reproduisant la couleur et la texture de la peau, capable d'une mobilité approchant à la perfection la mécanique humaine.

– Pourquoi ? Pour quoi faire ? demanda Julia abasourdie.

– Pour que nous disposions de ces quelques jours qui nous ont toujours manqué, de quelques heures de plus volées à l'éternité, simplement pour que toi et moi puissions enfin partager ensemble toutes ces choses que nous ne nous sommes pas dites.

*

Julia avait quitté le canapé. Elle allait et venait dans le salon, admettant par instants la situation à laquelle elle était confrontée, la rejetant à d'autres. Elle alla se chercher un verre d'eau dans la cuisine, le but d'un trait et retourna auprès d'Anthony Walsh.

– Personne ne me croira ! dit-elle en brisant le silence.

– N'est-ce pas ce que tu te dis chaque fois que tu imagines l'une de tes histoires ? N'est-ce pas la question qui occupe tout ton esprit, alors que ton stylo s'anime pour donner vie à tes personnages ? Ne m'as-tu pas dit, quand je refusais de croire à ton métier, que j'étais un ignorant qui ne comprenait rien aux pouvoirs des rêves ? Ne m'as-tu pas expliqué maintes fois que des milliers d'enfants entraînaient leurs parents dans les mondes imaginaires que tes amis et toi inventiez sur vos écrans ? Ne m'as-tu pas rappelé que je n'avais pas voulu croire à ta carrière, alors que ta profession te décernait un prix ? Tu as donné naissance à une loutre aux couleurs absurdes, et tu as cru en elle. Vas-tu me dire maintenant, parce qu'un personnage improbable s'anime devant tes yeux, que tu refuserais d'y croire, parce que ce personnage au lieu d'avoir l'apparence d'un animal étrange revêt celle de ton père ? Si ta réponse est oui, alors je te l'ai dit, tu n'as qu'à appuyer sur ce bouton ! conclut Anthony Walsh en désignant la télécommande que Julia avait abandonnée sur la table.

Julia applaudit.

– Ne profite pas que je sois mort pour être insolente, veux-tu !

– S'il me suffit vraiment de cliquer sur ce bouton pour te fermer enfin le clapet, je vais me gêner !

Et alors que sur le visage de son père se dessinait cette expression si familière qui trahissait toujours sa colère, ils furent interrompus par deux petits coups de klaxon venant de la rue.

Le cœur de Julia se remit à battre à toute vitesse. Elle aurait reconnu parmi cent autres le craquement de la boîte de vitesse qui se faisait entendre chaque fois qu'Adam enclenchait la marche arrière. Sans aucun doute, il était en train de se garer en bas de chez elle.

– Merde ! murmura-t-elle en se précipitant à la fenêtre.

– Qui est-ce ? demanda son père.

– Adam !

– Qui ?

– L'homme que je devais épouser samedi.

– Devais ?

– Samedi, j'étais à ton enterrement !

– Ah oui !

– Ah oui... ! Nous en reparlerons plus tard ! En attendant, retourne tout de suite dans ta caisse !

– Pardon ?

– Dès qu'Adam aura réussi son créneau, ce qui nous laisse encore quelques minutes, il va monter. J'ai annulé notre mariage pour assister à tes obsèques, si nous pouvions éviter qu'il ne te trouve dans mon appartement, ça m'arrangerait !

– Je ne vois pas pourquoi entretenir des secrets inutiles. Si c'est celui avec qui tu voulais partager ta vie, tu devrais lui faire confiance ! Je peux tout à fait lui expliquer la situation comme je viens de le faire avec toi.

– D'abord, retire cet imparfait, le mariage n'est que reporté ! Quant à tes explications, c'est bien là le problème, j'ai déjà du mal à y croire, ne lui demande pas l'impossible.

– Il est peut-être plus ouvert d'esprit que toi ?

– Adam ne sait pas faire fonctionner un Camé-scope, alors, en matière d'androïdes, j'ai des doutes. Rentre dans ta boîte, bon sang !

– Permets-moi de te dire que c'est une idée stupide !

Julia regarda son père, exaspérée.

– Oh, ce n'est pas la peine de faire cette tête-là, reprit-il aussitôt. Tu n'as qu'à réfléchir deux secondes. Une caisse fermée de deux mètres de haut au milieu de ton salon, tu ne crois pas qu'il va vouloir savoir ce qu'elle contient ?

Et comme Julia ne répondait pas, Anthony ajouta satisfait : « C'est bien ce que je pensais ! »

– Dépêche-toi, supplia Julia en se penchant à la fenêtre, va te cacher quelque part, il vient de couper le moteur.

– C'est drôlement petit chez toi, siffla Anthony Walsh en regardant autour de lui.

– C'est à la taille de mes besoins et dans mes moyens !

– Il faut croire que non. S'il y avait, je ne sais pas moi, un petit salon, une bibliothèque, une salle de billard, ou ne serait-ce qu'une buanderie, je pourrais au moins aller t'y attendre. Ces appartements composés d'une seule grande pièce... Quelle drôle de façon de vivre ! Comment veux-tu avoir la moindre intimité ici ?

– La plupart des gens n'ont pas de bibliothèque ou de salle de billard dans leur appartement.

– Parle pour tes amis, ma chérie !

Julia se retourna vers lui et lui lança un regard noir.

– Tu m'as pourri la vie de ton vivant, tu as fait fabriquer cette machine à trois milliards pour continuer à m'emmerder aussi après ta mort ? C'est ça ?

– Même si je suis un prototype, cette machine, comme tu dis, est loin de coûter une somme aussi folle, sinon, tu penses bien que personne ne pourrait se l'offrir.

– Tes amis, peut-être ? répliqua Julia narquoise.

– Tu as vraiment un sale caractère, ma Julia. Bon, cessons de tergiverser puisqu'il semble y avoir urgence à faire disparaître ton père, tout juste réapparu. Qu'est-ce que nous avons à l'étage au-dessus ? Un grenier, des combles ?

– Un autre appartement !

– Habité par une voisine que tu connaîtrais assez pour que j'aille sonner chez elle et lui demander du beurre ou du sel par exemple, le temps que tu nous débarrasses de ton fiancé ?

Julia se précipita vers les tiroirs de la cuisine, qu'elle ouvrit un à un.

– Qu'est-ce que tu cherches ?

– La clé, chuchota-t-elle alors qu'elle entendait la voix d'Adam qui l'appelait depuis la rue.

– Tu as la clé de l'appartement du dessus ? Je te préviens, si tu m'envoies à la cave, il y a toutes les chances que je croise ton fiancé dans l'escalier.

– C'est moi la propriétaire de l'appartement du dessus ! Je l'ai acheté l'an dernier grâce à ma prime, mais je n'ai pas encore les moyens de le retaper, alors c'est un peu le foutoir là-haut !

– Pourquoi, c'est censé être rangé ici ?

– Je vais te tuer si tu continues !

– Au regret de te contredire, c'est désormais trop tard. Et puis si ta maison était vraiment en ordre, tu aurais déjà repéré les clés que je vois pendre à ce clou près de la cuisinière.

Julia releva la tête et se précipita vers le trousseau. Elle le saisit et le tendit aussitôt à son père.

– Monte et ne fais aucun bruit. Il sait que l'étage est inoccupé !

– Tu ferais bien d'aller t'entretenir avec lui au lieu de me faire la leçon, à force de beugler ton prénom dans la rue, il va finir par réveiller tout le voisinage.

Julia courut à la fenêtre et se pencha au rebord.

– J'ai sonné au moins dix fois ! dit Adam en reculant d'un pas sur le trottoir.

– L'Interphone est en panne, je suis désolée, répondit Julia.

– Tu ne m'as pas entendu ?

– Si, enfin, non, juste là. Je regardais la télévision.

– Tu m'ouvres ?

– Oui, bien sûr, répondit Julia hésitante, en restant à la fenêtre, tandis que la porte de l'appartement se refermait sur les pas de son père.

– Eh bien, on dirait que ma visite-surprise te fait un plaisir fou !

– Évidemment ! Pourquoi dis-tu ça ?

– Parce que je suis toujours sur le trottoir. J'ai cru comprendre en écoutant ton message que tu n'étais

61

pas au mieux de ta forme, enfin il m'a semblé... alors je suis passé en rentrant de la campagne, mais si tu préfères que je reparte...

– Mais non, je t'ouvre !

Elle se dirigea vers l'Interphone et appuya sur le bouton qui commandait la gâche. La clenche grésilla au rez-de-chaussée et elle entendit les pas d'Adam dans l'escalier. Elle eut à peine le temps de se précipiter vers le coin-cuisine, de saisir une télécommande, de la rejeter aussitôt avec effroi – celle-ci n'aurait aucun effet sur la télévision –, d'ouvrir le tiroir de la table, de trouver la bonne et de prier pour que ses piles fonctionnent encore. L'appareil s'alluma au moment où Adam poussait la porte d'entrée.

– Tu ne verrouilles plus la porte de ton appartement ? questionna-t-il en entrant.

– Si, mais j'ai tourné le loquet pour toi à l'instant, improvisa Julia, rageant en son for intérieur contre son père.

Adam ôta sa veste et l'abandonna sur une chaise. Il contempla la neige qui scintillait sur l'écran.

– Tu regardais vraiment la télé ? Je croyais que tu avais horreur de ça.

– Une fois n'est pas coutume, répondit Julia en tentant de reprendre ses esprits.

– Je dois dire que le programme que tu suis n'est pas des plus passionnants.

– Ne te moque pas de moi, j'ai essayé de l'éteindre, je m'en sers si peu souvent, j'ai dû faire une fausse manœuvre.

Adam regarda autour de lui et découvrit l'étrange objet au milieu du living.

– Quoi ? demanda Julia avec une mauvaise foi flagrante.

– Au cas où ça t'aurait échappé, il y a une caisse de deux mètres de haut dans ton salon.

Julia s'aventura dans une explication hasardeuse. Il s'agissait d'un emballage spécial, conçu pour retourner un ordinateur en panne. Les livreurs l'avaient déposé par erreur chez elle, en lieu et place de son bureau.

– Il doit être sacrément fragile pour que vous l'emballiez dans une boîte d'une pareille hauteur.

– C'est une machine d'une telle complexité, ajouta Julia, une sorte de grande chose encombrante et oui, en effet, c'est très fragile !

– Et ils se sont trompés d'adresse ? poursuivit Adam intrigué.

– Oui, enfin c'est moi qui me suis trompée en remplissant la commande. Avec la fatigue accumulée ces dernières semaines, j'en viens à faire tout et n'importe quoi.

– Fais attention, on pourrait t'accuser de détourner les actifs de la société.

– Non, personne ne va m'accuser de quoi que ce soit, répondit Julia, trahissant au ton de sa voix une certaine impatience.

– Tu veux me parler de quelque chose ?

– Pourquoi ?

– Parce qu'il faut que je sonne dix fois et hurle dans la rue pour que tu viennes jusqu'à ta fenêtre, parce que je te retrouve hagarde, la télévision allumée, alors que le câble d'antenne n'est même pas raccordé, regarde par toi-même ! Parce que tu es étrange, voilà tout.

– Et qu'est-ce que tu veux que je te cache, Adam ? répliqua Julia, ne cherchant plus du tout à masquer son irritation.

– Je ne sais pas, je n'ai pas dit que tu me cachais quelque chose, ou alors c'est à toi de me le dire.

Julia ouvrit brusquement la porte de sa chambre, puis celle de la penderie derrière elle ; elle se dirigea ensuite vers la cuisine et commença d'en ouvrir chaque placard, celui au-dessus de l'évier d'abord, puis celui d'à côté, le suivant et jusqu'au dernier.

– Qu'est-ce que tu fais, bon sang ? questionna Adam.

– Je cherche où j'ai pu cacher mon amant, c'est bien ce que tu me demandes, non ?

– Julia !

– Quoi Julia ?

La dispute naissante fut interrompue par la sonnerie du téléphone. Tous deux regardèrent l'appareil, intrigués. Julia décrocha. Elle écouta longuement son interlocuteur, le remercia de son appel et le félicita avant de raccrocher.

– Qui était-ce ?

– Le bureau. Ils ont enfin résolu ce problème qui bloquait la réalisation du dessin animé, la production peut continuer, nous serons dans les temps.

– Tu vois, dit Adam la voix radoucie, nous serions partis demain matin comme prévu, tu aurais même eu l'esprit tranquille pendant notre voyage de noces.

– Je sais, Adam, je suis vraiment désolée, si tu savais à quel point ! Il faut d'ailleurs que je te rende les billets, ils sont au bureau.

– Tu peux les jeter, ou les garder en souvenir, ils n'étaient ni échangeables, ni remboursables.

Julia fit une mimique dont elle était coutumière. Chaque fois qu'elle s'abstenait de faire un commentaire sur un sujet qui la froissait, elle haussait les sourcils.

– Ne me regarde pas comme ça, se justifia aussitôt Adam. Tu avoueras qu'il est assez rare que l'on annule son voyage de noces trois jours avant le départ ! Et nous aurions quand même pu partir...

– Parce que tes billets ne sont pas remboursables ?

– Ce n'est pas ce que je voulais dire, enchaîna Adam en la prenant dans ses bras. Bon, ton message

64

ne mentait pas sur ton humeur, je n'aurais pas dû venir. Tu as besoin d'être seule, je t'ai déjà dit que je comprenais, je vais m'en tenir là. Je rentre, demain est un autre jour.

Alors qu'il s'apprêtait à franchir le seuil de la porte, un léger craquement se fit entendre à travers le plafond. Adam leva la tête et regarda Julia.

– Je t'en prie, Adam ! C'est un rat qui doit courir là-haut.

– Je ne sais pas comment tu fais pour vivre dans ce capharnaüm.

– Je m'y sens bien, un jour j'aurai les moyens d'habiter un grand appartement, tu verras.

– Nous devions nous marier ce week-end, tu pourrais peut-être dire nous !

– Pardon, ce n'est pas ce que je voulais dire.

– Combien de temps comptes-tu encore faire la navette entre ton chez-toi et mon deux pièces trop petit à ton goût ?

– Nous n'allons pas recommencer cette sempiternelle discussion, ce n'est pas le soir. Je te le promets, dès que nous pourrons nous permettre de faire les travaux et de réunir les deux étages, nous aurons assez de place pour deux.

– C'est parce que je t'aime que j'ai accepté de ne pas t'arracher à ce lieu auquel tu sembles plus attachée qu'à moi, mais si tu le voulais vraiment, nous pourrions y vivre dès maintenant.

– Qu'est-ce que tu sous-entends ? questionna Julia. Si tu fais allusion à la fortune de mon père, je n'en ai jamais voulu de son vivant, ce n'est pas maintenant qu'il est mort que je vais changer d'avis. Il faut que j'aille dormir, à défaut de partir en voyage, j'ai une journée chargée demain.

– Tu as raison, va dormir, je vais mettre ta dernière remarque sur le compte de la fatigue.

Adam haussa les épaules et s'en alla, sans même se retourner en bas de l'escalier pour voir le signe de main que lui faisait Julia. La porte de la maison se referma.

*

– Merci pour le rat ! J'ai entendu ! s'exclama Anthony Walsh en entrant à nouveau dans l'appartement.

– Tu préférais peut-être que je lui dise qu'un androïde dernier cri, à l'image de mon père, faisait les cent pas au-dessus de nos têtes... pour qu'il appelle une ambulance et me fasse interner tout de suite ?

– Ça n'aurait pas manqué de piquant ! rétorqua Anthony Walsh amusé.

– Cela dit, si tu veux que nous continuions à échanger des politesses, reprit Julia, alors merci à toi d'avoir ruiné ma cérémonie de mariage.

– Excuse-moi d'être mort, ma chérie !

– Merci aussi de m'avoir brouillée avec le propriétaire du magasin en bas de chez moi, qui va me faire la soupe à la grimace pendant des mois.

– Un marchand de chaussures ! Qu'est-ce qu'on s'en fout ?

– Ce ne sont pas des chaussures que tu portes aux pieds ? Merci également d'avoir gâché ma seule soirée de repos de la semaine.

– À ton âge, je ne me reposais que le soir de Thanksgiving !

– Je sais ! Et enfin, merci, là tu t'es surpassé, grâce à toi, je me suis conduite comme un monstre avec mon fiancé.

– Je ne suis pas la cause de votre dispute, blâme ton caractère, moi je n'y suis pour rien !

– Tu n'y es pour rien ? hurla Julia.

66

– Bon, si peut-être un peu... on fait la paix ?

– La paix pour ce soir, pour hier, pour tes années de silence, ou pour toutes nos guerres ?

– Je n'ai pas été en guerre contre toi, Julia. Absent certes, mais jamais hostile.

– Tu plaisantes, j'espère ? Tu as toujours essayé de tout contrôler à distance, sans légitimité. Mais qu'est-ce que je suis en train de faire ? Je parle avec un mort !

– Tu peux m'éteindre, si tu le souhaites.

– C'est probablement ce que je devrais faire. Te remettre dans ta boîte et te réexpédier vers je ne sais quelle société de haute technologie.

– 1-800-300 00 01 code 654.

Julia le regarda, pensive.

– C'est le moyen de joindre la société en question, continua-t-il. Il te suffit de composer ce numéro, de communiquer le code, ils peuvent même m'éteindre à distance si tu n'en as pas le courage, et dans les vingt-quatre heures ils te débarrasseront de moi. Mais réfléchis bien. Combien de personnes voudraient pouvoir passer quelques jours de plus avec un père ou une mère qui vient de disparaître ? Tu n'auras pas de seconde chance. Nous avons six jours, pas un de plus.

– Pourquoi six ?

– C'est une solution que nous avons mise en place pour répondre à un problème d'éthique.

– C'est-à-dire ?

– Tu te doutes bien qu'une telle invention ne va pas sans poser quelques questions d'ordre moral. Nous avons considéré qu'il était important que nos clients ne puissent pas s'attacher à ce genre de machines, si perfectionnées soient-elles. Il existait déjà plusieurs façons de communiquer après sa mort, testaments, livres, enregistrements sonores ou en images. Disons qu'ici le procédé est innovant et surtout, interactif, ajouta Anthony Walsh aussi enthousiaste que s'il était en train de convaincre un acheteur. Il s'agit simplement d'offrir à celui ou celle qui va mourir un moyen plus élaboré que le papier ou la vidéo pour transmettre ses dernières volontés, et aux survivants la chance de profiter de quelques jours de plus en compagnie de l'être aimé. Nous ne pouvons pas pour autant autoriser un transfert affectif vers une mécanique. Nous avons tiré les enseignements de ce qui a été fait avant nous. Je ne sais pas si tu t'en souviens, mais des poupées nourrissons avaient été si réussies par leur fabricant que quelques acheteurs avaient fini par se comporter avec elles comme s'il s'agissait de véritables bébés. Nous ne voulons pas reproduire ce genre de déviance. Il n'est pas question de pouvoir conserver indéfiniment chez soi un clone de son père ou de sa mère. Même si cela pourrait être tentant.

Anthony regarda la mine dubitative de Julia.

– Enfin, apparemment pas en ce qui nous concerne... Donc, au bout d'une semaine, les batteries s'épuisent, et il n'y a aucun moyen de les recharger. Tout le contenu de la mémoire s'efface et les derniers souffles de vie sont rendus à la mort.

– Et il n'y a aucune possibilité d'empêcher cela ?

– Non, tout a été pensé. Si un petit malin essaie d'accéder aux batteries, la mémoire est aussitôt reformatée. C'est triste à dire, enfin pour moi tout du moins, mais je suis comme une lampe de poche jetable ! Six jours de lumière et ensuite c'est le grand saut dans les ténèbres. Six jours, Julia, six petites journées pour rattraper le temps perdu, c'est à toi de décider.

– Il n'y avait vraiment que toi pour imaginer une idée aussi tordue. Je suis certaine que tu étais bien plus qu'un simple actionnaire dans cette société.

– Si tu décides de jouer le jeu, et aussi longtemps

que tu n'appuieras pas sur le bouton de cette télé-commande pour m'éteindre, je préférerais que tu continues à parler de moi au présent. Disons que c'est mon petit bonus, si tu le veux bien.

– Six jours ? Je ne les ai pas pris pour moi depuis une éternité.

– La pomme ne tombe jamais bien loin de l'arbre, n'est-ce pas ?

Julia fusilla son père du regard.

– Je disais cela comme ça, tu n'es pas obligée de tout prendre au premier degré ! reprit Anthony.

– Et qu'est-ce que je dirai à Adam ?

– Tu avais l'air de fort bien te débrouiller pour lui mentir tout à l'heure.

– Je ne lui mentais pas, je lui cachais quelque chose, ce n'est pas pareil.

– Pardonne-moi, la subtilité m'avait échappé. Tu n'as qu'à continuer... à lui cacher quelque chose.

– Et à Stanley ?

– Ton ami homosexuel ?

– Mon meilleur ami, tout court !

– C'est cela, c'est bien de lui dont je parlais ! répondit Anthony Walsh. Si c'est vraiment ton meilleur ami, il faudra être encore plus fine.

– Et tu resterais là toute la journée pendant que je suis au bureau ?

– Tu devais t'accorder quelques jours de congé pour ton voyage de noces, n'est-ce pas ? Tu peux te faire porter absente !

– Comment sais-tu que je devais partir ?

– Les planchers de ton appartement, ou les pla-fonds, comme tu préfères, ne sont pas insonorisés. C'est toujours le problème avec les vieilles demeures mal entretenues.

– Anthony ! tempêta Julia.

– Ah, je t'en supplie, même si je ne suis qu'une

machine, appelle-moi papa, j'ai horreur quand tu m'appelles par mon prénom.

– Mais, bon sang, je n'ai pas pu t'appeler papa depuis vingt ans !

– Raison de plus pour profiter pleinement de ces six jours ! répondit Anthony Walsh avec un grand sourire.

– Je n'ai pas la moindre idée de ce que je dois faire, murmura Julia en allant à la fenêtre.

– Va te coucher, la nuit porte conseil. Tu es la première personne sur cette terre à qui ce choix est offert, cela vaut bien la peine d'y réfléchir sereinement. Demain matin, tu prendras ta décision et quelle qu'elle soit, ce sera la bonne. Au pire si tu m'éteins, tu auras un peu de retard au bureau. Ton mariage t'aurait coûté une semaine d'absence, la mort de ton papa doit bien valoir quelques heures de travail perdues, non ?

Julia observa longuement cet étrange père qui la fixait. Si ce n'avait été l'homme qu'elle avait toujours essayé de connaître, elle aurait cru déceler un peu de tendresse dans le regard qu'il posait sur elle. Et quand bien même s'agissait-il d'une copie de ce qu'il avait été, elle faillit presque lui dire bonsoir mais renonça. Elle referma la porte de sa chambre et alla s'allonger sur son lit.

Les minutes s'égrenèrent, l'heure passa, puis la suivante. Les rideaux étaient ouverts et la clarté de la nuit se posait sur les rayonnages des étagères. Par-delà la fenêtre, la pleine lune semblait venir flotter sur le parquet de sa chambre. Depuis son lit, Julia retrouvait ses souvenirs d'enfance. Il y avait eu tant de nuits semblables où elle avait guetté le retour de celui qui ce soir attendait de l'autre côté du mur. Tant d'insomnies d'adolescence où le vent réinventait les voyages de son père, décrivant mille pays aux frontières merveilleuses. Autant de soirées passées à façonner des rêves.

L'habitude ne s'était pas perdue avec les années. Combien de traits de crayon, de coups de gomme avait-il fallu pour que les personnages qu'elle inventait prennent vie, se rejoignent et satisfassent leur besoin d'amour, d'image en image. Depuis toujours, Julia savait que lorsqu'on imagine, on cherche en vain la clarté du jour, qu'il suffit de renoncer un seul instant à ses rêves pour qu'ils s'évanouissent, quand ils sont exposés à la lumière trop vive de la réalité. Où se trouve la frontière de notre enfance ?

Une petite poupée mexicaine dormait à côté de la statuette en plâtre d'une loutre, premier moulage d'un espoir improbable pourtant devenu réalité. Julia se leva et la prit dans ses mains. Son intuition avait toujours été sa meilleure alliée, le temps avait nourri son imaginaire. Alors, pourquoi ne pas croire ?

Elle reposa le jouet, enfila un peignoir de bain, et ouvrit la porte de sa chambre. Anthony Walsh était assis dans le canapé du salon, il avait allumé la télévision et regardait une série diffusée sur NBC.

– Je me suis permis de rebrancher le câble, c'est idiot, il n'était même pas raccordé à la prise murale ! J'ai toujours adoré ce feuilleton.

Julia s'assit à côté de lui.

– Je n'avais pas pu voir cet épisode, enfin, du moins il n'est pas dans ma mémoire, reprit son père.

Julia prit la télécommande et coupa le son. Anthony leva les yeux au ciel.

– Tu voulais que nous parlions ? dit-elle, alors parlons.

Ils restèrent silencieux pendant un bon quart d'heure.

– Je suis ravi, je n'avais pas pu voir cet épisode, enfin, du moins il n'est pas dans ma mémoire, répéta Anthony Walsh en haussant le volume.

Cette fois, Julia éteignit le poste.

– Tu bug, tu viens de dire deux fois la même phrase.

S'ensuivit un nouveau quart d'heure de silence où Anthony demeura les yeux rivés sur l'écran noir.

– Le soir de l'un de tes anniversaires, nous fêtions tes neuf ans je crois, après avoir dîné en tête à tête dans un restaurant chinois que tu aimais particulièrement, nous avions passé la soirée entière à regarder la télévision, comme ça, rien que tous les deux. Tu étais allongée sur mon lit et même quand ce fut la fin des programmes, tu as continué à contempler la neige qui scintillait sur l'écran ; tu ne peux pas t'en souvenir, tu étais trop jeune. Tu as fini par t'assoupir vers deux heures du matin. J'ai voulu te ramener dans ta chambre, mais tes bras serraient si fort le coussin cousu à ma tête de lit que je n'ai jamais pu t'en séparer. Tu dormais en travers des draps et tu occupais tout l'espace. Alors je me suis installé dans le fauteuil, face à toi, et je t'ai regardée toute la nuit. Non, tu ne dois pas t'en souvenir, tu n'avais que neuf ans.

Julia ne disait rien, Anthony Walsh ralluma le poste.

– Où vont-ils chercher leurs histoires ? Il faut une sacrée dose d'imagination. Ça me fascinera toujours ! Le plus drôle c'est que l'on finit vraiment par s'attacher à la vie de ces personnages.

Julia et son père restèrent là, assis côte à côte, sans rien dire de plus. Chacun avait sa main posée à côté de celle de l'autre et pas un instant elles ne se rapprochèrent et pas un mot ne vint troubler la quiétude de cette nuit si particulière. Quand les premières lueurs du jour entrèrent dans la pièce, Julia se leva, toujours en silence, traversa le salon et sur le pas de la porte de sa chambre, elle se retourna.

– Bonne nuit.

6.

Sur la table de nuit, le radio-réveil indiquait déjà neuf heures. Julia ouvrit les yeux et bondit du lit.

– Merde !

Elle se précipita vers la salle de bains, non sans se cogner le pied contre le chambranle de la porte.

– Déjà lundi, maugréa-t-elle. Quelle nuit ! Elle tira le rideau de douche, entra dans la baignoire et laissa longtemps couler l'eau sur sa peau. Un peu plus tard, alors qu'elle se brossait les dents, regardant son visage dans le miroir au-dessus de la vasque, un fou rire la saisit. Elle enroula une serviette autour de sa taille, en noua une autre autour de ses cheveux, et se décida à aller préparer son thé du matin. En traversant la chambre, elle se promit qu'aussitôt le thé avalé elle appellerait Stanley. Lui dévoiler ses délires nocturnes n'était pas sans risque, il voudrait certainement l'entraîner de force sur le divan d'un psychanalyste. Inutile de lutter, jamais elle ne tiendrait la demi-journée sans l'appeler sinon passer le voir. Un rêve aussi rocambolesque se devait d'être raconté à son meilleur ami.

Un sourire aux lèvres, elle allait ouvrir la porte de sa chambre qui donnait sur le salon quand un bruit de couverts la fit sursauter.

73

Son cœur se mit de nouveau à cogner. Abandonnant les deux serviettes sur le parquet, elle enfila un jean et un polo en toute hâte, remit un peu d'ordre dans sa chevelure, retourna dans la salle de bains et décida devant le miroir qu'un soupçon de blush ne gâcherait rien. Puis elle entrebâilla la porte du salon, passa la tête et chuchota, inquiète :

– Adam ? Stanley ?

– Je ne sais plus si tu prends du thé ou du café, alors j'ai fait du café, dit son père depuis le coin-cuisine en lui montrant la cafetière fumante qu'il brandissait glorieusement. Un peu fort, comme je l'aime ! ajouta-t-il jovial.

Julia regarda la vieille table en bois ; son couvert y était dressé. Deux pots de confitures traçaient une diagonale parfaite avec le pot de miel. Un peu plus loin, le beurrier jouait à l'équerre avec le paquet de céréales. Un carton de lait se tenait droit devant le sucrier.

– Arrête ça !

– Quoi ? Qu'est-ce que j'ai encore fait ?

– Ce jeu idiot du père modèle. Tu ne m'avais jamais préparé mon petit déjeuner, tu ne vas pas t'y mettre maintenant que tu...

– Ah non, pas d'imparfait ! C'est la règle que nous nous sommes fixée. Tout se dit au présent... le futur étant un luxe au-dessus de mes moyens.

– C'est la règle que toi tu as fixée ! Et je prends du thé le matin.

Anthony versa le café dans la tasse de Julia.

– Du lait ? demanda-t-il.

Julia ouvrit le robinet de l'évier et remplit la bouilloire électrique.

– Alors, tu as pris une décision ? demanda Anthony Walsh en sortant deux toasts du grille-pain.

– Si le but était de se parler, notre soirée d'hier n'était pas très concluante, répondit Julia d'une voix douce.

– Moi j'ai bien aimé ce moment que nous avons passé ensemble, pas toi ?

– Ce n'était pas l'anniversaire de mes neuf ans ; nous fêtions mes dix ans. Le premier week-end sans maman. C'était un dimanche, elle avait été hospitalisée le jeudi. Le restaurant chinois s'appelait Wang, il a fermé l'an dernier. Au petit matin du lundi, alors que je dormais, tu as fait ta valise et tu es parti prendre l'avion sans venir me dire au revoir.

– J'avais rendez-vous à Seattle en début d'après-midi ! Ah non, je crois que c'était à Boston. Zut alors... je ne sais plus. Je suis rentré le jeudi... ou le vendredi ?

– À quoi cela sert tout ça ? demanda Julia en s'asseyant à la table.

– En deux petites phrases on vient déjà de se dire pas mal de choses, tu ne trouves pas ? Ton thé ne sera jamais prêt si tu n'appuies pas sur le bouton de la bouilloire.

Julia huma la tasse devant elle.

– Je crois que je n'ai jamais avalé de café de ma vie, dit-elle en trempant ses lèvres dans le breuvage.

– Alors comment peux-tu savoir que tu n'aimes pas ça ? demanda Anthony Walsh en regardant sa fille vider le bol d'un trait.

– Parce que ! répondit-elle, grimaçante, en reposant la tasse.

– On s'habitue à l'amertume... et puis on finit par apprécier la sensualité qui s'en dégage, dit Anthony.

– Je dois aller travailler, enchaîna Julia en ouvrant le pot de miel.

– Tu as pris ta décision, oui ou non ? C'est agaçant cette situation, j'ai quand même le droit de savoir !

– Je ne sais pas quoi te dire, ne me demande pas l'impossible. Tes associés et toi avez oublié un autre problème d'éthique.

– Dis toujours, ça m'intéresse.

– Chambouler la vie de quelqu'un qui n'a rien demandé.

– Quelqu'un ? rétorqua Anthony Walsh d'une voix pincée.

– Ne joue pas sur les mots. Je ne sais pas quoi te dire, fais ce que tu veux, décroche le téléphone, appelle-les, donne-leur le code et qu'ils décident pour moi à distance.

– Six jours, Julia, rien que six jours pour que tu fasses le deuil de ton père et non d'un inconnu, tu es certaine de ne pas avoir envie de choisir toi-même ?

– Six jours pour toi, donc !

– Je ne suis plus de ce monde, que veux-tu que j'y gagne ? Je n'imaginais pas dire cela un jour, mais c'est pourtant bien le cas. D'ailleurs, quand on y pense, c'est assez cocasse, poursuivit Anthony Walsh, amusé. Cela non plus on ne l'avait pas envisagé. C'est inouï ! Tu avoueras que jusqu'à la mise au point de cette invention géniale, il était difficilement concevable de dire à sa fille que l'on est mort, tout en guettant sa réaction. Non ? Bon, je vois que ça ne te fait même pas sourire, cela ne devait pas être très drôle finalement.

– Non, en effet !

– J'ai une mauvaise nouvelle pour toi. Je ne peux pas les appeler. Ce n'est pas possible. La seule personne pouvant interrompre le programme est la bénéficiaire. D'ailleurs, j'ai déjà oublié le mot de passe que je t'avais communiqué, il s'est aussitôt effacé de ma mémoire. J'espère que tu l'as noté... au cas où...

– 1-800-300 00 01 code 654 !

– Ah oui, tu l'as bien mémorisé !

Julia se leva et alla déposer son bol dans l'évier. Elle se retourna pour regarder longuement son père et décrocha le téléphone fixé au mur de la cuisine.

– C'est moi, dit-elle à son collègue de travail. Je vais suivre tes conseils, enfin presque... je prends ma journée et celle de demain aussi, peut-être plus, je n'en sais encore rien, mais je te tiendrai au courant. Envoyez-moi un mail tous les soirs pour m'informer de l'avancement du projet, et surtout appelez-moi si vous avez le moindre problème. Une dernière chose, accorde toute ton attention à ce Charles, la nouvelle recrue, nous lui devons une fière chandelle. Je ne veux pas qu'il soit tenu à l'écart, aide-le à s'intégrer à l'équipe. Je compte vraiment sur toi, Dray.

Julia reposa le combiné sur son socle, sans quitter son père des yeux.

– C'est bien de veiller sur ses collaborateurs, annonça Anthony Walsh, j'ai toujours dit qu'une entreprise reposait sur trois piliers : ses équipes, ses équipes et ses équipes !

– Deux jours ! Je nous donne deux jours, tu m'entends ? À toi de décider si tu les prends ou pas. Dans quarante-huit heures, tu me rends à ma vie, et toi...

– Six jours !

– Deux !

– Six ! continua d'argumenter Anthony Walsh.

La sonnerie du téléphone mit un terme à la négociation. Anthony prit l'appel, Julia lui arracha aussitôt l'appareil, l'étouffa dans sa main en faisant signe à son père d'être le plus silencieux possible. Adam s'inquiétait de ne pas avoir pu la joindre au bureau. Il se reprochait d'avoir été susceptible et suspicieux à son égard. Elle s'excusa d'avoir été irascible la veille au soir, le remercia d'avoir réagi à son message et d'être passé la voir. Et même si le moment n'avait pas été des plus parfaits, son apparition inattendue sous ses fenêtres avait finalement un côté très romantique.

Adam lui proposa de venir la chercher après sa journée de travail. Et pendant qu'Anthony Walsh faisait la vaisselle, et le plus de bruit possible, Julia

77

expliqua que la mort de son père l'avait affectée plus qu'elle n'avait bien voulu l'avouer. Sa nuit avait été peuplée de cauchemars, elle était épuisée. Inutile de reproduire l'expérience de la veille. Un après-midi de calme, une soirée où elle se coucherait tôt et demain, au plus tard le jour suivant, ils se verraient. D'ici là, elle aurait retrouvé une apparence digne de la jeune femme qu'il voulait épouser.

– C'est bien ce que je disais, la pomme ne tombe jamais loin de l'arbre, répéta Anthony Walsh alors que Julia raccrochait.

Elle le fusilla du regard.

– Quoi encore ?

– Tu n'as jamais lavé la moindre assiette !

– Ça, tu n'en sais rien, et puis la vaisselle est dans mon nouveau programme ! répondit joyeusement Anthony Walsh.

Julia le laissa en plan et prit le trousseau de clés accroché au clou.

– Où vas-tu ? demanda son père.

– Je monte t'aménager une pièce à l'étage. Hors de question que tu passes la nuit dans mon salon à faire les cent pas, j'ai quelques heures de sommeil à récupérer, si tu vois ce que je veux dire.

– Si c'est à cause du bruit de la télévision, je peux baisser le son...

– Ce soir tu montes, c'est à prendre ou à laisser !

– Tu ne vas quand même pas me mettre au grenier ?

– Donne-moi une bonne raison de ne pas le faire ?

– Il y a des rats... c'est toi qui l'as dit, reprit son père avec l'intonation d'un enfant que l'on vient de punir.

Et alors que Julia s'apprêtait à sortir de l'appartement, son père la rappela d'une voix ferme.

– Nous n'y arriverons jamais ici !

Julia ferma la porte et grimpa l'escalier. Anthony

Walsh regarda l'heure à la montre du four, hésita un instant, et chercha la télécommande blanche que Julia avait abandonnée sur le plan de travail.

Il entendit les pas de sa fille au-dessus de sa tête, le raclement des meubles qu'elle déplaçait, le bruit de la fenêtre qu'elle ouvrait et refermait. Quand elle redescendit, son père avait repris place dans la caisse, télécommande en main.

– Qu'est-ce que tu fais ? lui demanda-t-elle.

– Je vais m'éteindre, c'est peut-être mieux pour nous deux, enfin surtout pour toi, je vois bien que je dérange.

– Je croyais que tu ne pouvais pas faire ça ? dit-elle en lui arrachant la télécommande.

– J'ai dit que tu étais la seule à pouvoir appeler la société et fournir le code, mais je pense être encore capable d'appuyer sur un bouton ! maugréa-t-il en ressortant de la caisse.

– Et puis fais comme tu veux, répondit-elle en lui rendant le boîtier. Tu m'épuises !

Anthony Walsh le reposa sur la table basse et vint se poster devant sa fille.

– Au fait, où deviez-vous partir en voyage ?

– À Montréal, pourquoi ?

– Dis donc, il ne s'est pas foulé le fiancé, siffla-t-il entre ses lèvres.

– Tu as quelque chose contre le Québec ?

– Pas le moins du monde ! Montréal est une ville tout à fait charmante, j'y ai même passé de très bons moments ! Enfin, là n'est pas le sujet, toussota-t-il.

– Et quel est ton sujet ?

– C'est juste que...

– Que quoi ?

– Un voyage nuptial à une heure d'avion... franchement quel dépaysement ! Et pourquoi ne pas t'y emmener en camping-car pour économiser l'hôtel !

– Et si c'était moi qui avais choisi cette destination ? Si j'aimais passionnément cette ville, si nous y avions des souvenirs, Adam et moi ? Qu'est-ce que tu en sais ?

– Si c'était toi qui avais choisi de passer ta nuit de noces à une heure de ton domicile, tu ne serais pas ma fille, voilà tout ! affirma Anthony d'un ton ironique. Je veux bien que tu aimes le sirop d'érable, mais à ce point-là...

– Tu ne te débarrasseras jamais de tes *a priori*, hein ?

– Je t'accorde que c'est un peu tard. Soit, admettons, tu as décidé de vivre la soirée la plus mémorable de ta vie dans une ville que tu connais. Adieu, l'appétit de découverte ! Adieu, le romantisme ! Aubergiste, donnez-nous la même chambre que la dernière fois, après tout ce n'est qu'un soir comme les autres ! Servez-nous notre repas habituel, mon futur mari, que dis-je, mon tout nouvel époux, déteste changer ses habitudes !

Anthony Walsh éclata de rire.

– Tu as fini ?

– Oui, s'excusa-t-il. Dieu que la mort a du bon, on s'autorise à dire tout ce qui vous passe par les circuits, c'en est presque jouissif !

– Tu as raison, nous n'y arriverons pas ! dit Julia, mettant un terme à l'hilarité de son père.

– En tout cas pas ici. Il nous faut un territoire neutre.

Julia le regarda, perplexe.

– Arrêtons de jouer à cache-cache dans cet appartement, veux-tu ? Même en comptant la pièce à l'étage où tu voulais me ranger, il n'y a pas assez de place et plus assez de ces précieuses minutes que nous gâchons comme deux gosses. Elles ne se renouvelleront pas.

– Qu'est-ce que tu proposes ?

– Un petit voyage. Pas d'appel de ton bureau, pas d'apparition inopinée de ton Adam, pas de soirée à se regarder en chiens de faïence devant la télévision, mais des balades, où nous parlerons tous les deux. C'est pour cela que je suis revenu d'aussi loin. Un moment, quelques jours, rien que tous les deux, rien qu'à nous deux !

– Tu me demandes de t'offrir ce que toi tu n'as jamais voulu me donner, c'est bien ça ?

– Cesse de me faire la guerre, Julia. Tu auras ensuite l'éternité entière pour reprendre le combat, mes armes à moi n'existeront plus que dans ta mémoire. Six jours, c'est tout ce qui nous reste, voilà ce que je te demande.

– Et où irions-nous faire ce petit voyage ?

– À Montréal !

Julia ne put refréner le sourire franc qui venait d'illuminer son visage.

– À Montréal ?

– Ben, puisque les billets ne sont pas remboursables !... on peut toujours tenter de faire changer le nom de l'un des passagers...

Et comme Julia attachait ses cheveux, posait une veste sur ses épaules et s'apprêtait, de toute évidence, à sortir sans lui répondre, Anthony Walsh s'interposa devant la porte.

– Ne fais pas cette tête, Adam a dit que tu pouvais même les jeter !

– Il m'a proposé de garder ces billets en souvenir, et si cela avait échappé à tes oreilles indiscrètes, il était ironique. Je ne pense pas qu'il m'ait pour autant suggéré de partir avec quelqu'un d'autre.

– Avec ton père, pas quelqu'un d'autre !

– Écarte-toi, s'il te plaît !

– Où vas-tu ? demanda Anthony Walsh en cédant le passage.

– Prendre l'air.

– Tu es fâchée ?

Pour toute réponse, il entendit les pas de sa fille qui descendait l'escalier.

*

Un taxi ralentit au croisement de Greenwich Street, Julia y grimpa à la hâte. Nul besoin de lever les yeux vers la façade de sa maison. Anthony Walsh, elle le savait, devait regarder depuis la fenêtre du salon la Ford jaune s'éloigner vers la Neuvième Avenue. Dès qu'elle eut disparu au carrefour, il se dirigea vers la cuisine, prit le téléphone et passa deux appels.

Julia se fit déposer à l'entrée du quartier de SoHo. En temps normal, elle aurait parcouru à pied ce chemin qu'elle connaissait par cœur. À peine quinze minutes de marche, mais, pour s'enfuir de chez elle, elle aurait volé une bicyclette si quelqu'un en avait laissé traîner une sans cadenas au coin de sa rue. Elle poussa la porte de la petite boutique d'antiquités, une clochette retentit. Assis dans un fauteuil baroque, Stanley abandonna sa lecture.

– Greta Garbo dans *La Reine Christine* n'aurait pas fait mieux !

– De quoi parles-tu ?

– De ton entrée, ma Princesse, majestueuse et terrifiante à la fois !

– Ce n'est pas le jour à te moquer de moi.

– Aucune journée, aussi belle soit-elle, ne peut se passer d'une pointe d'ironie. Tu ne travailles pas ?

Julia s'approcha d'une vieille bibliothèque et regarda attentivement la pendule aux dorures délicates juchée sur la plus haute étagère.

– Tu as fait l'école buissonnière pour venir vérifier

l'heure qu'il était au XVIIIe siècle ? questionna Stanley en rehaussant les lunettes posées sur le bout de son nez.

– Elle est très jolie.

– Oui, et moi aussi, qu'est-ce que tu as ?

– Rien, je passais te voir, c'est tout.

– C'est ça, et moi je vais bientôt arrêter le Louis XVI et me mettre au pop'art ! répliqua Stanley en laissant tomber son livre.

Il se leva et s'assit sur le coin d'une table en acajou.

– Un coup de grisou sous ce joli minois ?

– Quelque chose comme ça, oui.

Julia posa la tête sur l'épaule de Stanley.

– Ah oui, c'est très lourd en effet ! dit-il en la serrant dans ses bras. Je vais te préparer un thé qu'un ami m'expédie du Vietnam. C'est un détoxifiant, tu verras, ses vertus sont insoupçonnables, probablement parce que cet ami n'en a aucune.

Stanley prit une théière sur une étagère. Il alluma la bouilloire électrique posée sur l'antique bureau qui faisait office de comptoir-caisse. Quelques minutes nécessaires à l'infusion et la boisson magique remplissait deux tasses en porcelaine, tout juste sorties d'une vieille armoire. Julia respira le parfum de jasmin qui s'en dégageait et but une petite gorgée.

– Je t'écoute, et ne cherche pas à lutter, cette potion divine est censée délier les langues les plus nouées.

– Tu partirais en voyage de noces avec moi ?

– Si je t'avais épousée, pourquoi pas... mais il aurait fallu que tu t'appelles Julien, ma Julia, sinon, notre voyage de noces aurait manqué de fantaisie.

– Stanley, si tu fermais ton magasin une petite semaine et que tu me laissais t'enlever...

– C'est follement romantique, où ça ?

– À Montréal.

– Jamais de la vie !

– Qu'est-ce tu as, toi aussi, contre le Québec ?

– J'ai vécu six mois d'insoutenables souffrances pour perdre trois kilos, ce n'est pas pour aller les reprendre en quelques jours. Leurs restaurants sont irrésistibles, leurs serveurs aussi d'ailleurs ! Et puis je déteste l'idée d'être un second choix.

– Pourquoi dis-tu ça ?

– Avant moi, qui d'autre a refusé de partir avec toi ?

– Peu importe ! De toute manière, tu n'y croirais pas.

– Peut-être que si tu commençais par m'expliquer ce qui te tracasse...

– Même si je te racontais tout depuis le début, tu n'y croirais pas non plus.

– Admettons que je sois un imbécile... À quand remonte la dernière fois où tu t'es accordé une demi-journée en pleine semaine ?

Face au mutisme de Julia, Stanley enchaîna :

– Tu débarques un lundi matin dans ma boutique, ton haleine empeste le café, toi qui détestes ça. Sous ce blush, très mal réparti d'ailleurs, se cache la frimousse de quelqu'un dont les heures de sommeil ont dû se compter en minutes, tu me demandes de remplacer ton fiancé au pied levé pour t'accompagner en voyage. Que se passe-t-il ? Tu as passé la nuit avec un autre homme qu'Adam ?

– Mais non ! s'exclama Julia.

– Je te repose ma question. De qui ou de quoi as-tu peur ?

– De rien.

– J'ai du travail, ma chérie, alors si tu ne me fais plus assez confiance pour te confier à moi, je vais retourner à mon inventaire, répliqua Stanley en feignant d'aller vers son arrière-boutique.

– Tu bâillais devant un livre quand je suis entrée ! Qu'est-ce que tu mens mal ! dit Julia en riant.

– Enfin s'efface cette mine maussade ! Veux-tu que nous allions marcher ? Les magasins du quartier ouvriront bientôt, tu as certainement besoin d'une nouvelle paire de chaussures.

– Si tu voyais toutes celles qui dorment dans ma penderie et que je ne mets jamais.

– Je ne parlais pas de satisfaire tes pieds, mais ton moral !

Julia souleva la petite pendule dorée. La vitre de protection du cadran était manquante. Elle en caressa le pourtour du bout du doigt.

– Elle est vraiment jolie, dit-elle en reculant l'aiguille des minutes.

Et sous l'impulsion de son geste, l'aiguille des heures se mit aussi à rebrousser chemin.

– Ce serait tellement bien si l'on pouvait revenir en arrière.

Stanley observa Julia.

– Faire reculer le temps ? Tu ne rendrais pas pour autant cette antiquité à sa jeunesse. Vois les choses autrement, c'est elle qui nous offre la beauté de son âge, répondit Stanley en reposant la pendule sur son étagère. Tu vas enfin me dire ce qui te préoccupe ?

– Si l'on te proposait de faire un voyage, de partir sur les traces de la vie de ton père, tu accepterais ?

– Quel serait le risque ? En ce qui me concerne, si je devais aller jusqu'au bout du monde, ne serait-ce que pour y retrouver un fragment de la vie de ma mère, je serais déjà assis dans l'avion à emmerder les hôtesses, au lieu de perdre mon temps avec une folle, même si c'est celle que j'ai choisie pour meilleure amie. Si un tel voyage s'offre à toi, pars sans hésiter.

– Et si c'était trop tard ?

– Trop tard, ce n'est que lorsque les choses sont

devenues définitives. Même disparu, ton père continue de vivre à tes côtés.

— Tu ne soupçonnes pas à quel point !

— Quoi que tu veuilles te raconter, il te manque.

— Depuis toutes ces années je me suis accoutumée à son absence. J'ai tellement appris à vivre sans lui.

— Ma chérie, même les enfants qui n'ont jamais connu leurs vrais parents ressentent tôt ou tard le besoin de renouer avec leurs racines. C'est souvent cruel pour ceux qui les ont élevés et aimés, mais la nature humaine est ainsi faite. On avance péniblement dans la vie quand on ne sait pas d'où l'on vient. Alors, s'il te faut entreprendre je ne sais quel périple qui t'amènerait à savoir enfin qui était ton père, réconcilierait ton passé et le sien, fais-le.

— Nous n'avons pas beaucoup de souvenirs ensemble, tu sais.

— Peut-être plus que tu ne le crois. Pour une fois, oublie cette fierté que j'adore et entreprends ce voyage ! Si tu ne le fais pas pour toi, fais-le pour l'une de mes grandes amies, je te la présenterai un jour, c'est une maman formidable.

— Qui ça ? demanda Julia avec une pointe de jalousie dans la voix.

— Toi, dans quelques années.

— Tu es un ami merveilleux, Stanley, dit Julia en posant un baiser sur sa joue.

— Mais je n'y suis pour rien, ma chérie, c'est cette infusion !

— Tu féliciteras ton ami du Vietnam, son thé a vraiment des vertus étonnantes, ajouta Julia en sortant.

— Si tu l'aimes à ce point, je t'en prendrai quelques boîtes, elles t'attendront à ton retour. Je l'achète chez l'épicier au coin de la rue !

7.

Julia grimpa l'escalier quatre à quatre et entra dans l'appartement. Le salon était désert. Elle appela plusieurs fois mais n'obtint aucune réponse. Living, chambre, salle de bains, une visite à l'étage confirma que les lieux étaient vides. Elle remarqua la photo d'Anthony Walsh dans son petit cadre en argent, nouvellement installée sur la cheminée.

– Où étais-tu ? demanda son père, la faisant sursauter.

– Tu m'as fait une de ces peurs ! Et toi où avais-tu disparu ?

– Je suis très touché que tu t'inquiètes à mon sujet. Je suis allé me promener. Je m'ennuyais tout seul ici.

– Qu'est-ce que c'est ? demanda Julia en désignant le cadre sur le tablier de la cheminée.

– Je préparais ma chambre là-haut, puisque c'est là que je serai remisé ce soir, et j'ai déniché cette chose tout à fait par hasard... sous un amas de poussière. Je n'allais pas dormir avec une photo de moi dans la pièce ! Je l'ai posée ici, mais tu peux la mettre ailleurs, si tu préfères.

– Tu veux toujours partir en voyage ? demanda Julia.

– Je revenais justement de l'agence qui se trouve au

bout de ta rue. Rien ne remplacera jamais le contact humain. Une charmante jeune fille, elle te ressemble un peu d'ailleurs, le sourire en plus... où en étais-je ?

– À une charmante jeune fille...

– C'est exactement ça ! Elle a bien voulu faire une entorse à la règle. Après avoir pianoté sur son clavier d'ordinateur pendant une bonne demi-heure, j'ai d'ailleurs cru qu'elle recopiait l'œuvre intégrale d'Hemingway, elle a enfin réussi à réimprimer un billet à mon nom. J'en ai profité pour nous faire surclasser !

– Tu es incroyable tout de même ! Mais qu'est-ce qui te laisse croire que j'accepterai... ?

– Ah mais rien du tout ; seulement, quitte à coller ces billets dans ton futur album de souvenirs, autant qu'ils soient en première classe. Question de standing familial, ma chère !

Julia fila vers sa chambre, Anthony Walsh lui demanda où elle partait encore.

– Préparer un sac de voyage, pour deux jours, répondit-elle en insistant sur le chiffre, c'est bien ce que tu voulais ?

– Notre aventure durera six jours, les dates n'étaient pas modifiables ; j'ai eu beau supplier Élodie, la ravissante jeune fille de l'agence dont je te parlais tout à l'heure, elle est restée intraitable là-dessus.

– Deux jours ! hurla Julia depuis la salle de bains.

– Oh, et puis fais comme tu veux, au pire nous t'achèterons une autre paire de pantalons sur place. Au cas où tu ne l'aurais pas remarqué, ton jean est déchiré, on voit un bout de ton genou !

– Et toi, tu pars les mains vides ? demanda Julia en passant la tête par la porte.

Anthony Walsh avança vers la caisse en bois au milieu du salon et souleva une trappe qui cachait un double fond. À l'intérieur, il y avait une mallette en cuir noir.

– Ils ont prévu un petit nécessaire, de quoi rester élégant durant six jours, la durée approximative de mes batteries ! dit-il non sans une certaine satisfaction... Je me suis autorisé en ton absence à récupérer mes papiers d'identité que l'on t'avait remis. Je me suis également permis de reprendre ma montre, ajouta-t-il en montrant fièrement son poignet. Tu ne vois pas d'inconvénient à ce que je la porte momentanément ? Elle sera à toi le moment venu ; enfin, tu vois ce que je veux dire...

– Si tu pouvais arrêter de fouiner chez moi, je t'en serais reconnaissante !

– Fouiller chez toi, ma chérie, relèverait de la spéléologie ! J'ai trouvé mes effets personnels dans une enveloppe en kraft, déjà abandonnée dans ton grenier, au milieu du désordre !

Julia boucla son bagage et le posa dans l'entrée. Elle prévint son père qu'elle ressortait quelques instants et reviendrait aussi tôt que possible. Il fallait maintenant qu'elle aille justifier son départ auprès d'Adam.

– Que comptes-tu lui dire ? demanda Anthony Walsh.

– Je pense que ça ne regarde que lui et moi, répondit Julia.

– Je ne me soucie pas de ce qui le regarde, c'est ce qui te concerne toi qui m'intéresse.

– Ah oui ? Ça aussi, cela fait partie de ton nouveau programme ?

– Quelle que soit la raison que tu invoqueras, je te déconseille de lui dire où nous allons.

– Et je suppose que je devrais suivre les conseils d'un père qui a beaucoup d'expérience en matière de secrets.

– Prends-le juste comme un conseil d'homme à homme. Maintenant file, il faut que nous ayons quitté Manhattan dans deux heures au plus tard.

Le taxi déposa Julia Avenue of the Americas, devant le 1350. Elle s'engouffra dans le grand immeuble en verre qui abritait le département de littérature pour enfants d'une importante maison d'édition new-yorkaise. Son portable ne recevait pas dans le hall, elle se présenta à l'accueil et pria la standardiste de la mettre en relation téléphonique avec M. Coverman.

– Tout va bien ? demanda Adam en reconnaissant la voix de Julia.

– Tu es en réunion ?

– Je suis à la maquette, nous finissons dans un quart d'heure. Veux-tu que je réserve une table à vingt heures chez notre italien ?

Le regard d'Adam se posa sur le cadran de son poste téléphonique.

– Tu es dans les murs ?

– À l'accueil...

– Ça tombe mal, nous sommes tous en réunion de présentation des nouvelles parutions...

– Il faut que nous parlions, l'interrompit Julia.

– Cela ne peut pas attendre ce soir ?

– Je ne pourrai pas dîner avec toi, Adam.

– J'arrive ! répondit-il en raccrochant.

Il retrouva Julia dans le hall, elle avait ce visage sombre qui présageait une mauvaise nouvelle.

– Il y a une cafétéria au sous-sol, je t'y emmène, dit Adam.

– Allons plutôt marcher dans le parc, nous serons mieux dehors.

– C'est si grave que cela ? demanda-t-il en sortant de l'immeuble.

Julia ne répondit pas. Ils remontèrent la Sixième

Avenue. Trois blocs plus loin, ils entrèrent dans Central Park.

Les allées verdoyantes étaient presque désertes, écouteurs sur les oreilles quelques joggers trottaient à bonne allure, concentrés sur le rythme de leur course, hermétiques au monde, à ceux qui se contentaient d'une simple promenade. Un écureuil à la fourrure rousse avança vers eux et se dressa sur ses pattes arrière en quête de nourriture. Julia plongea la main dans la poche de son trench-coat, s'agenouilla et lui tendit une poignée de noisettes.

Le petit rongeur effronté s'approcha, hésita un instant, fixant le butin qu'il convoitait avec gourmandise. L'envie dépassa la peur, d'un mouvement rapide il attrapa la noisette et s'éloigna de quelques mètres pour la grignoter sous l'œil attendri de Julia.

– Tu as toujours des noisettes dans la poche de ton imperméable ? demanda Adam amusé.

– Je savais que je t'emmènerais ici, j'ai acheté un paquet avant de monter dans mon taxi, répondit Julia en en tendant une autre à l'écureuil que quelques compères avaient déjà rejoint.

– Tu m'as fait sortir d'une réunion pour me montrer tes talents de dresseuse ?

Julia lança sur la pelouse le reste de son paquet de noisettes et se redressa pour reprendre le cours de sa marche. Adam lui emboîta le pas.

– Je vais partir, dit-elle d'une voix triste.

– Tu me quittes ? s'inquiéta Adam.

– Mais non, imbécile, seulement quelques jours.

– Combien ?

– Deux, peut-être six, pas plus.

– Deux ou six ?

– Je n'en sais rien.

– Julia, tu débarques à l'improviste à mon bureau, tu me demandes de te suivre comme si le monde

91

autour de toi venait de s'écrouler, est-ce que tu peux m'éviter d'avoir à t'arracher les mots de la bouche, un par un ?

– Ton temps est si précieux que ça ?

– Tu es en colère, c'est ton droit, mais ce n'est pas après moi que tu en as. Je ne suis pas l'ennemi, Julia, je me contente d'être celui qui t'aime et ce n'est pas toujours facile. Ne me fais pas payer des choses pour lesquelles je ne suis pour rien.

– Le secrétaire particulier de mon père m'a appelé ce matin. Je dois régler quelques-unes de ses affaires en dehors de New York.

– Où cela ?

– Dans le nord du Vermont, à la frontière du Canada.

– Pourquoi ne pas y aller ce week-end, tous les deux ?

– C'est urgent, cela ne peut pas attendre.

– Cela a un lien avec le fait que l'agence de voyages m'ait contacté ?

– Qu'est-ce qu'ils t'ont dit ? demanda Julia d'une voix mal assurée.

– Quelqu'un est passé les voir. Et pour une raison que je n'ai pas vraiment comprise, ils m'ont recrédité du prix de mon billet, mais pas du tien. Ils n'ont pas voulu me donner plus d'explications. J'étais déjà en réunion, je n'ai pas eu le temps de m'attarder.

– C'est probablement l'œuvre du secrétaire de mon père, il est très doué pour ce genre de choses, il a été à bonne école.

– Tu vas au Canada ?

– À la frontière, je te l'ai dit.

– Tu as vraiment envie de faire ce voyage ?

– Je crois bien que oui, répondit-elle l'air sombre.

Adam prit Julia sous son épaule et la serra contre lui.

– Alors va où tu dois aller. Je ne t'en demanderai pas plus. Je ne veux pas prendre le risque de passer deux fois de suite pour celui qui ne te fait pas confiance, et puis il faut que je retourne travailler. Tu me raccompagnes à mon bureau ?

– Je vais rester ici encore un peu.

– Avec tes écureuils ? demanda Adam, ironique.

– Oui, avec mes écureuils.

Il posa un baiser sur son front, fit quelques pas à reculons en agitant la main et s'en alla dans l'allée.

– Adam ?

– Oui ?

– Pas de chance que tu aies cette réunion, j'aurais bien aimé...

– Je sais, mais nous n'avons pas eu beaucoup de chance toi et moi ces derniers jours.

Adam lui envoya un baiser dans les airs.

– Il faut vraiment que j'y aille ! Tu m'appelleras du Vermont pour me dire que tu es bien arrivée ?

Et Julia le regarda s'éloigner.

*

– Tout s'est bien passé ? demanda Anthony Walsh, jovial, alors que sa fille venait de rentrer.

– Épatant !

– Alors pourquoi fais-tu cette tête d'enterrement ? Cela dit, mieux vaut tard que jamais...

– Je me le demande ! Peut-être parce que, pour la première fois, j'ai menti à l'homme que j'aime ?

– Ah non, c'était la deuxième, ma Julia, tu as oublié hier... Mais si tu veux, on peut dire que c'était un galop d'essai et que cela ne comptait pas.

– De mieux en mieux ! J'ai trahi Adam pour la seconde fois en deux jours, et lui, il est tellement formidable qu'il a eu la délicatesse de me laisser partir sans me poser la moindre question. En montant dans mon taxi, je me suis retrouvée dans la peau d'une femme que je m'étais juré de ne jamais devenir.

– N'exagérons rien !

– Ah non ? Qu'est-ce qu'il peut y avoir de plus dégueulasse que de tromper quelqu'un qui vous fait confiance au point de ne rien vous demander ?

– D'être trop occupé par son travail pour s'intéresser vraiment à la vie de l'autre !

– Venant de toi, c'est une remarque qui ne manque pas d'air.

– Oui, mais comme tu le dis, elle émane de quelqu'un d'avisé en la matière ! Je crois que la voiture est en bas... nous ne devrions pas trop tarder. Avec ces consignes de sécurité, on passe désormais plus de temps dans les aéroports que dans les avions.

Pendant qu'Anthony Walsh descendait leurs deux bagages, Julia fit un tour d'horizon de l'appartement. Elle regarda le cadre en argent sur la cheminée, retourna la photo de son père face au mur et referma la porte derrière elle.

*

Une heure plus tard, la limousine empruntait la bretelle d'accès qui conduisait aux terminaux de l'aéroport John Fitzgerald Kennedy.

– Nous aurions pu prendre un taxi, dit Julia en regardant par la vitre les avions garés sur le tarmac.

– Oui, mais tu avoueras que ces voitures sont bien plus confortables. Puisque j'ai récupéré chez toi mes cartes de crédit, et comme j'ai cru comprendre que tu ne voulais pas de mon héritage, laisse-moi le privilège de le gaspiller moi-même. Si tu savais le nombre de types qui ont passé leur vie à amasser de l'argent et qui rêveraient de pouvoir, comme moi, le dépenser après leur mort, c'est d'un luxe inouï, quand on y pense ! Allez, Julia, ôte-moi cet air maussade de ton visage. Tu retrouveras ton Adam dans quelques jours et il sera encore plus amoureux à ton retour. Profite pleinement de ces quelques moments avec ton père. À quand remonte la dernière fois où nous sommes partis ensemble ?

– J'avais sept ans, maman était toujours en vie et nous avons passé toutes les deux nos vacances autour d'une piscine pendant que tu passais les tiennes dans la cabine téléphonique de l'hôtel à régler tes affaires, répondit Julia en descendant de la limousine qui venait de se ranger le long du trottoir.

– Ce n'est quand même pas ma faute si les portables n'existaient pas encore ! s'exclama Anthony Walsh en ouvrant sa portière.

*

Le terminal international était bondé. Anthony leva les yeux au ciel et vint se joindre à la longue file de passagers qui serpentait jusqu'aux banques d'enregistrement. Une fois obtenues les cartes d'accès à bord, valeureux sésames acquis au prix d'une interminable attente, l'exercice était à renouveler, cette fois pour passer sous les portiques de sécurité.

– Regarde la nervosité chez tous ces gens, l'inconfort qui ruine le plaisir du voyage. Et comment les blâmer, comment ne pas céder à l'impatience quand on vous oblige à rester debout ainsi pendant des heures, avec pour les uns leurs enfants dans les bras et pour d'autres le poids de l'âge qui pèse sur leurs jambes. Crois-tu vraiment que cette jeune femme devant nous aura planqué des explosifs dans les petits pots de son bébé ? Compote d'abricots et pommes-rhubarbe à la dynamite !

– Crois-moi, tout est possible !

– Allons, un peu de bon sens ! Mais où ont disparu ces gentlemen anglais qui buvaient leur thé à l'heure du Blitz ?

– Sous les bombes ? chuchota Julia, gênée qu'Anthony parle si fort. Et toi, tu n'as rien perdu de ton caractère de râleur. En même temps, si j'expliquais à l'agent de sécurité que l'homme avec qui je voyage n'est pas tout à fait mon père et lui détaillais les subtilités de notre situation, il aurait peut-être le droit de perdre un peu de son bon sens, non ? Parce que, moi, j'ai abandonné le mien dans une caisse en bois au milieu de mon salon !

Anthony haussa les épaules et avança, son tour était venu de passer sous le portique. Julia repensa à la dernière phrase qu'elle venait de prononcer et le rappela aussitôt, trahissant dans sa voix l'urgence qui l'animait soudain.

– Viens, dit-elle cédant presque à la panique. Allons-nous-en d'ici, l'avion était une idée stupide. Louons une voiture, je prendrai le volant, dans six heures nous serons à Montréal, et je te promets que nous parlerons en route. On parle bien mieux en voiture, non ?

– Qu'est-ce qui t'arrive, ma Julia, qu'est-ce qui te fait peur à ce point ?

– Mais tu ne comprends pas ? chuchota-t-elle à son oreille. Tu vas te faire repérer en deux secondes. Tu es bourré d'électronique, à ton passage ces détecteurs se mettront à hurler. La police te sautera dessus, ils vont t'arrêter, te fouiller, te radiographier des pieds à la tête, et puis, ils te mettront en pièces détachées pour comprendre comment un tel prodige technologique est possible.

Anthony sourit et fit un pas vers l'officier de sécurité. Il ouvrit son passeport, déplia une lettre coincée dans le rabat de la couverture et la tendit du bout des doigts.

Le préposé la parcourut, appela son supérieur et pria Anthony Walsh de bien vouloir se mettre sur le côté. Le chef de poste prit connaissance à son tour du document et adopta une attitude des plus révérencieuses. Anthony Walsh fut conduit à l'écart ; on le palpa avec une infinie courtoisie et on l'autorisa, dès la fouille achevée, à circuler à son aise.

Julia dut se plier à la procédure imposée à tous les autres passagers. On lui fit ôter ses chaussures et la ceinture de son jean. On lui confisqua la barrette qui retenait ses cheveux – jugée trop longue et trop pointue –, un coupe-ongles oublié dans sa trousse de toilette – la lime à ongles dont il était assorti mesurait plus de deux centimètres de long. Le superviseur la réprimanda pour son inconséquence.

Les panneaux n'indiquaient-ils pas, en caractères suffisamment gros, la liste des objets interdits à bord des avions ? Elle s'aventura à répondre qu'il serait plus simple d'afficher ceux qui étaient autorisés, et l'agent de sécurité prit le ton d'un sergent instructeur pour lui demander si elle avait un problème avec le règlement en vigueur. Julia l'assura qu'il n'en était rien, son vol décollait dans quarante-cinq minutes, elle n'attendit pas la réaction de son interlocuteur pour récupérer son sac et fila rejoindre Anthony qui l'observait de loin, l'œil goguenard.

– Je peux savoir pourquoi tu as eu droit à ce traitement de faveur ?

Anthony agita la lettre qu'il tenait toujours en main et la confia, amusé, à sa fille.

– Tu portes un stimulateur cardiaque ?

– Depuis dix ans, ma Julia.

– Pourquoi ?

– Parce que j'ai fait un infarctus et que mon cœur avait besoin d'être soutenu.

– Quand est-ce arrivé ?

– Si je te disais que cela s'est passé le jour anniversaire de la mort de ta mère, tu accuserais encore mon côté théâtral.

– Pourquoi ne l'ai-je jamais su ?

– Peut-être parce que tu étais trop occupée à vivre ta vie ?

– Personne ne m'a prévenue.

– Encore aurait-il fallu savoir où te joindre... Oh, et puis n'en faisons pas toute une histoire ! Les premiers mois, je fulminais de devoir porter un appareil. Quand je pense qu'aujourd'hui c'est un appareil qui me porte tout entier ! On y va ? Nous allons finir par le rater ce vol, dit Anthony Walsh en consultant le tableau d'affichage des départs. Ah, non, reprit-il, ils annoncent une heure de retard. Il ne manquerait plus que les avions soient ponctuels !

Julia profita du temps qui leur était accordé pour aller explorer les rayons d'un kiosque à journaux. Cachée à l'abri d'un présentoir, elle regardait Anthony, sans que ce dernier s'en aperçoive. Assis dans la salle d'embarquement, les yeux perdus vers les pistes d'envol, il fixait le lointain et, pour la première fois, Julia eut l'impression que son père lui manquait. Elle se retourna pour composer le numéro de Stanley.

– Je suis à l'aéroport, dit-elle, parlant tout bas dans l'appareil.

– Tu décolles bientôt ? demanda son ami, d'une voix presque aussi inaudible.

– Tu as du monde dans la boutique, je te dérange ?

– J'allais te poser la même question !

– Mais non, puisque c'est moi qui t'appelle, répondit Julia.

– Alors pourquoi tu chuchotes ?

– Je ne m'en étais pas rendu compte.

– Tu devrais passer me voir plus souvent, tu me portes chance, j'ai vendu la pendule XVIIIe une heure après ton départ. Cela faisait deux ans que je l'avais sur les bras.

– Si elle était vraiment XVIIIe, elle n'était plus à quelques mois près.

– Elle aussi savait bien mentir. Je ne sais pas avec qui tu es et je ne veux pas le savoir, mais ne me prends pas pour une andouille, j'ai horreur de ça.

– Ce n'est vraiment pas ce que tu crois !

– La croyance est une affaire de religion, ma chérie !

– Tu vas me manquer, Stanley.

– Profite bien de ces quelques jours ; les voyages forment la jeunesse !

Et il raccrocha sans laisser la moindre chance à Julia d'avoir le dernier mot. La communication coupée, il regarda son téléphone et ajouta :

– Pars avec qui tu veux, mais ne va pas t'amouracher d'un Canadien qui te garderait dans son pays. Une journée sans toi, c'est long, et je m'emmerde déjà !

8.

À 17 h 30, le vol American Airlines 4742 se posait sur la piste de l'aéroport Pierre-Trudeau à Montréal. Ils passèrent la douane sans encombre. Une voiture les attendait. L'autoroute était dégagée, une demi-heure plus tard, ils traversaient le quartier des affaires. Anthony désigna une longue tour en verre.

– Je l'ai vue se construire, soupira-t-il. Elle a le même âge que toi.

– Pourquoi me racontes-tu ça ?

– Puisque tu affectionnes particulièrement cette ville, je t'y laisse un souvenir. Un jour, tu te promèneras par ici et tu sauras que ton père avait passé quelques mois de sa vie à travailler dans cette tour. Cette rue te sera moins anonyme.

– Je m'en souviendrai, dit-elle.

– Tu ne me demandes pas ce que j'y faisais ?

– Des affaires, je suppose ?

– Oh non ; à cette époque, je me contentais de tenir un petit kiosque à journaux. Tu n'es pas née avec une cuillère en argent dans la bouche. Elle est venue plus tard.

– Tu as fait cela longtemps ? questionna Julia, étonnée.

– Un jour, j'ai eu l'idée de vendre aussi des boissons

101

chaudes. Et là, j'ai vraiment commencé à faire des affaires ! poursuivit Anthony, l'œil devenu pétillant. Les gens s'engouffraient dans l'immeuble, frigorifiés par le vent qui court dès la fin de l'automne et ne s'essouffle qu'au printemps. Tu aurais dû les voir se précipiter vers les cafés, chocolats chauds et thés que je leur vendais... deux fois le prix du marché.

– Et ensuite ?

– Ensuite, j'ai ajouté des sandwichs à ma carte. Ta mère les préparait dès l'aube. La cuisine de notre appartement s'est rapidement transformée en véritable laboratoire.

– Vous avez vécu à Montréal, maman et toi ?

– Nous vivions entourés de salades, de tranches de jambon et de papier cellophane. Quand j'ai commencé à proposer un service de distribution dans les étages de la tour et de celle qui venait de se construire juste à côté, j'ai dû embaucher mon premier salarié.

– Qui était-ce ?

– Ta mère ! Elle tenait le kiosque pendant que je distribuais les commandes.

Elle était si belle que les clients passaient jusqu'à quatre commandes par jour, rien que pour l'apercevoir. Qu'est-ce que nous avons pu rigoler à cette époque. Chaque acheteur avait sa fiche et ta maman ses têtes. Le comptable du bureau 1407, il avait le béguin pour elle, ses sandwichs avaient garniture double ; le directeur du personnel au onzième se voyait réserver les fins de pots de moutarde, et les feuilles de salade flétries, ta mère l'avait dans le collimateur.

Ils arrivèrent devant leur hôtel. Le bagagiste les accompagna jusqu'à la réception.

– Nous n'avons pas de réservation, dit-elle en tendant son passeport au préposé.

L'homme vérifia sur son écran d'ordinateur les disponibilités qu'offrait son planning. Il tapa le nom de famille.

– Mais si, vous avez une chambre, et pas n'importe laquelle !

Julia le regarda, étonnée, tandis qu'Anthony reculait de quelques pas.

– M. et Mme Walsh... Coverman ! s'exclama le réceptionniste et si je ne m'abuse, vous restez avec nous toute la semaine.

– Tu n'as pas osé faire ça ? souffla Julia à son père qui affichait un air des plus innocents.

Le réceptionniste lui sauva la mise en les interrompant.

– Vous avez la suite... et, constatant la différence d'âge qui séparait M. et Mme Walsh, ajouta avec une légère inflexion dans la voix : ... nuptiale.

– Tu aurais quand même pu choisir un autre hôtel ! dit Julia à l'oreille de son père.

– C'était un package ! se justifia Anthony. Ton futur mari avait opté pour une formule complète, vol plus séjour. Et encore, on s'en tire bien, il a renoncé à la demi-pension. Mais je te promets que cela ne lui coûtera rien, nous mettrons la note sur ma carte de crédit. Tu es mon héritière, donc c'est toi qui m'invites ! dit-il en rigolant.

– Ce n'était pas vraiment cela qui m'inquiétait ! tempêta Julia.

– Ah ? Quoi alors ?

– La suite... nuptiale ?

– Aucun souci, j'avais vérifié auprès de l'agence, elle est composée de deux chambres reliées par un salon, au dernier étage. Tu n'as pas le vertige, j'espère ?

Et tandis que Julia sermonnait son père, le

concierge de l'hôtel lui tendit la clé, lui souhaitant un excellent séjour...

Le bagagiste les conduisit vers les ascenseurs. Julia rebroussa chemin et se rua vers le réceptionniste.

– Ce n'est pas du tout ce que vous croyez ! C'est mon père.

– Mais je ne crois rien, madame, répondit ce dernier, gêné.

– Si si, vous croyez, et vous vous trompez !

– Mademoiselle, je vous garantis que j'ai tout vu dans mon métier, dit-il en se penchant par-dessus le comptoir pour que personne ne surprenne sa conversation. Je suis une tombe, assura-t-il d'un ton qui se voulait rassurant !

Et alors que Julia s'apprêtait à lancer une réplique cinglante, Anthony l'attrapa par le bras et l'entraîna de force loin de la réception.

– Tu te soucies bien trop de ce que les gens pensent !

– Qu'est-ce que ça peut te faire ?

– Tu y perds un peu de ta liberté et beaucoup de ton sens de l'humour. Viens, le bagagiste retient les portes de l'ascenseur et nous ne sommes pas les seuls à vouloir nous déplacer dans cet hôtel !

*

La suite était conforme à la description qu'Anthony en avait faite. Les fenêtres des deux chambres, séparées par un petit salon, surplombaient la vieille ville. Son sac à peine posé sur son lit, Julia dut retourner ouvrir la porte. Un garçon d'étage attendait derrière une table roulante sur laquelle étaient disposés une bouteille de champagne dans son seau, deux flûtes et un ballotin de chocolats.

– Qu'est-ce que c'est que ça ? demanda Julia.

– Avec les compliments de l'hôtel, madame, répondit l'employé. Notre prestation « jeunes mariés ».

Julia lui décocha un regard noir en s'emparant du petit mot posé sur la nappe. Le directeur de l'hôtel remerciait M. et Mme Walsh-Coverman d'avoir choisi son établissement pour célébrer leurs noces. Tout le personnel se tenait à leur disposition pour rendre ce séjour inoubliable. Julia déchira le mot, reposa délicatement les morceaux sur la table roulante et claqua la porte au nez du garçon d'étage.

– Mais, madame, c'est compris dans le tarif de votre chambre ! entendit-elle depuis le couloir.

Elle ne répondit pas, les roues du chariot couinèrent vers les ascenseurs. Julia rouvrit la porte, marcha d'un pas assuré vers le jeune homme, prit la boîte de chocolats et fit aussitôt demi-tour. Le garçon sursauta quand la porte de la suite 702 claqua pour la seconde fois.

– Qu'est-ce que c'était ? demanda Anthony Walsh en sortant de sa chambre.

– Rien ! répondit Julia assise sur le rebord de la fenêtre du petit salon.

– Joli panorama, n'est-ce pas ? dit-il en fixant le Saint-Laurent qu'on apercevait au loin. Il fait doux, veux-tu que nous allions nous promener ?

– Tout plutôt que de rester ici !

– Ce n'est pas moi qui ai choisi l'endroit ! répondit Anthony en posant un pull sur les épaules de sa fille.

*

Les rues du vieux Montréal, avec leurs pavés de guingois, rivalisent de charme avec celles des plus jolis quartiers d'Europe. La promenade d'Anthony et Julia commença par la place d'Armes ; Anthony Walsh se fit un devoir de raconter à sa fille la vie de sieur Maisonneuve, dont la statue trônait au milieu d'un petit bassin. Elle l'interrompit d'un bâillement et le planta devant le monument dédié à la mémoire du fondateur de la ville, pour aller s'intéresser de plus près au marchand de bonbons qui se trouvait à quelques mètres de là.

Elle revint un instant plus tard, présenta un sachet débordant de sucreries à son père qui déclina l'offre « la bouche en cul de poule » comme auraient dit les Québécois. Julia regarda tour à tour la statue de sieur Maisonneuve perchée sur son socle, puis son père, à nouveau le bronze, et secoua la tête en signe d'approbation.

– Quoi ? demanda Anthony.

– Vous faites la paire tous les deux, vous vous seriez bien entendus.

Et elle l'entraîna vers la rue Notre-Dame. Anthony voulut s'arrêter devant la façade du numéro 130. C'était le plus ancien bâtiment de la ville, il expliqua à sa fille qu'il abritait toujours quelques-uns de ces sulpiciens qui furent un temps seigneurs de l'île.

Nouveau bâillement de Julia qui pressa le pas en passant devant la basilique, redoutant que son père n'y entre.

– Tu n'imagines pas ce que tu rates ! lui cria-t-il alors qu'elle accélérait encore. La voûte représente un ciel étoilé, c'est magnifique !

– Eh bien, maintenant je le sais ! dit-elle de loin.

– Ta mère et moi t'y avons baptisée ! dut hurler Anthony.

Julia s'arrêta aussitôt et retourna vers son père qui haussait les épaules.

– Va pour ta voûte étoilée ! capitula-t-elle, intriguée, en grimpant les marches de Notre-Dame de Montréal.

Le spectacle qu'offrait la nef était réellement de toute beauté. Encadrés de boiseries somptueuses, le dôme et l'allée centrale semblaient avoir été tapissés de lapis. Émerveillée, Julia marcha jusqu'à l'autel.

– Je n'imaginais pas quelque chose d'aussi beau, murmura-t-elle.

– Tu m'en vois ravi, répondit Anthony, triomphal.

Il la conduisit jusqu'à la chapelle dédiée au Sacré-Cœur.

– Vous m'avez vraiment baptisée ici ? questionna Julia.

– Absolument pas ! Ta mère était athée, elle ne m'aurait jamais laissé faire.

– Alors pourquoi tu m'as dit ça ?

– Parce que tu n'imaginais pas quelque chose d'aussi beau ! répondit Anthony en rebroussant chemin vers les majestueuses portes en bois.

En parcourant la rue Saint-Jacques, Julia crut un instant se retrouver au sud de Manhattan, tant les façades blanches des immeubles à colonnades ressemblaient à celles de Wall Street. Les lampadaires de la rue Sainte-Hélène venaient de s'illuminer. Non loin de là, alors qu'ils arrivaient sur une place aux allées bordées d'herbe fraîche, Anthony prit soudain appui sur un banc et faillit tomber à la renverse. D'un geste de la main, il rassura Julia qui se précipitait vers lui.

– Ce n'est rien, dit-il, un autre bug, cette fois dans la rotule de mon genou.

Julia l'aida à s'asseoir.

– Tu as très mal ?

– Cela fait hélas quelques jours que j'ignore tout de la souffrance, dit-il en grimaçant. Il faut bien que mourir ait quelques avantages.

– Arrête avec ça ! Pourquoi fais-tu cette tête-là ? Tu as vraiment l'air de souffrir.

– Le programme, j'imagine ! Quelqu'un qui se blesserait et ne manifesterait aucune expression de douleur perdrait de son authenticité.

– C'est bon ! Je n'ai pas envie d'entendre tous ces détails. Je ne peux rien faire d'utile ?

Anthony sortit un carnet noir de sa poche et le tendit à Julia accompagné d'un stylo.

– Peux-tu noter qu'au second jour la jambe droite semble faire des siennes. Dimanche prochain, il faudra que tu veilles à leur remettre ce carnet. Cela servira certainement à améliorer les futurs modèles.

Julia ne dit mot ; dès qu'elle voulait inscrire sur la feuille blanche ce que son père l'avait priée de rapporter, sa plume tremblait.

Anthony l'observa et lui ôta le stylo des mains.

– Ce n'était rien. Tu vois, je peux remarcher normalement, dit-il en se levant. Une petite anomalie qui se sera corrigée d'elle-même. Inutile de la signaler.

Une calèche entraînée par un cheval de trait avançait sur la place d'Youville ; Julia prétendit avoir toujours rêvé faire ce genre de balade. Mille journées à se promener dans Central Park sans jamais l'avoir osé, c'était le moment idéal. Elle fit signe au cocher. Anthony la regarda, affolé, mais elle lui fit comprendre que le temps n'était pas à la discussion. Il se hissa à bord en levant les yeux au ciel.

– Grotesques, nous sommes grotesques ! soupira-t-il.

– Je croyais qu'il ne fallait pas se soucier du regard des autres ?

– Oui, enfin jusqu'à un certain point !

– Tu voulais que nous voyagions ensemble, eh bien, nous voyageons ! dit-elle.

Consterné, Anthony regarda le postérieur de l'animal qui se déhanchait à chaque pas.

– Je te préviens, si je vois la queue de ce pachy-
derme esquisser ne serait-ce qu'un mouvement, je des-
cends.

– Les chevaux n'appartiennent pas à cette famille
d'animaux ! corrigea Julia.

– Avec un cul comme ça, permets-moi d'en douter !

*

La carriole s'arrêta sur le vieux port, devant le café
des éclusiers. Les immenses silos à grain érigés sur le
quai de la pointe du moulin à vent masquaient la berge
opposée. Leurs courbes imposantes semblaient surgir
des eaux pour grimper vers la nuit.

– Viens, allons-nous-en d'ici, dit Anthony, maussade.
Je n'ai jamais aimé ces monstres de béton qui rayent
l'horizon. Je ne comprends pas qu'on ne les ait pas
encore détruits.

– J'imagine qu'ils font partie du patrimoine,
répondit Julia. Et puis peut-être qu'un jour on leur
trouvera un certain charme.

– Ce jour-là, je ne serai plus de ce monde pour les
voir et je peux parier que toi non plus !

Il entraîna sa fille le long de la promenade du vieux
port. La balade se poursuivit à travers les espaces verts
qui bordent la rive du Saint-Laurent. Julia marchait
quelques pas devant lui. Un vol de goélands lui fit
lever la tête. La brise du soir faisait virevolter une
mèche de sa chevelure.

– Qu'est-ce que tu regardes ? demanda Julia à son
père.

– Toi !

– Et tu pensais à quoi en me regardant ?

– Que tu es bien jolie, tu ressembles à ta mère,
répondit-il d'un sourire subtil.

– J'ai faim ! annonça Julia.

– Nous choisirons une table qui te convienne, un peu plus loin. Ces quais sont truffés de petits restaurants... plus infects les uns que les autres !

– Lequel est le plus infâme selon toi ?

– Ne t'inquiète pas, je nous fais confiance ; en s'y mettant tous les deux, on devrait le trouver !

En chemin, Julia et Anthony flânèrent autour des boutiques, à la jonction du quai des Événements. L'ancien débarcadère avançait en profondeur sur le Saint-Laurent.

– Cet homme là-bas ! s'exclama Julia en pointant une silhouette qui se faufilait dans la foule.

– Quel homme ?

– Près du vendeur de glaces, avec une veste noire, précisa-t-elle.

– Je ne vois rien !

Elle entraîna Anthony par le bras, le forçant à accélérer le pas.

– Mais quelle mouche te pique ?

– Ne traîne pas, nous allons le perdre !

Julia fut soudain emportée par le flot des visiteurs qui avançaient sur la jetée.

– Mais qu'est-ce qui te prend à la fin ? râla Anthony qui peinait à la suivre.

– Viens, je te dis ! insista-t-elle sans l'attendre.

Mais Anthony refusa de faire un pas de plus, il s'assit sur un banc et Julia l'abandonna, partant presque en courant à la recherche du mystérieux individu qui semblait mobiliser toute son attention. Elle revint quelques instants plus tard, déçue.

– Je l'ai perdu.

– Vas-tu m'expliquer à quoi tu joues ?

– Là-bas, près des vendeurs ambulants. Je suis certaine d'avoir aperçu ton secrétaire particulier.

– Mon secrétaire a un physique qui n'a rien de

particulier. Il ressemble à tout le monde et tout le monde lui ressemble. Tu te seras trompée, c'est tout.

– Alors pourquoi t'es-tu arrêté si soudainement ?

– Ma rotule..., répondit Anthony Walsh d'un ton plaintif.

– Je croyais que tu ne souffrais pas !

– C'est encore ce stupide programme. Et puis sois un peu tolérante, je ne commande pas tout, je suis une machine très sophistiquée... Et quand bien même Wallace serait ici, c'est son droit. Il a tout son temps pour lui, maintenant qu'il est à la retraite.

– Peut-être, mais ce serait quand même une étrange coïncidence.

– Le monde est si petit ! Mais je peux t'affirmer que tu l'as confondu avec quelqu'un d'autre. Tu ne m'avais pas dit que tu avais faim ?

Julia aida son père à se relever.

– Je crois que tout est redevenu normal, affirmat-il en agitant la jambe. Tu vois, je peux de nouveau gambader. Faisons encore quelques pas avant de passer à table.

*

Dès le retour du printemps, marchands de pacotilles et de souvenirs, de colifichets pour touristes en tout genre, réinstallaient leurs stands le long de la promenade.

– Viens, allons par là, dit Anthony en entraînant sa fille plus avant vers la jetée.

– Je croyais que nous allions dîner ?

Anthony remarqua une ravissante jeune femme qui croquait au fusain les passants, moyennant dix dollars.

– Sacré coup de crayon ! s'exclama Anthony en contemplant son travail.

Quelques esquisses accrochées à une grille derrière

elle témoignaient de son talent, et le portrait qu'elle réalisait d'un touriste à l'instant ne faisait que le confirmer. Julia ne prêtait aucune attention à la scène. Lorsque son appétit l'appelait, plus rien d'autre ne comptait. Chez elle, la faim s'apparentait le plus souvent à une irrésistible fringale. Son coup de fourchette avait toujours épaté les hommes qui la côtoyaient. Qu'il s'agisse de ses collègues de travail ou de ceux qui avaient pu partager quelques moments de sa vie. Adam l'avait un jour mise au défi devant une montagne de pancakes. Julia attaquait allègrement sa septième crêpe, tandis que son compagnon, qui avait renoncé dès la cinquième, vivait les premiers instants d'une indigestion mémorable. Le plus injuste était que sa silhouette semblait ne jamais vouloir souffrir d'aucun de ses excès.

– On y va ? insista-t-elle.

– Attends ! répondit Anthony en prenant la place que le touriste venait de quitter.

Julia leva les yeux au ciel.

– Qu'est-ce que tu fais ? demanda-t-elle, impatiente.

– Je me fais tirer le portrait ! rétorqua Anthony, la voix enjouée. Et regardant la dessinatrice qui taillait la mine de son fusain, il demanda : Face ou profil ?

– Un trois quarts ? proposa la jeune femme.

– Gauche ou droit ? interrogea Anthony en pivotant sur le strapontin. On m'a toujours dit que de ce côté mon profil était plus élégant. Qu'en pensez-vous ? Et toi Julia, qu'en penses-tu ?

– Rien ! Absolument rien ! dit-elle en lui tournant le dos.

– Avec tous ces bonbons caoutchouteux que tu as dévorés tout à l'heure, ton estomac peut attendre un tout petit peu. Je ne comprends même pas que tu aies encore faim après t'être autant gavée de sucreries.

La portraitiste, compatissante, sourit à Julia.

– C'est mon père, nous ne nous sommes pas vus depuis des années – trop occupé à s'intéresser à lui –, la dernière fois que nous avons fait une promenade comme celle-ci, il m'accompagnait au jardin d'enfants. Il a repris le cours de notre relation à partir de ce moment-là ! Ne lui dites surtout pas que j'ai dépassé la trentaine, ça lui ferait un choc !

La jeune femme posa son crayon et regarda Julia.

– Je vais rater mon croquis si vous continuez à me faire rire.

– Tu vois, poursuivit Anthony, tu perturbes le travail de mademoiselle. Va voir les dessins qui sont accrochés, ça ne durera pas longtemps.

– Il se fiche complètement du dessin, il s'est assis là parce qu'il vous trouve jolie ! expliqua Julia à la dessinatrice.

Anthony fit signe à sa fille de s'approcher, comme s'il voulait lui confier un secret. Faisant mauvaise figure, elle se pencha vers lui.

– À ton avis, chuchota-t-il à son oreille, combien de jeunes femmes rêveraient de voir leur père se faire tirer le portrait trois jours après sa mort, je te le demande ?

À court d'arguments, Julia s'éloigna.

Tout en gardant la pose, Anthony observait sa fille pendant qu'elle regardait les dessins qui n'avaient pas trouvé preneur ou ceux que la jeune artiste réalisait par plaisir, pour progresser.

Et soudain, le visage de Julia se figea. Ses yeux s'écarquillèrent, elle entrouvrit les lèvres comme si l'air était venu à lui manquer. Était-il possible que la magie d'un trait de fusain rouvre ainsi toute une mémoire ? Ce visage suspendu à une grille, cette fossette esquissée au bas du menton, cette légère esquille qui exagérait la pommette, ce regard qu'elle contemplait sur une feuille et qui semblait la contempler tout autant, ce front presque insolent, la ramenaient tant d'années en arrière, vers tant d'émotions passées.

— Tomas ? balbutia-t-elle...

9.

... Julia avait eu dix-huit ans au premier jour de septembre 1989. Et pour fêter cet anniversaire, elle allait abandonner les bancs du *college* où Anthony Walsh l'avait inscrite, pour un programme d'échanges internationaux dans un tout autre domaine que celui choisi par son père. L'argent économisé ces dernières années en donnant des cours particuliers, ces derniers mois en travaillant en cachette comme modèle dans les salles du département des arts graphiques, celui ratissé à ses camarades de jeu au cours de quelques parties de cartes endiablées, s'additionneraient à la bourse d'études qu'elle avait enfin décrochée. Il avait fallu la complicité du secrétaire d'Anthony Walsh pour que Julia puisse l'obtenir sans que le directorat de la faculté ne vienne opposer la fortune de son père à la demande qu'elle faisait. Wallace avait accepté à contrecœur et à grand renfort de « Mademoiselle, qu'est-ce que vous me faites faire, si votre père venait à l'apprendre », de signer le formulaire certifiant que, depuis longtemps, son employeur ne subvenait plus aux besoins de sa propre fille. En présentant ses attestations d'emplois, Julia avait convaincu l'économat de l'université.

Un passeport récupéré au cours d'une brève et houleuse visite dans la maison que son père occupait sur Park Avenue, une porte claquée à toute volée et Julia embarquait dans un bus, direction l'aéroport JFK, atterrissage à Paris au petit matin du 6 octobre 1989.

Une chambre d'étudiant qu'elle revoyait soudain. La table en bois collée à la fenêtre, avec cette vue unique sur les toits de l'Observatoire ; la chaise en fer-blanc, la lampe rescapée d'un autre siècle ; le lit aux draps un peu rêches, mais qui sentaient si bon, deux copines qui habitaient le même palier, leurs prénoms restaient captifs du passé. Le boulevard Saint-Michel qu'elle descendait à pied chaque jour pour rejoindre l'École des beaux-arts. Le troquet au coin du boulevard Arago et ces gens qui fumaient au comptoir en buvant des cafés-cognac le matin. Ses rêves d'indépendance se réalisaient et aucun flirt ne viendrait troubler ses études. Du soir au matin et du matin au soir, Julia dessinait. Elle avait essayé presque tous les bancs du jardin du Luxembourg, parcouru chacune des allées, s'était allongée sur des pelouses interdites, pour y observer la marche maladroite des oiseaux qui seuls étaient autorisés à s'y poser. Octobre avait passé, et l'aube de son premier automne à Paris s'était effacée dans les premiers jours gris de novembre.

Au café Arago, un soir parmi d'autres, des étudiants de la Sorbonne débattaient avec ferveur de ce qui se passait en Allemagne. Depuis début septembre, des milliers d'Allemands de l'Est franchissaient la frontière hongroise pour tenter de passer à l'Ouest. La veille, ils étaient un million à manifester dans les rues de Berlin.

– C'est un événement historique ! avait crié l'un d'entre eux.

Il s'appelait Antoine.

Et un flot de souvenirs raviva sa mémoire.

116

– Il faut y aller, proposa un autre.

Lui, c'était Mathias. Je m'en souviens, il fumait tout le temps, s'emportait pour un rien, parlait sans cesse et, quand il n'avait plus rien à dire, il fredonnait. Jamais je n'avais rencontré quelqu'un qui avait autant peur du silence.

Un équipage s'était formé. Une voiture partirait la nuit même, direction l'Allemagne. En se relayant au volant, on atteindrait Berlin avant ou juste après midi.

Qu'est-ce qui avait poussé Julia ce soir-là à lever la main au milieu du café Arago ? Quelle force l'avait conduite jusqu'à la table des étudiants de la Sorbonne ?

– Je peux venir avec vous ? avait-elle demandé en s'approchant d'eux.

Je me souviens de chaque mot.

– Je sais conduire et j'ai dormi toute la journée.

J'avais menti.

– Je pourrais tenir un volant pendant des heures.

Antoine avait consulté l'assemblée. *Était-ce Antoine ou Mathias ?* Qu'importe puisque le vote – presque à la majorité – l'intégrait à l'épopée qui se préparait.

– Une Américaine, on leur doit bien ça ! avait ajouté Mathias alors qu'Antoine hésitait encore.

Et il avait conclu en levant la main :

– De retour dans son pays, elle témoignera un jour de la sympathie des Français à l'égard de toutes les révolutions en marche.

On avait écarté les chaises, Julia s'était assise au milieu de ses nouveaux amis. Un peu plus tard, on avait partagé quelques embrassades sur le boulevard Arago, des baisers offerts à des visages qu'elle ne connaissait pas, mais, puisqu'elle faisait partie du voyage, il fallait bien dire au revoir à ceux qui restaient à Paris. Mille kilomètres à parcourir, pas le temps de traîner. Cette nuit du 7 novembre, en remontant la Seine le long du quai de Bercy, Julia ne se doutait pas un instant qu'elle faisait ses adieux à Paris et ne reverrait jamais les toits de l'Observatoire depuis la fenêtre de sa chambre d'étudiante.

Senlis, Compiègne, Amiens, Cambrai, autant de noms mystérieux inscrits sur les panneaux qui défilaient devant elle, autant de villes inconnues.

Avant minuit, on roulait vers la Belgique, à Valenciennes Julia prit le volant.

À la frontière, les douaniers furent intrigués par le passeport américain que Julia leur tendait, mais sa carte d'étudiante aux Beaux-Arts fit office de sauf-conduit et le voyage se poursuivit.

Mathias chantait sans cesse, cela irritait Antoine, mais moi je m'entraînais à retenir les paroles que je ne comprenais pas toujours, et cela me tenait éveillée.

Cette pensée fit sourire Julia et d'autres souvenirs déferlèrent. Première halte sur une aire d'autoroute. *On comptait l'argent qu'on avait ; nous avions opté pour des baguettes de pain et des tranches de jambon.* Une bouteille de Coca-Cola avait été achetée en son honneur, elle n'en avait finalement bu qu'une gorgée.

Ses compagnons de voyage parlaient trop vite et bien des phrases échappaient à sa compréhension. Elle qui croyait que six années de cours de français l'avaient presque rendue bilingue. *Pourquoi papa avait-il voulu que j'apprenne cette langue ? Était-ce en mémoire des mois passés à Montréal ?* Mais déjà il fallait reprendre la route.

Après Mons, on s'était trompé d'embranchement à La Louvière. La traversée de Bruxelles fut une aventure. Là-bas aussi on parlait le français, mais avec un accent qui le rendait plus compréhensible à une Américaine, même si beaucoup d'expressions lui étaient totalement inconnues. Et pourquoi cela faisait-il tant rire Mathias, quand un passant leur indiquait si gentiment le chemin qui les conduirait à Liège ?

Antoine refit les calculs, le détour leur coûterait une bonne heure et Mathias supplia qu'on accélère. La révolution ne les attendrait pas. Nouveau point sur la carte, demi-tour immédiat, la route par le nord serait trop longue, on passerait par le sud, direction Düsseldorf.

Mais d'abord la traversée du Brabant flamand. Ici, le français s'était effacé. Quel extraordinaire pays où l'on parle trois langues si différentes à quelques kilomètres de distance ! « Celui de la bande dessinée et de l'humour » avait répondu Mathias en intimant à Julia l'ordre d'accélérer encore. À l'approche de Liège, ses paupières étaient lourdes, et la voiture fit une inquiétante embardée.

Arrêt sur la bande d'urgence pour se remettre des émotions, réprimande d'Antoine et mise en quarantaine sur la banquette arrière.

La punition fut indolore, Julia ne se souviendrait jamais du passage au poste frontière ouest-allemand. Mathias, qui bénéficiait d'un sauf-conduit diplomatique grâce à un père ambassadeur, avait amadoué l'officier des douanes pour qu'à cette heure tardive on ne réveille pas sa demi-sœur. Elle arrivait tout juste d'Amérique.

Compatissant, le douanier s'était contenté d'une inspection des papiers restés dans la boîte à gants.

Quand Julia avait rouvert les yeux, ils arrivaient à Dortmund. À l'unanimité moins une voix – on ne l'avait pas consultée –, une escale – petit déjeuner dans un vrai café – avait été votée. C'était le matin du 8 novembre et, pour la première fois de son existence, elle s'éveillait en Allemagne. Demain, le monde qu'elle avait connu jusque-là basculerait, entraînant sa vie de jeune femme dans sa course imprévue.

Passa Bielefeld, on approchait de Hanovre, Julia reprit le volant. Antoine avait voulu s'y opposer, mais ni lui ni Mathias n'étaient plus en état de conduire et Berlin était encore loin. Les deux complices s'endormirent aussitôt et Julia profita enfin de quelques courts instants de silence. La voiture arrivait maintenant près d'Helmstedt. Ici le passage serait plus périlleux. Devant eux, des barbelés délimitaient la frontière de l'Allemagne de l'Est. Mathias ouvrit un œil et ordonna à Julia de se ranger au plus vite sur le bas-côté.

Les rôles furent distribués, Mathias devait prendre le volant, Antoine s'asseoir à l'avant et Julia sur la banquette arrière. Son passeport diplomatique serait le sésame pour convaincre les douaniers de les laisser continuer. « Répétition générale » avait ordonné Mathias. Pas un mot sur leur véritable objectif. Quand on leur demanderait le but de leur voyage en RDA, Mathias répondrait qu'il rendait visite à son père, diplomate en poste à Berlin, Julia jouerait de sa nationalité américaine, son père serait lui aussi fonctionnaire à Berlin. « Et moi ? » avait demandé Antoine. « Et toi tu la fermes ! » avait répondu Mathias en redémarrant.

À droite, une épaisse forêt de sapins bordait la route. À la lisière apparurent les masses sombres du poste frontière. La zone était si vaste qu'elle prenait l'apparence d'une gare de transit. La voiture se faufila entre deux camions. Un officier leur fit signe de changer de file. Mathias ne souriait plus.

Bien plus hauts que la cime des arbres qui disparaissaient dans le lointain, deux pylônes bardés de projecteurs s'élevaient de part et d'autre. À peine moins hauts, quatre miradors se faisaient face. Un panneau indiquant « Marienborn, Border Checkpoint » surplombait les portes grillagées qui se refermaient derrière chaque véhicule.

Au premier contrôle, on leur fit ouvrir le coffre. On

procéda à la fouille des sacs d'Antoine et de Mathias, et Julia réalisa qu'elle n'avait emporté aucune affaire avec elle. Nouvelle injonction d'avancer, un peu plus loin passage obligatoire par un corridor encadré de baraquements en tôles ondulées blanches où les pièces d'identité seraient à leur tour contrôlées. Un officier ordonna à Mathias de se ranger sur le côté et de le suivre. Antoine grommelait que ce voyage était une pure folie, qu'il l'avait dit depuis le début et Mathias lui rappela les consignes adoptées avant de reprendre le volant. D'un regard, Julia lui demanda ce qu'il attendait d'elle. *Mathias a pris nos passeports, je m'en souviens comme si c'était hier. Il a suivi le douanier. Nous l'avons attendu avec Antoine et même si nous étions seuls sous cette lugubre charpente de métal, nous n'avons pas prononcé un mot, respectant ses consignes à la lettre. Et puis Mathias a réapparu, un militaire le suivait. Ni Antoine ni moi ne pouvions deviner ce qu'il adviendrait. Le jeune soldat nous a regardés tour à tour. Il a rendu les passeports à Mathias et lui a fait signe de passer. Je n'avais jamais connu cette peur-là, jamais ressenti cette sensation d'intrusion qui se glisse sous la peau et vous glace jusqu'aux os. La voiture a roulé lentement, jusqu'au point de contrôle suivant et à nouveau s'est arrêtée sous une halle gigantesque, où tout a recommencé. Mathias est reparti vers d'autres baraquements et quand il est enfin revenu, nous avons compris à son sourire que cette fois la route de Berlin s'ouvrait à nous. Il était interdit de quitter l'autoroute jusqu'à notre destination.*

*

La brise qui soufflait sur la promenade du vieux port de Montréal fit frissonner Julia. Mais ses yeux restèrent fixés sur les traits d'un homme dessinés au fusain, un visage surgi d'un autre temps, sur une toile bien plus blanche que les tôles ondulées des baraquements érigés à la frontière qui divisait jadis l'Allemagne.

*

Tomas, je faisais route vers toi. Nous étions insouciants et toi encore en vie.

Il fallut plus d'une heure pour que Mathias retrouve le goût de chanter. Hormis quelques camions, les seuls véhicules qu'ils croisaient ou dépassaient étaient des Trabant. Comme si tous les habitants de ce pays avaient souhaité posséder la même automobile, pour ne jamais rivaliser avec celle de leur voisin. La leur faisait grande impression, la Peugeot 504 avait fière allure sur cette autoroute de RDA ; pas un chauffeur qui ne la regardait émerveillé quand elle le doublait.

Vinrent Schermen, Theessen, Köpernitz, passa Magdeburg et enfin Potsdam ; Berlin n'était plus qu'à cinquante kilomètres. Antoine voulut impérativement être celui qui conduirait lorsqu'ils entreraient dans la banlieue. Julia éclata de rire, rappelant que ses compatriotes avaient libéré la ville il y avait presque quarante-cinq ans.

– Et ils y sont toujours ! avait aussitôt répondu Antoine d'un ton cinglant.

– Avec vous les Français ! avait répliqué Julia aussi sec.

– Vous me fatiguez tous les deux ! avait conclu Mathias.

Et, à nouveau, on s'était tus jusqu'à la prochaine frontière aux portes de l'îlot occidental enclavé dans l'Allemagne de l'Est ; on n'avait pas dit mot, jusqu'à ce que l'on entre dans la ville où soudain Mathias s'était exclamé : *Ich Bin ein Berliner !*

10.

Tous leurs calculs d'itinéraires s'étaient révélés faux. L'après-midi du 8 novembre tirait presque à sa fin, mais aucun d'eux ne se souciait du retard accumulé sur la route. Ils étaient épuisés, et ignoraient leur fatigue. En ville l'excitation était palpable, on sentait que quelque chose allait se passer. Antoine avait dit juste ; quatre jours plus tôt, de l'autre côté du rideau de fer, un million d'Est-Allemands avaient manifesté pour leur liberté. Le mur, avec ses milliers de soldats et de chiens policiers qui patrouillaient jour et nuit, avait séparé ceux qui s'aimaient, ceux qui vivaient ensemble et qui guettaient sans plus vraiment oser y croire le moment où ils seraient enfin à nouveau réunis. Familles, amis ou simples voisins, isolés depuis vingt-huit ans par quarante-trois kilomètres de béton, de barbelés, de miradors érigés si brutalement, au cours d'un triste été qui avait marqué le début de la guerre froide.

Attablés dans un café, les trois amis étaient à l'affût de ce qui se disait autour d'eux. Antoine se concentrait du mieux qu'il le pouvait, mettant ses connaissances acquises au lycée à l'épreuve pour traduire simulta-nément à Mathias et Julia les commentaires des

Berlinois. Le régime communiste ne tiendrait plus longtemps. Certains pensaient même que les postes de passage ne tarderaient pas à s'ouvrir. Tout avait changé depuis que Gorbatchev avait visité la RDA au mois d'octobre. Venu prendre une bière à la hâte, un journaliste du quotidien *Tagesspiegel* affirmait que la rédaction de son journal était en pleine ébullition.

Les titres d'ordinaire calés à cette heure sur les rotatives n'étaient toujours pas arrêtés. Quelque chose d'important se préparait, il ne pouvait pas en dire plus.

À la nuit tombée, l'épuisement du voyage avait eu raison d'eux. Julia ne pouvait refréner ses bâillements et un sérieux hoquet la saisit. Mathias essaya tous les trucs possibles, lui faire peur d'abord, mais chacune de ses tentatives se soldait par un éclat de rire et les soubresauts de Julia redoublaient d'intensité. Antoine s'en était mêlé. Figures de gymnastique acrobatique imposées, pour avaler un verre d'eau tête en bas et bras en croix. L'astuce était infaillible, mais elle faillit quand même et les spasmes reprirent de plus belle. Quelques clients du bar proposèrent d'autres stratagèmes. Boire une pinte cul sec résoudrait le problème, s'interdire de respirer le plus longtemps possible en se bouchant le nez, s'allonger par terre et replier les genoux sur le ventre. Chacun y allait de son idée, jusqu'à ce qu'un médecin complaisant qui consommait sa bière au comptoir dise à Julia dans un anglais presque parfait d'aller se reposer. Les cernes autour de ses yeux témoignaient de ce qu'elle était exténuée. Dormir serait le meilleur des remèdes. Les trois amis se mirent en quête d'une auberge de jeunesse.

Antoine demanda où ils pouvaient se loger. La fatigue ne l'ayant pas épargné lui non plus, le barman ne comprit jamais ce qu'il voulait. Ils trouvèrent deux chambres mitoyennes dans un petit hôtel. Les deux garçons en partagèrent une, Julia eut l'autre pour elle seule. Ils se hissèrent jusqu'au troisième étage et, aussitôt séparés, chacun s'écroula sur son lit, sauf Antoine qui passa la nuit sur un édredon à même le sol. À peine entré dans la place, Mathias s'était endormi en travers du matelas.

*

La portraitiste peinait à finir son esquisse. Trois fois, elle avait rappelé à l'ordre son client, mais Anthony Walsh ne lui accordait qu'une oreille distraite. Alors que la jeune femme s'efforçait de saisir l'expression de son visage, il tournait sans cesse la tête pour observer sa fille. Plus loin, Julia fixait le présentoir de la dessinatrice. Le regard absent, elle semblait partie vers d'autres lieux. Pas une fois depuis qu'il s'était assis, elle n'avait relevé les yeux du dessin qu'elle contemplait. Il l'appela mais elle ne répondit pas.

*

Il était presque midi en cette journée du 9 novembre, quand ils se retrouvèrent tous les trois dans le hall du petit hôtel. L'après-midi, ils découvriraient la ville. *Dans quelques heures, Tomas, quelques heures encore et je te rencontrerai.*

Leur première visite fut pour la colonne de la Victoire. Mathias trouva qu'elle avait plus fière allure que celle de la place Vendôme, mais Antoine lui fit remarquer que ce genre de comparaison ne menait à rien. Julia leur demanda s'ils se chamaillaient toujours comme ça et les deux garçons la regardèrent étonnés, ignorant de quoi elle voulait parler. L'artère commerçante de Ku'Damm fut leur seconde étape, ils parcoururent cent rues à pied, empruntèrent parfois les tramways quand Julia n'en pouvait vraiment plus de marcher. Au milieu de l'après-midi, ils se recueillirent devant l'église du Souvenir, que les Berlinois avaient baptisée « la dent creuse » parce qu'une partie de l'édifice s'était effondrée sous les bombardements de la dernière guerre, laissant au lieu la forme particulière qui lui avait valu ce surnom. On l'avait conservée en l'état, en guise de mémorial.

À 18 h 30, Julia et ses deux amis se trouvaient aux abords d'un parc qu'ils décidèrent de traverser à pied.

Un peu plus tard, un porte-parole du gouvernement est-allemand prononçait une déclaration qui changerait la face du monde ou tout du moins la fin du xxe siècle. Les Allemands de l'Est étaient autorisés à sortir, libres de se rendre à l'Ouest sans qu'aucun des soldats aux points de contrôle ne leur lâche les chiens ou ne leur tire dessus. Combien d'hommes, de femmes et d'enfants avaient péri au cours de ces tristes années de guerre froide, en tentant de franchir le mur de la honte ? Plusieurs centaines y avaient laissé la vie, abattus par les balles de leurs gardiens zélés.

Les Berlinois étaient libres de partir, tout simplement. Alors, un journaliste demanda à ce porte-parole quand cette mesure entrerait en vigueur. Interprétant mal la question qui lui était posée, celui-ci répondit : Maintenant !

À vingt heures, l'information fut diffusée sur toutes les radios et télévisions des deux côtés de l'Allemagne, incessant écho de l'incroyable nouvelle.

Des milliers d'Allemands de l'Ouest convergèrent vers les points de passage. Des milliers d'Allemands de l'Est firent de même. Et, au milieu de cette foule qui déferlait vers la liberté, deux Français et une Américaine se laissaient emporter dans ces vagues.

À 22 h 30, à l'Ouest comme à l'Est, chacun s'était rendu aux différents postes de contrôle. Les militaires, dépassés par les événements, submergés par ces milliers de personnes éprises de liberté, se retrouvaient à leur tour au pied du mur. Sur Bornheimer Strasse les barrières se soulevèrent, et l'Allemagne entama son chemin vers la réunification.

Tu parcourais la ville, sillonnant les rues vers ta liberté, et moi, je marchais vers toi, sans savoir ni comprendre quelle était cette force qui me poussait à aller plus avant. Cette victoire n'était pas la mienne, ce pays n'était pas le mien, ces avenues m'étaient étrangères, mais, ici, l'étrangère c'était moi. J'ai couru à mon tour, couru pour m'évader de cette foule oppressante. Antoine et Mathias me protégeaient ; nous avons longé l'interminable palissade de béton que des peintres de l'espoir avaient colorié sans relâche. Déjà, quelques-uns de tes concitoyens, ceux qui jugeaient insupportables ces dernières heures d'attente aux postes de sécurité, commençaient à l'escalader. De ce côté du monde, nous vous guettions. Sur ma droite, certains ouvraient les bras pour amortir votre chute, à ma gauche, d'autres se hissaient sur les épaules des plus forts pour vous voir accourir, encore prisonniers de votre étau de fer, pour quelques mètres encore. Et nos cris se mêlaient aux vôtres, pour vous encourager, pour effacer la peur, vous dire que nous étions là. Et soudain, moi, l'Américaine qui avait fui New York, enfant d'une patrie qui avait combattu la tienne, au milieu de tant d'humanité retrouvée, je devenais allemande ; et dans la naïveté de mon adolescence, j'ai à mon tour murmuré Ich Bin ein Berliner, *et j'ai pleuré. J'ai tant pleuré, Tomas...*

*

Ce soir, perdue au milieu d'une autre foule, parmi les touristes déambulant sur un débarcadère de Montréal, Julia pleurait. Les larmes glissaient sur ses joues, tandis qu'elle contemplait un visage dessiné au fusain.

Anthony Walsh ne la quittait pas des yeux. Il l'appela à nouveau.

– Julia ? Ça va ?

Mais sa fille était bien trop loin pour l'entendre, comme si vingt ans les séparaient.

*

... La foule était encore plus tumultueuse. Les gens se pressaient vers le mur. Certains commençaient à le piocher avec des outils de fortune, tournevis, pierres, piolets, canifs, moyens dérisoires, mais il fallait que l'obstacle cède. Et puis, à quelques mètres de moi, se produisit l'incroyable ; l'un des plus grands violoncellistes du monde était à Berlin. Averti de ce qui se passait, il s'était joint à nous, à vous. Il a posé son instrument et s'est mis à jouer. Était-ce ce soir-là ou le lendemain ? Qu'importe, ses notes de musique aussi ont entamé le mur. Des fa, des la, des si, une mélodie qui voyageait vers vous, autant de portées sur lesquelles flottaient des airs de liberté. Je n'étais plus la seule à pleurer, tu sais. J'ai vu beaucoup de larmes cette nuit-là. Celles de cette mère et de sa fille qui se serraient si fort, trop émues de se retrouver après vingt-huit années passées sans se voir, sans se toucher, sans se respirer. J'ai vu des pères aux cheveux blancs croire reconnaître leurs fils au milieu de mille autres. J'ai vu ces Berlinois que seules les larmes pouvaient délivrer du mal qui leur avait été fait. Et puis soudain, au milieu de tous, j'ai vu ton visage apparaître, là-haut sur ce mur, ton visage gris de poussière, et tes yeux. Tu étais le premier homme que je découvrais ainsi,

toi l'Allemand de l'Est, et moi la première fille de l'Ouest
que tu voyais.

*

– Julia ! cria Anthony Walsh.

Elle se retourna lentement vers lui, sans pouvoir dire un mot, et revint au dessin.

*

Tu es resté perché ainsi de longues minutes, nos regards hébétés ne pouvaient se détacher. Tu avais ce monde nouveau qui s'offrait tout à toi, et tu me dévisageais, comme si nos regards étaient liés par un fil tendu, invisible. Je pleurais comme une conne et toi tu m'as souri. Tu as enjambé le mur et tu as sauté, j'ai fait comme les autres et je t'ai ouvert les bras. Tu m'es tombé dessus, nous avons roulé tous deux sur cette terre que tu n'avais encore jamais foulée. Tu m'as demandé pardon en allemand et je t'ai répondu bonjour en anglais. Tu t'es redressé et tu m'as épousseté les épaules, comme si ce geste t'appartenait depuis toujours. Tu me disais des mots auxquels je ne comprenais rien. Alors de temps à autre tu hochais la tête. J'ai ri, parce que tu étais ridicule et moi, encore plus que toi. Tu as tendu la main et tu as articulé ce prénom que j'allais dire tant de fois, ce prénom que je n'ai plus prononcé depuis si longtemps. Tomas.

*

Sur le quai, une femme la bouscula, sans prendre la peine de s'arrêter. Julia ne lui prêta aucune attention. Un vendeur de bijoux à la sauvette agita devant elle un collier en bois clair, elle secoua lentement la tête, n'entendant aucun des arguments qu'il débitait comme on récite une prière. Anthony donna ses dix dollars à la dessinatrice et se leva. Elle lui présenta son travail, l'expression était juste, la ressemblance parfaite. Satisfait, il remit la main à la poche et doubla la somme demandée. Il fit quelques pas vers Julia.

– Mais qu'est-ce que tu fixes comme ça depuis dix minutes ?

*

Tomas, Tomas, Tomas, j'avais oublié comme il est bon de dire ton prénom. J'avais oublié ta voix, tes fossettes, ton sourire, jusqu'à ce dessin qui te ressemble et te rappelle à moi. J'aurais voulu que tu n'ailles jamais couvrir cette guerre. Si j'avais su, ce jour où tu m'as dit que tu voulais devenir reporter, si j'avais su comment tout cela finirait, je t'aurais dit que c'était une mauvaise idée.

Tu m'aurais répondu que celui qui rapporte la vérité du monde ne peut pas faire un mauvais métier, même si la photographie est cruelle, surtout si elle dérange. D'une voix devenue grave, tu aurais crié que si la presse avait connu la réalité de l'autre côté du mur, ceux qui nous gouvernaient seraient venus l'abattre bien plus tôt. Mais ils savaient, Tomas, ils connaissaient chacune de vos vies, ils passaient leur temps à les épier ; ceux qui nous gouvernent n'ont pas ces courages-là, et je t'entends me dire qu'il faut avoir grandi comme je l'ai fait, dans des villes où l'on peut tout penser, tout dire sans rien craindre pour renoncer à courir des risques. Nous aurions discuté la nuit entière et le matin encore, et le jour suivant. Si tu savais comme nos disputes m'ont manqué, Tomas.

À court d'arguments, j'aurais capitulé, comme je l'ai fait le jour où je suis partie. Comment te retenir toi à qui la liberté avait tant manqué ? C'est toi qui avais raison,

130

*Tomas, tu as fait l'un des plus beaux métiers du monde.
As-tu rencontré Massoud ? T'a-t-il enfin donné cette
interview maintenant que vous êtes au ciel, cela valait-il
la peine ? Il est mort des années après toi. Ils étaient des
milliers à suivre son cortège dans la vallée du Panchir,
quand personne n'a jamais pu réunir les restes de ton
corps. Qu'aurait été ma vie si cette mine n'avait pas
emporté ton convoi, si je n'avais pas eu peur, si je ne
t'avais pas abandonné quelque temps plus tôt ?*

*

Anthony posa sa main sur l'épaule de Julia.

– Mais à qui parles-tu ?

– À personne, répondit-elle en sursautant.

– Tu sembles obnubilée par ce dessin et tes lèvres
tremblent.

– Laisse-moi, chuchota-t-elle.

*

*Il y eut un moment de gêne, un instant fragile. Je t'ai
présenté à Antoine et Mathias en insistant si fort sur le
mot « amis », que je l'ai répété six fois pour que tu
l'entendes. C'était bête, ton anglais d'alors n'était pas ton
fort. Peut-être avais-tu compris, tu as souri et leur as
donné l'accolade. Mathias te serrait dans ses bras en te
félicitant. Antoine s'est contenté d'une poignée de main,
mais il était aussi ému que son copain. Nous sommes
partis tous les quatre dans la ville. Tu cherchais quelqu'un, j'ai cru que c'était une femme, c'était ton ami
d'enfance. Parce qu'il avait réussi avec sa famille à
franchir le mur dix années plus tôt, tu ne l'avais pas revu
depuis. Mais comment retrouver un ami parmi des milliers de gens qui s'embrassent, chantent, boivent et
dansent au milieu des rues ? Tu as dit, le monde est*

131

grand, l'amitié est immense. Je ne sais pas si c'était ton accent ou la naïveté de ta phrase, Antoine s'est foutu de toi ; moi je trouvais ta pensée délicieuse. Se pouvait-il que cette vie qui t'avait fait si mal eût préservé chez toi les rêves d'enfant que nos libertés ont étouffés ? Nous avons décidé de t'aider et avons parcouru ensemble les rues de Berlin-Ouest. Tu marchais décidé comme si depuis longtemps vous vous étiez donné rendez-vous quelque part. En chemin, tu scrutais chaque visage, bousculais les passants, te retournais sans cesse. Le soleil n'était pas encore levé quand Antoine s'est arrêté au milieu d'une place et a crié « Mais peut-on au moins savoir quel est le prénom de ce type que nous cherchons comme des idiots depuis des heures ? » Tu n'as pas compris sa question. Antoine a crié plus fort encore « prénom, Name, Vorname ! ». Tu t'es emporté, et tu as répondu en hurlant « Knapp ! ». C'était le nom de l'ami que tu cherchais. Alors, Antoine, pour te faire comprendre que ce n'était pas après toi qu'il s'énervait, s'est mis à hurler à son tour « Knapp ! Knapp ! ».

Pris d'un fou rire, Mathias s'est joint à lui et moi aussi j'ai crié « Knapp, Knapp ». Tu nous as regardés, comme si nous étions fous et tu as ri à ton tour et à ton tour tu as repris « Knapp, Knapp ». Nous dansions presque, en chantant à tue-tête le nom de cet ami que tu cherchais depuis dix ans.

Au milieu de cette foule gigantesque, un visage s'est retourné. J'ai vu vos regards se croiser, un homme de ton âge te fixait. J'en étais presque jalouse.

Comme deux loups séparés de la horde et qui se retrouvent au détour d'une forêt, vous êtes restés immobiles à vous observer. Et puis Knapp a prononcé ton prénom. « Tomas ? » Vos silhouettes étaient belles sur les pavés de Berlin-Ouest. Tu serrais ton ami dans tes bras. La joie sur vos visages était sublime. Antoine pleurait,

Mathias le consolait. S'ils avaient été séparés aussi long-temps, leur bonheur de se retrouver serait le même, lui jurait-il. Antoine redoublait de sanglots en lui disant qu'une telle chose était impossible, puisqu'ils ne se connaissaient pas depuis si longtemps. Tu as posé ta tête sur l'épaule de ton meilleur ami. Tu as vu que je te regardais, tu t'es redressé aussitôt et tu m'as répété « Le monde est grand, mais l'amitié est immense », et Antoine est devenu inconsolable.

Nous nous sommes assis à la terrasse d'un bar. Le froid griffait nos joues, mais nous nous en moquions. Knapp et toi vous teniez un peu à l'écart. Dix ans de vie à rattraper, cela demande beaucoup de vocabulaire, parfois quelques silences. Nous ne nous sommes pas quittés de la nuit, ni de la journée suivante. Le matin d'après, tu as expliqué à Knapp qu'il fallait que tu repartes. Tu ne pouvais pas rester plus longtemps. Ta grand-mère habitait de l'autre côté. Tu ne pouvais pas la laisser seule, tu étais son unique soutien. Elle aurait eu cent ans cet hiver, j'espère qu'elle aussi t'a retrouvé là où tu es maintenant. Qu'est-ce que j'ai pu l'aimer, ta grand-mère ! Elle était si jolie quand elle tressait ses longs cheveux blancs avant de venir frapper à la porte de notre chambre. Tu as promis à ton ami de revenir bientôt, si les choses ne repartaient pas en arrière. Knapp t'a assuré que jamais plus les portes ne se refermeraient et tu as répondu « Peut-être, mais si nous devions attendre dix ans de plus pour nous revoir, je continuerais de penser à toi chaque jour ».

Tu t'es levé et tu nous as remerciés de ce cadeau que nous t'avions fait. Nous n'avions rien fait, mais Mathias t'a dit qu'il n'y avait pas de quoi, qu'il était ravi d'avoir pu se rendre utile ; Antoine a proposé que nous te rac-compagnions jusqu'au point de passage entre l'Ouest et l'Est.

Nous sommes repartis ; nous avons suivi tous ceux

qui, comme toi, rentraient chez eux, parce que, révolution ou pas, leurs familles et leurs maisons se trouvaient de l'autre côté de la ville.

En chemin tu as pris ma main dans la tienne, je t'ai laissé faire et nous avons marché ainsi pendant des kilomètres.

*

– Julia, tu frissonnes et tu vas finir par attraper froid. Rentrons maintenant. Si tu veux nous pouvons l'acheter ce dessin, et tu le regarderas tout le temps que tu le désires, mais au chaud.

– Non, il n'a pas de prix, il faut le laisser ici. Quelques minutes, s'il te plaît, et nous nous en irons.

*

De part et d'autre du poste de contrôle quelques-uns s'acharnaient toujours à piocher le béton. C'était ici qu'il fallait se dire au revoir. Tu as salué Knapp le premier. « Appelle-moi vite, dès que possible », a-t-il ajouté en te tendant sa carte. Était-ce parce qu'il était journaliste que tu as voulu toi aussi faire ce métier ? Était-ce une promesse d'adolescents que vous vous étiez faite ? Cent fois je t'ai posé la question et cent fois tu as esquivé la réponse, m'adressant l'un de ces sourires en coin que tu me réservais quand je t'énervais. Tu as serré les mains d'Antoine et de Mathias et tu t'es tourné vers moi.

Si tu savais, Tomas, comme j'ai eu peur ce jour-là, peur de ne jamais connaître tes lèvres. Tu étais entré dans ma vie comme arrive l'été, sans prévenir, avec ces éclats de lumière qu'on retrouve au matin. Tu as passé la paume de ta main sur ma joue, tes doigts sont remontés le long de mon visage et tu as déposé un baiser sur chacune de mes paupières. « Merci. » C'est le seul mot que tu as prononcé alors que tu t'éloignais déjà. Knapp nous observait, j'ai surpris son regard. Comme s'il espérait une parole de moi, quelques mots qu'il aurait voulu trouver pour effacer à jamais les années qui vous avaient éloignés l'un de l'autre. Ces années qui avaient façonné vos vies de façon si différente ; lui qui retournait à son journal et toi à l'Est.

J'ai crié « Emmène-moi ! Je veux connaître cette grand-mère pour qui tu repars », et je n'ai pas attendu ta réponse ; j'ai repris ta main et je te jure qu'il aurait fallu réunir toutes les forces du monde pour que quelqu'un m'en détache. Knapp a haussé les épaules et à ton air ébahi, il a dit : « La voie est libre maintenant, revenez quand vous voudrez ! »

Antoine a voulu me dissuader, c'était une folie selon lui. Peut-être, mais jamais je n'avais ressenti pareille ivresse. Mathias lui a donné un coup de coude, de quoi se mêlait-il ? Il a couru vers moi et m'a embrassée. « Appelle-nous quand tu rentreras à Paris », a-t-il dit en me griffonnant son numéro sur un bout de papier. À mon tour, je les ai embrassés tous les deux, et nous sommes partis. Je ne suis jamais retournée à Paris, Tomas.

Je t'ai suivi ; à l'aube du 11 novembre, profitant de la confusion qui régnait, nous avons repassé la frontière et j'étais peut-être en ce matin-là la première étudiante américaine qui entrait dans Berlin-Est, et si ce n'était pas le cas, alors j'étais de toutes la plus heureuse.

Tu sais, j'ai tenu ma promesse. Te souviens-tu de ce café sombre, où tu m'avais fait jurer que, si un jour le destin venait à nous séparer, je devrais être heureuse quoi qu'il en coûte ? Je savais bien que tu disais cela parce que parfois ma façon de t'aimer t'étouffait, que tu avais trop souffert du manque de liberté pour accepter que j'attache ma vie à la tienne. Et même si je te détestais d'entacher mon bonheur du pire, j'ai tenu parole.

Je vais me marier, Tomas, enfin, je devais me marier samedi, la noce a été retardée. C'est une longue histoire, mais c'est celle qui m'a conduite jusqu'ici. Peut-être était-ce parce qu'il fallait que je revoie une dernière fois ton visage. Embrasse ta grand-mère au ciel pour moi.

*

– Cette situation est ridicule, Julia. Si tu te voyais, on dirait ton père en panne de batteries ! Tu es là immobile depuis plus d'un quart d'heure, et tu murmures...

Pour toute réponse, Julia s'éloigna. Anthony Walsh accéléra le pas pour revenir à sa hauteur.

– Je peux savoir ce qui se passe à la fin ? insista-t-il en la rejoignant.

Mais Julia resta murée dans son silence.

– Regarde, reprit-il en présentant son portrait à sa fille, c'est drôlement réussi. Tiens c'est pour toi, ajouta-t-il jovial.

Julia l'ignora et continua de marcher vers leur hôtel.

– Bon, je te l'offrirai plus tard ! Apparemment, ce n'est pas le bon moment.

Et comme Julia ne disait toujours rien, Anthony Walsh enchaîna :

– Pourquoi est-ce que ce dessin que tu regardais si attentivement me rappelle quelque chose ? J'imagine que cela ne doit pas être sans rapport avec ton étrange comportement, là-bas sur la jetée. Je ne sais pas, mais il y avait sur ce visage comme un air de déjà-vu.

– Parce que ton poing s'est écrasé sur ce visage en question, le jour où tu es venu me rechercher à Berlin. Parce que c'était celui de l'homme que j'aimais quand j'avais dix-huit ans et dont tu m'as séparée lorsque tu m'as ramenée de force à New York !

11.

Le restaurant était presque complet. Un serveur attentionné leur avait offert deux coupes de champagne. Anthony n'avait pas touché à la sienne, Julia l'avait bue d'un trait avant d'enchaîner avec celle de son père et de faire signe au garçon pour qu'il la resserve. Avant même qu'on leur apporte les menus, elle était déjà grise.

– Tu devrais t'arrêter là, conseilla Anthony alors qu'elle commandait une quatrième flûte.

– Pourquoi ? C'est plein de bulles et ça a bon goût !

– Tu es ivre.

– Pas encore, dit-elle en ricanant.

– Tu pourrais essayer d'en faire un peu moins. Tu veux gâcher notre premier dîner ? Tu n'as pas besoin de te rendre malade, il te suffit de me dire que tu préfères rentrer.

– Ah mais non ! J'ai faim !

– Tu peux commander un plateau dans ta chambre si tu veux.

– Là aussi, je crois que je n'ai plus vraiment l'âge d'entendre ce genre de phrases.

– Gamine, tu avais exactement le même comportement quand tu essayais de me provoquer. Et tu as raison, Julia, nous n'avons plus l'âge pour ça, ni toi ni moi.

– À bien y repenser, c'était le seul choix que tu n'avais pas fait à ma place !

– Quoi donc ?

– Tomas !

– Non, il était le premier, tu as fait beaucoup d'autres choix par la suite, si tu t'en souviens.

– Tu as toujours voulu contrôler ma vie.

– C'est une maladie qui touche beaucoup de pères, et en même temps c'est un reproche assez contradictoire à faire à quelqu'un que tu accuses d'avoir été si absent.

– J'aurais préféré que tu sois absent, tu t'es contenté de ne pas être là !

– Tu es ivre, Julia, tu parles fort et c'est gênant.

– Gênant ? Parce que ce n'était pas gênant lorsque tu as débarqué à l'improviste dans cet appartement de Berlin ; quand tu as hurlé jusqu'à terroriser la grand-mère de l'homme que j'aimais pour qu'elle te dise où nous nous trouvions ; quand tu as défoncé la porte de la chambre alors que nous dormions et fracassé la mâchoire de Tomas quelques minutes plus tard ? Ce n'était pas gênant ?

– Disons que c'était excessif, je te le concède.

– Tu me le concèdes ? Est-ce que c'était gênant quand tu m'as tirée par les cheveux jusqu'à la voiture qui attendait dans la rue ? Gênant quand tu m'as fait traverser le hall de l'aéroport, en me secouant si fort par le bras que je ressemblais à une poupée désarticulée ? Gênant quand tu as bouclé ma ceinture de peur que je ne quitte l'avion en vol, ce n'était pas gênant tout cela ? Gênant quand, en arrivant à New York, tu m'as jetée dans ma chambre, comme une criminelle, avant de refermer la porte à clé ?

– Il y a des moments où je me demande si, finalement, je n'ai pas bien fait de mourir la semaine dernière !

– Je t'en prie, ne recommence pas avec tes grands mots !

– Ah mais cela n'a rien à voir avec ta délicieuse conversation, je pensais à tout autre chose.

– À quoi par exemple ?

– À ton comportement depuis que tu as vu ce dessin qui ressemblait à Tomas.

Julia écarquilla les yeux.

– Quel est le rapport avec ta mort ?

– C'est amusant comme phrase, tu ne trouves pas ? Disons que sans le faire exprès, je t'ai empêchée de te marier samedi ! conclut Anthony Walsh avec un grand sourire.

– Et cela te réjouit à ce point-là ?

– Que ton mariage soit reporté ? Jusqu'à tout à l'heure j'en étais sincèrement désolé, maintenant c'est différent...

Embarrassé par ces deux clients qui parlaient trop fort, le serveur intervint et se proposa de noter leur commande. Julia prit une viande.

– Quelle cuisson ? demanda le garçon.

– Probablement saignante ! répondit Anthony Walsh.

– Et pour monsieur ?

– Vous avez des piles ? questionna Julia.

Et comme le serveur restait sans voix, Anthony Walsh lui précisa qu'il ne dînerait pas.

– Se marier est une chose, dit-il à sa fille, mais permets-moi de te dire que partager sa vie entière avec quelqu'un en est une autre. Il faut beaucoup d'amour, beaucoup d'espace. Un territoire que l'on invente à deux et où on ne doit pas se sentir à l'étroit.

– Mais qui es-tu pour juger de mes sentiments à l'égard d'Adam ? Tu ne sais rien de lui.

– Je ne te parle pas d'Adam, mais de toi, de cet espace que tu seras en mesure de lui accorder ; et si votre horizon est déjà occulté par la mémoire d'un autre, le pari d'une vie commune est loin d'être gagné.

– Et tu en sais quelque chose, n'est-ce pas ?

– Ta mère est morte, Julia, je n'y suis pour rien, même si tu continues de m'en blâmer.

– Tomas aussi est mort, et même si tu n'y es pour rien non plus, je t'en voudrai toujours. Alors tu vois, en matière d'espace, pour Adam et moi, nous avons tout l'univers de libre.

Anthony Walsh toussota, quelques gouttes de sueur perlèrent sur son front.

– Tu transpires ? demanda Julia, surprise.

– C'est un léger dysfonctionnement technologique, dont je me serais passé, dit-il en tapotant délicatement sa serviette sur son visage. Tu avais dix-huit ans, Julia, et tu voulais faire ta vie avec un communiste que tu connaissais depuis quelques semaines !

– Quatre mois !

– Seize semaines, donc !

– Et il était Allemand de l'Est, pas communiste.

– Beaucoup mieux !

– S'il y a bien quelque chose que je n'oublierai jamais, c'est pourquoi, par moments, je te détestais autant !

– Nous étions d'accord, pas d'imparfait entre nous, tu te souviens ? N'aie pas peur de parler avec moi au présent ; même mort je suis toujours ton père, ou ce qu'il en reste...

Le garçon servit son plat à Julia. Elle le pria de remplir son verre. Anthony Walsh posa sa main sur la coupe de champagne.

– Nous avons encore des choses à nous dire, je crois.

Le serveur s'éloigna sans demander son reste.

– Tu vivais à Berlin-Est, je n'avais pas de tes nouvelles depuis des mois. Qu'aurait été ta prochaine étape, Moscou ?

– Comment as-tu retrouvé ma trace ?

– Cette pige que tu as publiée dans un journal ouest-allemand. Quelqu'un a eu la délicatesse de m'en adresser une copie.

– Qui ?

– Wallace. C'était peut-être sa façon de se dédouaner de t'avoir aidée à quitter les États-Unis dans mon dos.

– Tu l'as su ?

– Ou alors, peut-être que lui aussi était inquiet pour toi et a jugé qu'il était temps de mettre un terme à ces péripéties avant que tu ne sois réellement en danger.

– Je n'ai jamais été en danger, j'aimais Tomas.

– Jusqu'à un certain âge, on s'emballe par amour pour l'autre, mais c'est souvent par amour pour soi ! Tu étais destinée à faire ton droit à New York, tu as tout plaqué pour aller suivre des cours de dessin aux Beaux-Arts à Paris ; une fois là-bas tu es partie, je ne sais au bout de combien de temps, à Berlin ; tu t'es amourachée du premier venu et, comme par enchantement, adieu les Beaux-Arts, tu as voulu devenir journaliste et si ma mémoire est bonne, comme par hasard, lui aussi souhaitait être journaliste, c'est bizarre...

– Qu'est-ce que ça pouvait bien te faire ?

– C'est moi qui ai dit à Wallace de te remettre ton passeport le jour où tu le lui demanderais, Julia, et j'étais dans la pièce voisine lorsque tu es venue le récupérer dans le tiroir de mon bureau.

– Pourquoi ces chemins détournés, pourquoi ne pas me l'avoir donné toi-même ?

– Parce que nos rapports n'étaient pas tout à fait au beau fixe, si tu t'en souviens. Et puis, disons que si je l'avais fait, cela aurait probablement dénaturé le goût de ton aventure. En te laissant partir en pleine rébellion contre moi, ton voyage gagnait en saveur, n'est-ce pas ?

– Tu as vraiment pensé à tout cela ?

– J'ai indiqué à Wallace où se trouvaient tes papiers, et j'étais vraiment dans le salon ; pour le reste, il y avait peut-être de ma part un peu d'amour-propre blessé.

– Toi, blessé ?

– Et Adam ? répliqua Anthony Walsh.

– Adam n'a rien à voir avec tout ça.

– Je te rappelle, aussi étrange qu'il soit pour moi de te le dire, que si je n'étais pas mort tu serais aujourd'hui sa femme. Alors je vais tenter de reformuler ma question autrement, mais d'abord veux-tu bien fermer les yeux ?

Ne comprenant pas où son père voulait en venir, Julia hésita, mais devant son insistance, elle s'exécuta.

– Ferme-les mieux que ça. J'aimerais que tu te plonges dans l'obscurité la plus complète.

– À quoi joue-t-on ?

– Pour une fois, fais ce que je te demande, cela ne prendra que quelques instants.

Julia plissa les paupières et le noir l'envahit.

– Attrape ta fourchette et mange.

Amusée, elle se prêta à l'exercice. Sa main tâtonna sur la nappe, jusqu'à ce qu'elle rencontre l'objet convoité. D'un geste malhabile, elle chercha ensuite à piquer un morceau de viande dans son assiette et n'ayant aucune idée de ce qu'elle portait à ses lèvres, elle entrouvrit la bouche.

– Est-ce que le goût de cet aliment diffère parce que tu ne le vois pas ?

– Peut-être, répondit-elle en gardant les yeux clos.

– Maintenant, fais quelque chose pour moi et surtout garde les paupières fermées.

– Je t'écoute, dit-elle à voix feutrée.

– Repense à un moment de bonheur.

Et Anthony se tut, observant le visage de sa fille.

*

L'île aux musées, je me souviens, nous nous promenions tous les deux. Lorsque tu m'as présentée à ta grand-mère, sa première question a été de me demander ce que je faisais dans la vie. La conversation n'était pas facile, tu traduisais ses paroles dans ton anglais rudimentaire et moi, je ne parlais pas ta langue. Je lui ai expliqué que j'étudiais aux Beaux-Arts à Paris. Elle a souri et est allée chercher dans sa commode une carte postale où était reproduit un tableau de Vladimir Radskin, un peintre russe qu'elle aimait. Et puis elle nous a ordonné de sortir prendre l'air, de profiter de cette belle journée. Tu ne lui avais rien dit de ton voyage extraordinaire, pas un mot sur la façon dont nous nous étions rencontrés. Et quand nous l'avons quittée sur le pas de la porte de votre appartement, elle t'a demandé si tu avais revu Knapp. Tu as hésité un long moment, mais l'expression de ton visage avouait vos retrouvailles. Elle a souri et t'a dit qu'elle en était heureuse pour toi.

Aussitôt dans la rue, tu m'as prise par la main, et chaque fois que je te demandais vers où nous courions si vite, tu répondais, « Viens, viens ». Nous avons franchi le petit pont qui traversait la rivière Spree.

L'île aux musées, jamais je n'avais vu pareille concentration de bâtiments dédiés à l'art. Je croyais que ton pays n'était fait que de gris, et ici tout était en couleurs. Tu m'as entraînée aux portes du Altes Museum. L'édifice était un immense carré, mais, quand nous sommes entrés, l'espace intérieur avait la forme d'une rotonde.

Je n'avais jamais vu pareille architecture, aussi étrange, presque incroyable. Tu m'as conduite au centre de cette rotonde, fait faire un tour complet sur moi ; puis un second, un autre encore et tu m'as forcée à tourner de plus en plus vite, jusqu'à ce que le vertige me prenne. Tu as stoppé ma valse folle en me serrant dans tes bras et tu as dit, voilà, c'est cela le romantisme allemand, un rond au milieu d'un carré, pour prouver que toutes les différences peuvent s'épouser. Et puis tu m'as emmenée voir le musée de Pergame.

*

– Alors, demanda Anthony, tu as revisité ce moment de bonheur ?

– Oui, répondit Julia les paupières toujours closes.

– Qui y voyais-tu ?

Elle rouvrit les yeux.

– Tu n'as pas à me donner la réponse, Julia, elle t'appartient. Je ne vivrai plus ta vie à ta place.

– Pourquoi fais-tu cela ?

– Parce que, chaque fois que je ferme les yeux, je revois le visage de ta mère.

– Tomas est apparu dans ce portrait qui lui ressemble, comme un fantôme, une ombre qui me disait d'aller en paix, que je pouvais me marier sans plus penser à lui, sans regrets. C'était un signe.

Anthony toussota.

– C'était juste une esquisse au fusain, bon sang ! Si je jette ma serviette au loin, qu'elle atteigne ou pas le porte-parapluie à l'entrée ne changera rien à rien. Que la dernière goutte de vin tombe ou pas dans le verre de cette femme à côté de nous ne la mariera pas dans l'année avec l'abruti avec qui elle dîne. Ne me regarde pas comme si j'étais un Martien, si cet imbécile ne parlait pas aussi fort à sa petite amie en essayant de l'impressionner, je n'aurais pas entendu sa conversation depuis le début du dîner.

– Tu dis cela parce que tu n'as jamais cru aux signes de la vie ! Tu as bien trop besoin de tout contrôler !

– Les signes n'existent pas, Julia. J'ai lancé mille feuilles de papier roulées en boule dans la corbeille de mon bureau, certain que si j'atteignais la cible mon vœu se réaliserait ; mais l'appel que j'attendais ne venait jamais ! J'ai poussé le pari stupide jusqu'à me dire qu'il faudrait trois ou quatre buts d'affilée pour mériter la récompense ; en deux ans de pratique acharnée, je pouvais faire atterrir une ramette de papier au centre d'une corbeille placée à dix mètres de distance, et toujours rien. Un soir, trois clients importants m'accompagnaient à un dîner d'affaires. Pendant que l'un de mes associés s'évertuait à leur lister tous les pays où nos filiales étaient implantées, je cherchais celui où devait se trouver la femme que j'attendais ; j'imaginais les rues où elle marchait en partant de chez elle au matin. En sortant du restaurant, l'un d'entre eux, un Chinois, et ne me demande pas son nom s'il te plaît, m'a raconté une ravissante légende. Il paraît que si l'on saute au milieu d'une flaque d'eau où se reflète la pleine lune, son esprit vous emmène aussitôt auprès de ceux qui vous manquent. Tu aurais dû voir la tête de mon associé quand j'ai sauté à pieds joints dans le caniveau. Mon client était trempé jusqu'aux os, même son chapeau dégoulinait. Au lieu de m'excuser, je lui ai fait remarquer que son truc ne marchait pas ! La femme que je guettais n'était pas apparue. Alors, ne me parle pas de ces signes idiots auxquels on s'accroche lorsqu'on a perdu toute raison de croire en Dieu.

– Je t'interdis de dire des choses pareilles ! cria Julia. Petite, j'aurais sauté dans mille flaques, mille ruisseaux pour que tu rentres le soir. Il est trop tard pour me raconter ce genre d'histoires. Mon enfance est loin derrière moi !

Anthony Walsh regarda sa fille, l'air triste. Julia ne décolérait pas. Elle repoussa sa chaise, se leva et sortit du restaurant.

– Excusez-la, dit-il au garçon en déposant quelques billets sur la table. Je crois que c'est votre champagne, trop de bulles !

*

Ils rentrèrent à l'hôtel. Aucun mot ne vint troubler le silence de la nuit. Ils remontèrent à travers les ruelles de la vieille ville. Julia ne marchait pas tout à fait droit. Parfois elle trébuchait sur un pavé qui dépassait de la chaussée. Anthony avançait aussitôt le bras pour la retenir, mais elle retrouvait son équilibre et repoussait son geste sans jamais le laisser la toucher.

– Je suis une femme heureuse ! dit-elle en titubant. Heureuse et parfaitement épanouie ! Je fais un métier que j'aime, je vis dans un appartement que j'aime, j'ai un meilleur ami que j'aime et je vais me marier avec un homme que j'aime ! Épanouie ! répéta-t-elle en bafouillant.

Sa cheville vrilla, Julia se rattrapa de justesse et se laissa glisser le long d'un réverbère.

– Et puis merde ! grommela-t-elle, assise sur le trottoir.

Julia ignora la main que lui tendait son père pour l'aider à se relever. Il s'agenouilla et s'assit à côté d'elle. La ruelle était déserte et tous deux restèrent là, adossés au lampadaire. Dix minutes passèrent et Anthony sortit un sachet de la poche de sa gabardine.

– Qu'est-ce que c'est ? demanda-t-elle.

– Des bonbons.

Julia haussa les épaules et détourna la tête.

– Je crois qu'il y a deux ou trois oursons en chocolat qui se promènent au fond... Aux dernières nouvelles ils jouaient avec un serpentin de réglisse.

Julia ne réagissait toujours pas, alors il fit mine de ranger les friandises dans sa poche, mais elle lui arracha le sachet des mains.

– Quand tu étais enfant, tu avais adopté un chat errant, dit Anthony pendant que Julia avalait un troisième ourson. Tu l'aimais beaucoup, lui aussi, jusqu'à ce qu'il reparte au bout de huit jours. Veux-tu que nous rentrions maintenant ?

– Non, répondit Julia en mâchouillant.

Une carriole attelée à un cheval roux passa devant eux. Anthony salua le cocher d'un signe de la main.

*

Ils arrivèrent à l'hôtel une heure plus tard. Julia traversa le hall et emprunta l'ascenseur de droite tandis qu'Anthony montait dans celui de gauche. Ils se retrouvèrent sur le palier du dernier étage, parcoururent côte à côte le couloir jusqu'à la porte de la suite nuptiale, où Anthony céda le passage à sa fille. Elle se rendit directement à sa chambre et Anthony entra dans la sienne.

Julia se jeta aussitôt sur le lit et fouilla dans son sac pour y trouver son téléphone portable. Elle regarda l'heure à sa montre et appela Adam. Elle tomba sur sa messagerie vocale, attendit la fin du message et raccrocha avant la fatidique petite sonnerie. Elle composa le numéro de Stanley.

– Je vois que tu es en forme.

– Tu me manques drôlement, tu sais.

– Je n'en avais pas la moindre idée. Alors, ce voyage ?

– Je pense que je vais rentrer demain.

– Déjà ? Tu as trouvé ce que tu cherchais ?

– L'essentiel, je crois.

– Adam sort à l'instant de chez moi, annonça Stanley d'une voix sentencieuse.

– Il est venu te voir ?

– C'est exactement ce que je viens de te dire, tu as bu ?

– Un peu.

– Tu vas bien à ce point-là ?

– Mais oui ! Qu'est-ce que vous avez tous à vouloir que j'aille mal ?

– En ce qui me concerne, je suis tout seul !

– Qu'est-ce qu'il voulait ?

– Parler de toi j'imagine, à moins qu'il ne soit en train de virer de bord ; mais dans ce cas-là, il aura perdu sa soirée, il n'est pas du tout mon genre.

– Adam est venu te parler de moi ?

– Non, il est venu pour que je lui parle de toi. C'est ce que font les gens quand la personne qu'ils aiment leur manque.

Stanley entendit la respiration de Julia dans le combiné.

– Il est triste, ma chérie. Je n'ai pas de sympathie particulière pour lui, je ne te l'ai jamais caché, mais je n'aime pas voir un homme malheureux.

– Pourquoi est-il triste ? demanda-t-elle d'une voix sincèrement désolée.

– Ou tu es devenue complètement conne, ou tu es vraiment bourrée ! Il est désespéré, que deux jours après l'annulation de son mariage, sa fiancée... Dieu que je déteste quand il t'appelle ainsi, c'est d'un ringard... bref, sa fiancée soit partie sans lui laisser d'adresse et donner d'explications à sa fuite. Cela te paraît suffisamment clair ou tu veux que je te Fedex un tube d'aspirine ?

– D'abord, je ne suis pas partie sans laisser d'adresse, et je suis passée le voir...

– Le Vermont ? Tu as osé lui dire que tu allais dans le Vermont ! Tu appelles ça une adresse ?

– Il y a un problème avec le Vermont ? questionna Julia d'une voix embarrassée.

– Non, enfin pas avant que je gaffe.

– Qu'est-ce que tu as fait ? demanda Julia en retenant son souffle.

– J'ai dit que tu étais à Montréal. Comment voulais-tu que j'imagine une ânerie pareille ! La prochaine fois que tu mens, préviens-moi, je te donnerai des leçons et au moins nous accorderons nos violons.

– Et merde !

– Tu me l'enlèves de la bouche...

– Vous avez dîné ensemble ?

– Je lui ai fait un petit frichti de rien du tout...

– Stanley !

– Quoi ? Je n'allais pas en plus le laisser mourir de faim ! Je ne sais pas ce que tu trafiques à Montréal, ma chérie, ni avec qui, et j'ai bien compris que cela ne me regardait pas, mais s'il te plaît appelle Adam, c'est la moindre des choses.

– Ce n'est pas du tout ce que tu penses, Stanley.

– Qui t'a dit que je pensais ? Si cela peut te rassurer, je lui ai promis que ton départ n'avait rien à voir avec vous deux, que tu étais partie sur les traces de ton père. Tu vois, pour mentir, il faut un certain talent !

– Mais je te jure que tu ne mentais pas !

– J'ai ajouté que sa mort t'avait secouée et qu'il était important pour votre couple que tu puisses refermer les portes de ton passé restées entrebâillées. Personne n'a besoin de courants d'air dans sa vie amoureuse, n'est-ce pas ?

À nouveau, Julia se tut.

– Alors, où en es-tu de tes explorations sur l'histoire de papa Walsh ? reprit Stanley.

– Je crois avoir découvert un peu plus de tout ce qui fait que je le déteste.

– Parfait ! Et quoi d'autre ?

– Peut-être un peu de ce qui faisait que je l'aimais.

– Et tu veux rentrer demain ?

– Je ne sais pas, il vaut sans doute mieux que je retrouve Adam.

– Avant que... ?

– Je suis allée me promener tout à l'heure, il y avait une portraitiste...

Julia raconta à Stanley la découverte faite sur le vieux port de Montréal et, pour une fois, son ami ne la gratifia pas de l'une de ses répliques cinglantes.

– Tu vois, il est temps que je revienne, n'est-ce pas ? Ça ne me réussit pas de quitter New York. Et puis si je ne rentre pas demain, qui te portera chance ?

– Tu veux un vrai conseil ? Écris sur une feuille de papier tout ce qui te passe par la tête, et fais exactement le contraire ! Bonne nuit, ma chérie.

Stanley avait raccroché. Julia abandonna son lit pour se rendre dans la salle de bains, elle n'entendit pas les pas feutrés de son père, qui regagnait sa chambre.

12.

Un ciel rougeoyant se levait sur Montréal. Le salon qui séparait les deux chambres de la suite baignait dans une lumière douce. On frappa à la porte, Anthony ouvrit au garçon du service d'étage et le laissa pousser le chariot au milieu de la pièce. Le jeune homme se proposa de dresser le couvert du petit déjeuner mais Anthony lui glissa quelques dollars dans la poche et prit les commandes de la desserte roulante. Le serveur repartit, Anthony veilla à ce que la porte ne fasse pas de bruit en se refermant. Il hésita entre la table basse et le guéridon près des fenêtres qui offraient un joli panorama. Il opta pour la vue et disposa avec mille précautions nappe, assiette, couverts, carafon de jus d'orange, bol de céréales, panier de viennoiseries, et une rose qui se dressait fièrement dans son soliflore. Il fit un pas en arrière, déplaça la fleur qu'il trouvait décentrée, le pot de lait qui serait mieux situé près de la corbeille de pains. Il déposa dans l'assiette de Julia un rouleau de papier orné d'un ruban rouge, et le recouvrit de la serviette de table. Cette fois, il s'écarta d'un bon mètre et vérifia l'harmonie de sa composition. Après avoir resserré le nœud de sa cravate, il alla frapper délicatement à la chambre de sa fille et annonça que le petit déjeuner de Madame était servi. Julia grogna et demanda l'heure qu'il était.

– L'heure de te lever ; le bus de ramassage scolaire passe dans quinze minutes, tu vas encore le rater !

Enfouie sous une couette qui remontait jusqu'à son nez, Julia ouvrit un œil et s'étira. Il y avait longtemps qu'elle n'avait pas dormi aussi profondément. Elle s'ébouriffa les cheveux, et garda les yeux plissés le temps que sa vision s'accommode à la lumière du jour. Elle se leva d'un bond et se rassit sur le rebord du lit, saisie par un vertige. Le réveil posé sur la table de nuit indiquait huit heures.

– Pourquoi si tôt ? grommela-t-elle en entrant dans la salle de bains.

Et tandis que Julia prenait sa douche, Anthony Walsh, assis dans un fauteuil du petit salon, contempla le ruban rouge qui dépassait de l'assiette et soupira.

*

Le vol Air Canada avait décollé à 7 h 10 de l'aéroport de Newark. La voix du commandant de bord grésilla dans les haut-parleurs pour annoncer le début de la descente vers Montréal. L'avion rejoindrait sa porte de débarquement à l'horaire prévu. Le chef de cabine prit le relais pour réciter les consignes usuelles à respecter en vue de l'atterrissage. Adam s'étira dans la limite du possible. Il remonta sa tablette et regarda par le hublot. L'appareil survolait le Saint-Laurent. Au loin se dessinaient les pourtours de la ville et l'on pouvait apercevoir les reliefs du Mont-Royal. Le MD-80 s'inclina, Adam resserra sa ceinture. À l'avant du poste de pilotage, les balises de la piste étaient déjà en vue.

*

Julia serra la ceinture de son peignoir et entra dans le petit salon. Elle contempla la table dressée et sourit à Anthony qui lui présentait une chaise.

– Je t'ai commandé du Earl Grey, dit-il en remplissant sa tasse. Le type du room-service m'a proposé du thé noir, du noir noir, du jaune, du blanc, du vert, du fumé, du chinois, du seychuanais, du formosan, du coréen, du ceylan, de l'indien, du népalais et j'oublie les quarante autres appellations qu'il m'a citées, avant que je le menace de me suicider s'il continuait.

– Le Earl Grey sera très bien, répondit Julia en dépliant sa serviette.

Elle regarda le rouleau de papier enrubanné de rouge et se tourna vers son père, interrogative.

Anthony le lui ôta aussitôt des mains.

– Tu l'ouvriras après le petit déjeuner.

– Qu'est-ce que c'est ? demanda Julia.

– Là, dit-il en désignant les viennoiseries, les choses longues et torsadées s'appellent des croissants, les rectangulaires d'où dépassent deux petits trucs marron, ce sont des pains au chocolat, et les grands escargots avec des fruits secs sur le dessus, ce sont des pains aux raisins.

– Je te parlais de ce que tu caches dans ton dos, avec un ruban rouge.

– Après, je viens de te dire.

– Alors pourquoi l'avais-tu placé dans mon assiette ?

– J'ai changé d'avis, ce sera mieux plus tard.

Julia profita de ce qu'Anthony lui avait tourné le dos pour lui soutirer d'un geste sec le rouleau qu'il tenait entre ses mains.

Elle défit le ruban et déroula la feuille de papier. Le visage de Tomas lui souriait à nouveau.

– Quand l'as-tu acheté ? demanda-t-elle.

– Hier, lorsque nous avons quitté le débarcadère.

Tu marchais devant moi, sans me prêter attention. J'avais donné un généreux pourboire à la dessinatrice, elle m'a dit que je pouvais le prendre, le client n'en avait pas voulu et elle n'en ferait rien.

– Pourquoi ?

– J'ai pensé que cela te ferait plaisir, tu as passé tellement de temps à le regarder.

– Je te demande pourquoi tu l'as vraiment acheté, insista Julia.

Anthony s'assit dans le canapé, fixant sa fille.

– Parce qu'il faut que nous parlions. J'espérais que nous n'aurions jamais à en discuter et j'avoue que j'ai hésité à aborder ce sujet. Je n'imaginais d'ailleurs pas une seule seconde que notre escapade m'amènerait à cela et risquerait de s'en trouver compromise, car j'anticipe déjà ta réaction ; mais puisque les signes, comme tu le dis si bien, me montrent la voie... alors il faut que je t'avoue quelque chose.

– Arrête ces simagrées et va droit au but, dit-elle d'un ton cassant.

– Julia, je crois que Tomas n'est pas tout à fait mort.

*

Adam enrageait. Il avait voyagé sans bagage pour sortir au plus vite de l'aéroport, mais les passagers d'un 747 en provenance du Japon avaient déjà envahi les guichets de la douane. Il regarda sa montre. La file qui s'étendait devant lui laissait envisager une bonne vingtaine de minutes avant de pouvoir sauter dans un taxi.

« Sumimasen ! » Ce mot resurgit de sa mémoire à point nommé. Son correspondant dans une maison d'édition japonaise l'employait si souvent qu'Adam en avait conclu que s'excuser était probablement une

tradition nationale. « Sumimasen, excusez-moi »,
répéta-t-il dix fois en se faufilant entre les passagers
du vol de la JAL ; et dix Sumimasen plus tard, Adam
réussissait à présenter son passeport à l'officier des
douanes canadiennes qui le tamponna et le lui rendit
aussitôt. Faisant fi de l'interdiction d'utiliser les téléphones portables jusqu'à la sortie de la zone de déli-
vrance des bagages, il récupéra le sien dans la poche
de sa veste, l'alluma et composa le numéro de Julia.

*

– Je crois bien que c'est la sonnerie de ton téléphone, tu as dû le laisser dans ta chambre, dit Anthony
d'une voix embarrassée.

– Ne change pas de sujet. Qu'entends-tu exactement par « pas tout à fait mort » ?

– Vivant serait un terme qui conviendrait aussi...

– Tomas est en vie ? questionna Julia, chancelante.

Anthony acquiesça d'un hochement de tête.

– Comment le sais-tu ?

– À cause de sa lettre ; d'ordinaire, les gens qui ne
sont plus de ce monde ne peuvent pas écrire. À part
moi, remarque... Je n'y avais pas pensé, mais c'est
encore une chose épatante...

– Quelle lettre ? demanda Julia.

– Celle que tu as reçue de lui six mois après son
terrible accident. Elle était postée de Berlin, son nom
figurait au dos de l'enveloppe.

– Je n'ai jamais reçu de lettre de Tomas. Dis-moi
que ce n'est pas vrai ?!!

– Tu ne pouvais pas la recevoir puisque tu avais
quitté la maison et je ne pouvais pas te la faire suivre
puisque tu étais partie sans laisser d'adresse. J'imagine
que cela fera quand même un bon motif supplémen-
taire à ajouter à ta liste.

– Quelle liste ?

– Celle des raisons pour lesquelles tu me détestais.

Julia se leva et repoussa la table du petit déjeuner.

– On avait dit pas d'imparfait entre nous, tu te souviens ? Alors tu peux mettre cette dernière phrase au présent, cria-t-elle en quittant le salon.

La porte de sa chambre claqua et Anthony, resté seul au milieu de la pièce, s'assit à la place qu'elle occupait.

– Quel gâchis ! murmura-t-il en regardant la corbeille de viennoiseries.

*

Cette fois pas de tricherie possible dans la file d'attente des taxis. Une femme en uniforme indiquait à chaque passager le véhicule qui lui était assigné. Adam devrait attendre son tour. Il composa à nouveau le numéro de Julia.

*

– Éteins-le ou décroche, c'est agaçant ! dit Anthony en entrant dans la chambre de Julia.

– Sors d'ici !

– Julia ! C'était il y a presque vingt ans, bon sang !

– Et en presque vingt ans tu n'as jamais trouvé une occasion de m'en parler ? hurla-t-elle.

– En vingt ans, peu d'occasions de se parler se sont présentées à nous ! répondit-il d'un ton autoritaire. Et quand bien même, je ne sais pas si je l'aurais fait ! À quoi bon ? Te donner un prétexte de plus pour interrompre ce que tu avais entrepris ? Tu avais un premier emploi à New York, un studio sur la 42e, un petit ami qui prenait des cours de théâtre, si je ne me trompe

156

pas et puis un autre qui exposait ses horribles peintures dans le Queens, que tu as d'ailleurs quitté juste avant de changer d'employeur et de coiffure, ou peut-être était-ce l'inverse ?

– Et comment étais-tu au courant de tout ça ?

– Ce n'est pas parce que ma vie ne t'a jamais intéressée, que je ne me suis pas toujours débrouillé pour suivre la tienne.

Anthony regarda longuement sa fille et repartit vers le salon. Elle le rappela sur le pas de la porte.

– Tu l'avais ouverte ?

– Je ne me suis jamais permis de lire ton courrier, dit-il sans se retourner.

– Tu l'as conservée ?

– Elle est dans ta chambre, enfin, je parle de celle que tu occupais quand tu vivais à la maison. Je l'ai rangée dans le tiroir du bureau où tu étudiais, je pensais que c'était l'endroit où elle devrait t'attendre.

– Pourquoi ne m'as-tu rien dit quand je suis revenue à New York ?

– Et pourquoi as-tu attendu six mois pour me téléphoner après être rentrée à New York, Julia ? Et l'as-tu fait parce que tu avais deviné que je t'avais aperçue dans la vitrine de ce drugstore de SoHo ? Ou était-ce parce que, après tant d'années d'absence sans me donner de tes nouvelles, je commençais enfin à te manquer un peu ? Si tu crois qu'entre nous deux j'ai toujours gagné la partie, tu te trompes.

– Parce que pour toi c'était un jeu ?

– Je ne l'espère pas, enfant tu étais très douée pour casser tes jouets.

Anthony déposa une enveloppe sur son lit.

– Je te laisse ceci, ajouta-t-il. J'aurais certainement dû t'en parler plus tôt, je n'en ai pas eu la possibilité.

– Qu'est-ce que c'est ? demanda Julia.

– Nos billets pour New York. Je les ai commandés

au concierge ce matin pendant que tu dormais. Je te l'ai dit, j'avais anticipé ta réaction et j'imagine que notre voyage s'arrête ici. Habille-toi, prends ton sac et rejoins-moi dans le hall. Je vais régler la note.

Anthony referma doucement la porte derrière lui en sortant.

*

L'autoroute était saturée, le taxi emprunta la rue Saint-Patrick. La circulation y était aussi dense. Le chauffeur proposa de récupérer la 720 un peu plus loin et de couper par le boulevard René-Lévesque. Adam se fichait éperdument de l'itinéraire, pourvu que ce soit le plus rapide. Le chauffeur soupira, son client avait beau s'impatienter, il ne pouvait rien faire de plus. Dans trente minutes, ils arriveraient à destination, peut-être moins si l'état du trafic s'améliorait une fois l'entrée de la ville passée. Et dire que certains trouvaient que les taxis n'étaient pas aimables..., il augmenta le son de la radio pour mettre un terme à leur conversation.

Le toit d'une tour du quartier d'affaires de Montréal apparaissait déjà, l'hôtel n'était plus très loin.

*

Sac à l'épaule, Julia traversa le hall et marcha d'un pas décidé vers la réception. Le concierge abandonna son comptoir pour venir aussitôt à sa rencontre.

– Madame Walsh ! dit-il en ouvrant grand les bras. Monsieur vous attend dehors, la limousine que nous avons commandée est un peu en retard, les embouteillages sont épouvantables aujourd'hui.

– Merci, répondit Julia.

– Je suis désolé, madame Walsh, que vous nous

quittiez prématurément, j'espère que la qualité de notre service n'est en rien responsable de ce départ ? questionna-t-il, contrit.

– Vos croissants sont épatants ! répliqua Julia du tac au tac. Et une fois pour toutes, ce n'est pas madame, mais mademoiselle !

Elle sortit de l'hôtel et repéra Anthony qui attendait sur le trottoir.

– La voiture ne devrait pas tarder, dit-il, tiens la voilà.

Une Lincoln noire se rangea à leur hauteur. Avant de descendre pour les accueillir, le chauffeur actionna l'ouverture de la malle arrière. Julia ouvrit la portière et prit place sur la banquette. Pendant que le bagagiste disposait leurs deux sacs, Anthony contourna le véhicule. Un taxi klaxonna, à quelques centimètres près il le renversait.

*

– Ces gens qui ne font pas attention ! râla le chauffeur en se garant en double file devant l'hôtel Saint-Paul.

Adam lui tendit une poignée de dollars et, sans attendre sa monnaie, se précipita vers les portes à tambour. Il se présenta à l'accueil et demanda la chambre de Mlle Walsh.

À l'extérieur, une limousine noire patientait, le temps qu'un taxi veuille bien démarrer. Le chauffeur du véhicule qui la bloquait comptait ses billets et ne semblait pas du tout pressé.

– M. et Mme Walsh ont déjà quitté l'hôtel, répondit, désolée, la réceptionniste à Adam.

– M. et Mme Walsh ? répéta ce dernier en insistant longuement sur le mot « monsieur ».

Le concierge leva les yeux au ciel et se présenta à lui.

– Puis-je vous aider ? demanda-t-il, fébrile.

– Est-ce que ma femme était dans votre hôtel cette nuit ?

– Votre femme ? demanda le concierge en jetant un regard par-dessus l'épaule d'Adam.

La limousine ne démarrait toujours pas.

– Mlle Walsh !

– Mademoiselle était bien parmi nous la nuit dernière, mais elle est repartie.

– Seule ?

– Je ne crois pas l'avoir vue accompagnée, répondit le concierge de plus en plus embarrassé.

Un concert de klaxons fit se retourner Adam en direction de la rue.

– Monsieur ? intervint le concierge pour attirer de nouveau son attention à lui. Pouvons-nous vous offrir une collation, peut-être ?

– Votre réceptionniste vient de me dire que M. et Mme Walsh avaient quitté votre établissement ! Cela fait deux personnes, elle était seule ou pas ? insista Adam d'un ton ferme.

– Notre collaboratrice se sera trompée, affirma le concierge en fustigeant la jeune femme du regard, nous avons beaucoup de clients... Un café, un thé peut-être ?

– Il y a longtemps qu'elle est partie ?

À nouveau, le concierge jeta un regard discret vers la rue. La limousine noire déboîtait enfin. Il soupira de soulagement en la voyant s'éloigner.

– Un bon moment, je pense, répondit-il. Nous avons d'excellents jus de fruits ! Laissez-moi vous conduire à la salle des petits déjeuners, vous êtes mon invité.

13.

Ils n'échangèrent pas un mot du voyage. Julia avait le nez collé au hublot.

*

Chaque fois que je prenais l'avion, je guettais ton visage au milieu des nuages, imaginais chaque fois tes traits dans ces formes qui s'étiraient dans le ciel. Je t'avais écrit cent lettres, reçu cent de toi, deux par semaine qui passait. Nous nous étions juré de nous retrouver, dès que j'en aurais les moyens. Quand je n'étudiais pas, je travaillais pour gagner de quoi revenir un jour vers toi. J'ai servi dans des restaurants, placé les gens dans des salles de cinéma, quand je ne distribuais pas des prospectus ; et chaque geste que j'accomplissais je le faisais en pensant au matin où je me poserais enfin à Berlin, sur cet aéroport où tu m'attendrais.

Combien de nuits me suis-je endormie dans ton regard, dans la mémoire de ces éclats de rire qui nous prenaient dans les rues de la ville grise ? Ta grand-mère me disait parfois, lorsque tu me laissais seule avec elle, ne pas croire à notre amour. Qu'il ne durerait pas. Trop de différences entre nous, moi la fille de l'Ouest et toi le garçon de l'Est. Mais chaque fois que tu rentrais et me

161

prenais dans tes bras, je la regardais par-dessus ton épaule et lui souriais, certaine qu'elle avait tort. Quand mon père m'a fait monter de force dans la voiture qui attendait en bas de tes fenêtres, j'ai hurlé ton prénom, j'aurais voulu que tu l'entendes. Le soir où les informations ont annoncé l'«incident» de Kaboul qui avait emporté quatre journalistes, dont un Allemand, j'ai su à l'instant même qu'ils parlaient de toi. Mon sang a quitté mon corps. Et dans ce restaurant où j'essuyais des verres derrière un vieux comptoir en bois, j'ai perdu connaissance. Le présentateur disait que votre véhicule avait sauté sur une mine oubliée par les troupes soviétiques. Comme si le destin avait voulu te rattraper, ne jamais te laisser partir vers ta liberté. Les journaux ne donnaient aucune précision, quatre victimes, cela suffit au monde ; qu'importent l'identité de ceux qui meurent, leurs vies, les noms de ceux qu'ils laissent dans l'absence. Mais je savais que c'était toi l'Allemand dont ils parlaient. Il m'a fallu deux jours pour réussir à joindre Knapp ; deux jours sans rien pouvoir avaler.

Et puis il m'a enfin rappelée ; au timbre de sa voix, j'ai compris sur l'instant qu'il avait perdu un ami, et moi celui que j'aimais. Son meilleur ami, disait-il sans cesse. Il se sentait coupable de t'avoir aidé à devenir reporter ; et moi, l'âme en loques, je le consolais. Il t'avait offert d'être celui que tu voulais. Je lui disais combien tu te reprochais de n'avoir jamais su trouver les mots pour le remercier. Alors, Knapp et moi avons parlé de toi, pour que tu ne nous quittes pas tout à fait. C'est lui qui m'a dit que vos corps ne seraient jamais identifiés. Un témoin avait raconté que lorsque la mine avait explosé, votre camion avait été soufflé. Des morceaux de tôles épars jonchaient la chaussée sur des dizaines de mètres, et là où vous étiez morts, ne restaient qu'un cratère béant, une carcasse disloquée, témoins de l'absurdité des hommes et de leur cruauté. Knapp ne se pardonnait pas de t'avoir envoyé là-bas, en Afghanistan. Un remplacement de dernière minute, disait-il en sanglots. Si seulement tu ne t'étais pas trouvé auprès de lui quand il cherchait quelqu'un pour partir au plus tôt. Mais je réalisais qu'il t'avait offert là le plus beau cadeau que tu pouvais espérer. Désolé, désolé, répétait Knapp en hoquetant, et moi désespérée, j'étais incapable de verser une larme, pleurer m'aurait ôté un peu plus de toi. Je n'ai jamais pu raccrocher, Tomas, j'ai posé le combiné sur le comptoir, défait mon tablier et je suis sortie dans la rue. J'ai marché devant moi sans savoir où j'allais. Autour de moi, la ville vivait comme si de rien n'était.

Qui pouvait savoir ici que ce matin, dans la banlieue de Kaboul, un homme de trente ans qui s'appelait Tomas était mort en sautant sur une mine ? Qui s'en serait soucié ? Qui pouvait comprendre que je ne te reverrais plus, que mon monde à moi ne serait plus jamais le même ?

Je n'avais pas mangé depuis deux jours, je te l'ai dit ? Qu'importe. J'aurais tout dit deux fois pour continuer à te parler de moi, pour t'entendre me parler de toi. À l'angle d'une rue, je me suis écroulée.

Sais-tu que c'est grâce à toi que j'ai connu Stanley, celui qui est devenu mon meilleur ami, à la minute même où nous nous sommes rencontrés ? Il sortait d'une chambre voisine de la mienne. Il marchait, l'air perdu, dans ce long couloir d'hôpital ; ma porte était entrouverte, il s'est arrêté, m'a regardée, allongée sur mon lit, et il m'a souri. Aucun clown au monde n'aurait pu parer son visage d'un sourire aussi triste. Ses lèvres tremblaient. Soudain, il a murmuré ces trois mots que je m'interdisais ; mais, à lui, je pouvais peut-être en faire l'aveu puisque je ne le connaissais pas. Se confier à un inconnu, ce n'est pas comme à un proche, cela ne rend pas la vérité irréversible, ce n'est qu'un abandon que l'on peut effacer à la gomme de l'ignorance ; « Il est mort » a dit

Stanley, et je lui ai répondu, « Oui, il est mort ». Lui parlait de son ami, et moi je lui parlais de toi. C'est comme ça que nous nous sommes connus, Stanley et moi, le jour où nous avons tous deux perdu celui que nous aimions. Edward avait succombé au sida et toi à une autre pandémie qui continue ses ravages chez les hommes. Il s'est assis au pied de mon lit, m'a demandé si j'avais pu pleurer, et comme je lui disais la vérité, il m'avoua que lui non plus. Il m'a tendu la main, je l'ai prise dans la mienne et nous avons versé nos premières larmes, celles qui t'entraînaient loin de moi, et Edward loin de lui.

*

Anthony Walsh refusa la boisson que lui offrait l'hôtesse. Il jeta un œil à l'arrière de l'avion. La cabine était presque déserte, mais Julia avait préféré s'asseoir dix rangées plus loin, elle côté hublot, le regard toujours perdu vers le ciel.

*

À ma sortie d'hôpital, j'ai quitté la maison, noué un ruban rouge autour de tes cent lettres. Je les ai rangées dans un tiroir du bureau de ma chambre. Je n'avais plus besoin de les relire pour me souvenir. J'ai rempli une valise et suis partie sans dire au revoir à mon père, incapable de lui pardonner de nous avoir séparés. Ces économies faites pour te revoir un jour, je les ai employées pour vivre loin de lui. Quelques mois plus tard, je commençais ma carrière de dessinatrice et le début de ma vie sans toi.

Stanley et moi passions notre temps ensemble. Ainsi est née notre amitié. À l'époque, il travaillait sur un marché aux puces, à Brooklyn. Nous avions pris l'habitude de nous retrouver le soir au milieu du pont. Nous restions parfois des heures, tous deux appuyés à la rambarde, regardant défiler les bateaux qui remontaient ou descendaient le fleuve ; d'autres fois, nous nous promenions sur les berges. Lui me parlait d'Edward et moi, je lui parlais de toi, et quand chacun rentrait chez soi, il ramenait un peu de vous dans ses bagages de nuit.

J'ai cherché l'ombre de ton corps dans celles qu'étiraient les arbres sur les trottoirs au matin, les traits de ton visage dans les reflets de l'Hudson ; j'ai cherché tes mots en vain dans tous les vents qui parcouraient la ville. Pendant deux ans, j'ai revisité ainsi chacun de nos moments à Berlin, parfois je riais de nous, mais sans jamais cesser de penser à toi.

Je n'ai jamais reçu ta lettre, Tomas, celle qui m'aurait appris que tu étais en vie. J'ignore ce que tu m'écrivais. C'était il y a presque vingt ans et j'ai cette étrange sensation que tu me l'as postée hier. Peut-être qu'après tous ces mois sans nouvelles de toi, tu m'annonçais ta décision de ne plus jamais m'attendre dans un aéroport. Que le temps écoulé depuis mon départ était devenu trop long. Que nous avions peut-être atteint celui où les sentiments se flétrissent ; l'amour aussi a son automne pour celui qui a oublié le goût de l'autre. Peut-être avais-tu cessé d'y croire, peut-être t'avais-je perdu autrement. Vingt ans ou presque à arriver, c'est long pour une lettre.

Nous ne sommes plus les mêmes. Referais-je la route de Paris à Berlin ? Qu'adviendrait-il si nos regards se croisaient à nouveau, toi du côté d'un mur et moi de l'autre ? M'ouvrirais-tu les bras, comme ceux que tu tendais à Knapp un soir de novembre 1989 ? Partirions-nous courir les rues d'une ville qui, elle, a rajeuni, quand *nous avons vieilli. Tes lèvres auraient-elles la même douceur aujourd'hui ? Cette lettre devait peut-être rester dans le tiroir de ce bureau, peut-être était-ce mieux ainsi.*

*

L'hôtesse lui tapota l'épaule. Le temps était venu d'attacher sa ceinture, l'avion approchait de New York.

*

Adam devait se résigner à passer une partie de sa journée à Montréal. L'employée d'Air Canada avait tout essayé pour lui être agréable, hélas, le seul siège disponible pour rentrer à New York se trouvait à bord d'un vol qui décollait à seize heures. Maintes fois il avait essayé de joindre Julia et il obtenait toujours sa messagerie.

*

Autre autoroute, par la vitre on apercevait cette fois-ci les tours de Manhattan. La Lincoln entra dans le tunnel du même nom.

– J'ai l'étrange sentiment de ne plus être le bienvenu chez ma fille. Entre ton grenier pourri et mes appartements, je serai aussi bien chez moi. Je reviendrai samedi pour rentrer dans ma boîte avant qu'ils ne viennent la récupérer. Il serait préférable que tu passes un appel à Wallace, pour s'assurer qu'il n'y sera pas, dit Anthony en tendant à Julia un morceau de papier où figurait un numéro de téléphone.

– Ton majordome habite toujours chez toi ?

– Je ne sais pas précisément ce que fait mon secrétaire particulier. Depuis ma mort, je n'ai pas eu l'occasion de lui demander son emploi du temps. Mais si tu veux lui éviter un infarctus, il serait judicieux qu'il ne soit pas à la maison quand nous rentrerons. Et quitte à ce que tu lui parles, cela m'arrangerait que tu lui donnes une bonne raison de partir au bout du monde jusqu'à la fin de la semaine.

Pour toute réponse, Julia se contenta de composer le numéro de Wallace. Une annonce expliquait qu'en raison de la disparition de son employeur, il prenait congé pour un mois. Il était impossible de lui laisser un message. En cas d'urgence concernant les affaires de M. Walsh, on était prié de joindre directement son notaire.

– Tu peux être tranquille, la voie est libre ! dit Julia en rangeant son portable dans sa poche.

Une demi-heure plus tard, la voiture se garait le long d'un trottoir, devant l'hôtel particulier d'Anthony Walsh. Julia contempla la façade et son regard se dirigea aussitôt vers une fenêtre au deuxième étage. C'est là que par une fin d'après-midi, en rentrant de l'école, elle avait vu sa mère se pencher dangereusement au balcon. Qu'aurait-elle fait si elle n'avait pas crié son nom ? Sa mère, en la voyant, lui avait adressé un petit signe de la main, comme si ce geste allait effacer toute trace de ce qu'elle s'apprêtait à faire.

Anthony ouvrit sa mallette et tendit un trousseau de clés.

– Ils t'ont aussi confié tes clés ?

– Disons que nous avions prévu l'hypothèse où tu ne veuilles ni me garder chez toi, ni m'éteindre prématurément... Tu ouvres ? Ce n'est pas la peine non plus d'attendre qu'un voisin me reconnaisse !

– Parce que tu connais tes voisins maintenant ? Ça aussi, c'est nouveau !

– Julia !

– C'est bon, soupira-t-elle en faisant tourner la poignée de la lourde porte en fer forgé.

La lumière entra avec elle. Tout était intact, tel qu'ordonné dans ses souvenirs les plus anciens ; les carreaux noirs et blancs du hall qui formaient un gigantesque damier. À droite, la volée de marches en bois sombre qui grimpait à l'étage, dessinant une courbe gracieuse. La balustrade en loupe, ciselée par le couteau d'un ébéniste de renom, que son père se plaisait à citer quand il faisait visiter les parties communes de sa demeure à ses invités. Au fond, la porte qui ouvrait sur l'office et la cuisine, plus vastes à eux seuls que tous les lieux où Julia avait vécu depuis son départ. À gauche, le bureau où son père remplissait ses livres de comptes personnels, les rares soirs où il était là. Partout ces signes de richesse qui avaient éloigné Anthony Walsh du temps où il servait des cafés dans une tour de Montréal. Sur le grand mur, un portrait d'elle enfant. Restait-il aujourd'hui dans ses yeux quelques étincelles de ce regard qu'un peintre avait saisi quand elle avait cinq ans ? Julia releva la tête pour contempler le plafond à caissons. S'il y avait eu par-ci par-là quelques toiles d'araignées pour pendre aux angles des boiseries, le décor aurait été fantomatique mais la maison d'Anthony Walsh était toujours impeccablement entretenue.

– Tu sais de quel côté est ta chambre ? demanda Anthony en entrant dans son bureau. Je te laisse y aller, je suis sûr que tu te souviens encore du chemin. Si tu as faim, il y a probablement de quoi te nourrir dans les placards de la cuisine, des pâtes, ou quelques conserves. Je ne suis pas mort depuis si longtemps que cela.

Et il regarda Julia gravir les marches, deux par deux, en laissant sa main glisser sur la rambarde, exactement comme elle le faisait quand elle était enfant ; et en arrivant sur le palier, comme quand elle était enfant, elle se retourna pour voir si quelqu'un la suivait.

– Quoi ? dit-elle en le regardant du haut de l'escalier.

– Rien, répondit Anthony en souriant.

Et il entra dans son bureau.

Le couloir s'étendait devant elle. La première porte était celle de la chambre de sa mère. Julia posa sa main sur la poignée, la béquille descendit lentement et remonta tout aussi doucement quand elle renonça à pénétrer dans la pièce. Elle avança jusqu'au fond du corridor sans faire d'autres détours.

*

Une étrange lumière opaline rayonnait dans la chambre. Les voilages tirés sur les fenêtres flottaient sur le tapis aux couleurs intactes. Elle avança vers le lit, s'assit sur le rebord et plongea son visage dans l'oreiller, respirant à plein nez le parfum de la taie. Surgirent les souvenirs de ces nuits passées sous les draps à lire en cachette avec une lampe de poche ; des soirs où des personnages inventés s'animaient dans les rideaux, quand la fenêtre était ouverte. Autant d'ombres complices qui venaient ainsi peupler ses moments d'insomnie. Elle étendit ses jambes et regarda tout autour d'elle. Le lustre, pareil à un mobile mais trop lourd pour que ses ailes noires virevoltent lorsqu'elle montait sur une chaise et soufflait dessus. Près de l'armoire, le coffre en bois où elle entassait ses cahiers, quelques photos, des cartes de pays aux noms magiques, achetées chez le papetier ou échangées contre des territoires qu'elle possédait en double ; à quoi servait-il d'aller deux fois au même endroit quand il y avait tant à découvrir ? Son regard se dirigea vers l'étagère sur laquelle étaient rangés ses livres scolaires, bien droits, pressés par deux vieux jouets, un chien rouge et un chat bleu qui s'ignoraient depuis toujours. La couverture grenat d'un manuel d'histoire, oublié dès la fin du collège, la rappela à sa table de travail. Julia quitta le lit et s'approcha du bureau.

Ce plateau de bois griffé à la pointe du compas, elle y avait passé tant d'heures à musarder, rédigeant consciencieusement sur ses cahiers une invariable litanie, dès que Wallace frappait à sa porte pour surveiller si ses devoirs avançaient. Des pages entières de « je m'ennuie, je m'ennuie, je m'ennuie ». La poignée en porcelaine du tiroir avait la forme d'une étoile. Il suffisait de tirer un peu dessus pour qu'il glisse sans effort. Elle l'entrouvrit. Un feutre rouge roula vers le fond. Julia plongea aussitôt la main. L'ouverture n'était pas grande, et l'insolent réussit à s'échapper. Julia se prit au jeu, sa main continua d'explorer le tiroir à tâtons.

Son pouce reconnaissait ici l'équerre à dessin, son petit doigt un collier gagné à la kermesse, bien trop moche pour être porté. L'annulaire hésitait encore. Était-ce la grenouille taille-crayons ou la tortue dérouleuse de ruban adhésif ? Son majeur effleura une surface en papier. Au coin, en haut à droite, un infime relief trahissait la dentelure d'un timbre. Les années avaient légèrement décollé la bordure. Sur l'enveloppe qu'elle caressait à l'abri de l'obscurité du tiroir, elle suivit les lignes que l'encre d'une plume avait formées. Tâchant de ne jamais perdre le fil du trait, comme dans ce jeu où l'on doit deviner des mots tracés du bout des doigts sur la peau de quelqu'un que l'on aime, Julia reconnut l'écriture de Tomas.

Elle attrapa l'enveloppe, la décacheta et en sortit une lettre.

Septembre 1991,

Julia,

J'ai survécu à la folie des hommes. Je suis le seul rescapé d'une bien triste aventure. Comme je te l'écrivais dans ma dernière lettre, nous étions enfin partis à la recherche de Massoud. J'ai oublié dans le bruit de l'explosion qui résonne encore en moi pourquoi je voulais tant le rencontrer. J'ai oublié la ferveur qui m'animait pour filmer sa vérité. Je n'ai vu que la haine qui me frôlait et celle qui avait emporté mes compagnons de voyage. Les villageois m'ont ramassé dans des décombres, à vingt mètres de l'endroit où j'aurais dû périr. Pourquoi le souffle s'est-il contenté de me projeter en l'air, quand il a déchiqueté les autres ? Je ne le saurai jamais. Parce qu'ils me croyaient mort, ils m'ont déposé dans une carriole. Si un petit garçon n'avait pas résisté à l'envie de mettre ma montre à son poignet, au point de braver sa peur, si mon bras n'avait pas bougé et l'enfant ne s'était mis à hurler, ils m'auraient probablement enterré. Mais je te l'ai dit, j'ai survécu à la folie des hommes. On raconte que lorsque la mort vous embrasse, on revoit sa vie entière. Quand elle vous prend à pleine bouche, on ne voit rien de tel. Dans le délire qui accompagnait mes fièvres, je ne voyais que ton visage. J'aurais voulu te rendre jalouse en te disant que l'infirmière qui me soignait était une ravissante jeune femme, c'était un homme et sa longue barbe n'avait rien de séduisant. J'ai passé ces quatre derniers mois sur un lit d'hôpital à Kaboul. J'ai la peau brûlée, mais je ne t'écris pas pour me plaindre.

Cinq mois sans te poster de lettre, c'est beaucoup quand nous avions pris l'habitude de nous écrire deux fois chaque semaine. Cinq mois de silence, presque la moitié d'une année, c'est encore plus quand on ne s'est ni vu ni touché depuis si longtemps. C'est drôlement dur de s'aimer à distance, alors vient cette question qui me hante chaque jour.

Knapp s'est envolé pour Kaboul dès qu'il a appris la nouvelle. Tu aurais dû voir comme il pleurait en entrant dans la salle commune, et moi un peu aussi, je te l'avoue. Heureusement que le blessé à côté de moi dormait du sommeil du juste, sinon, pour qui serions-nous passés au milieu de ces soldats aux courages infaillibles ? S'il ne t'a pas appelée aussitôt reparti, pour te dire que j'étais en vie, c'est parce que je lui ai demandé de ne pas le faire. Je sais qu'il t'avait annoncé ma mort, à moi de te dire que j'avais survécu. Peut-être que la vraie raison est autre, peut-être qu'en t'écrivant je veux te laisser libre de poursuivre le deuil de notre histoire, si tu l'as déjà entrepris.

Julia, notre amour est né de nos différences, de cet appétit de découverte que nous retrouvions chaque matin en nous éveillant. Et puisque je te parle de matins, tu ne sauras jamais le nombre d'heures que j'ai passées à te regarder dormir, à te regarder sourire. Car tu souris quand tu dors, même si tu ne le sais pas. Tu ne compteras jamais le nombre de fois où tu t'es blottie contre moi, en disant dans ton sommeil des mots que je ne comprenais pas ; cent fois, c'est le chiffre exact.

Julia, je sais que bâtir ensemble est une autre aventure. J'ai haï ton père et puis j'ai voulu le comprendre. Aurais-je agi comme lui dans les mêmes circonstances ? Si tu m'avais donné une fille, si tu m'avais laissé seul avec elle, si elle s'était éprise d'un étranger qui vivait dans un monde fait de rien, ou de tout ce qui me terrifie, peut-être aurais-je agi comme lui. Je n'ai jamais eu envie de te raconter toutes ces années vécues derrière le mur, je n'aurais pas voulu gâcher une seconde de notre temps dans ces souvenirs de l'absurde, tu méritais mieux que de tristes récits sur le pire dont sont capables les hommes, mais ton père en connaissait certainement l'existence et ce n'était pas ce qu'il espérait pour toi.

J'ai haï ton père de t'avoir kidnappée en me laissant le visage en sang dans notre chambre, impuissant à te retenir. J'ai frappé de colère les murs où ta voix résonnait encore, mais j'ai voulu comprendre. Comment te dire que je t'aimais sans avoir au moins essayé ?

Tu es retournée à ta vie, par la force des choses. Tu te souviens, tu parlais tout le temps des signes que la vie nous dessine, moi je n'y croyais pas, mais j'ai fini par me rendre à ta raison, même si ce soir alors que je t'écris ces lignes, ici c'est la raison du pire.

Je t'ai aimée telle que tu es, et jamais je ne te voudrai autrement, je t'ai aimée sans tout comprendre, convaincu que le temps m'en donnerait les moyens ; peut-être qu'au milieu de tout cet amour, j'ai oublié parfois de te demander si tu m'aimais au point d'embrasser tout ce qui nous sépare. Peut-être aussi ne me laissais-tu jamais le temps de te poser cette question, pas plus que tu ne te laissais le temps de te la poser. Mais ce temps-là est venu, malgré nous.

Je rentre demain à Berlin. Je posterai cette lettre dans la première boîte que je verrai. Elle te parviendra comme chaque fois dans quelques jours ; et si je compte bien, nous devrions être le 16 ou le 17.

Tu trouveras dans cette enveloppe une chose que je gardais secrète, j'aurais voulu te glisser une photo de moi, mais je n'ai pas fière allure en ce moment et puis ce serait un peu présomptueux de ma part. Alors, ce n'est qu'un billet d'avion. Tu vois, tu n'auras plus besoin de travailler de longs mois pour me rejoindre, si tu le souhaites encore. Moi aussi j'avais économisé pour venir te chercher. Je l'avais emporté ici à Kaboul, je devais te l'envoyer, mais comme tu le verras... Il est encore valide.

Je t'attendrai à l'aéroport de Berlin, le dernier jour de chaque mois.

Si nous nous retrouvons, je ferai le serment de ne pas enlever la fille que tu me donneras à l'homme qu'elle choisira un jour. Et quelle que soit sa différence, je comprendrai celui qui me la volera, je comprendrai ma fille puisque j'aurai aimé sa mère.

Julia, jamais je ne t'en voudrai, je respecterai ton choix, quel qu'il soit. Si tu ne venais pas, si je devais repartir seul de cet aéroport, le dernier jour du mois, sache que je comprendrai, c'est pour te dire cela que je t'écris.

Alors, je n'oublierai jamais ce merveilleux visage que la vie m'a offert un soir de novembre, un soir, où l'espoir revenu, j'escaladais un mur pour tomber dans tes bras, moi qui venais de l'Est et toi de l'Ouest.

Tu es et resteras dans ma mémoire la plus belle chose qui me soit arrivée. Je réalise combien je t'aime en t'écrivant ces mots.

À bientôt peut-être. De toute façon, tu es là, tu seras toujours là. Quelque part, je sais que tu respires, et c'est déjà beaucoup.

Je t'aime,
Tomas.

Une pochette à la couverture jaunie glissa de l'enveloppe. Julia l'ouvrit. Sur le carbone rouge d'un billet d'avion était inscrit à la machine : Fraülein Julia Walsh, New York - Paris - Berlin, 29 septembre 1991. Julia le remit dans le tiroir de son bureau. Elle entrebâilla la fenêtre et retourna s'allonger sur son lit. Bras derrière la tête, elle resta ainsi un long moment à regarder simplement les rideaux de sa chambre, deux pans de tissus où se promenaient de vieux compagnons, complices retrouvés des solitudes d'antan.

*

Au début de l'après-midi, Julia abandonna sa chambre pour se rendre à l'office. Elle ouvrit le placard où Wallace rangeait toujours les confitures. Elle attrapa un paquet de biscottes sur l'étagère, choisit un pot de miel et s'installa à la table de la cuisine. Elle regarda la trace creusée par une cuillère dans la gelée onctueuse. Étrange marque, laissée probablement par Anthony Walsh lorsqu'il avait pris son dernier petit déjeuner. Elle l'imagina, assis à la place qu'elle occupait, seul dans cette immense cuisine devant sa tasse, lisant son journal. À quoi pensait-il ce jour-là ? Curieux témoignage d'un passé désormais révolu. Pourquoi ce détail en apparence anodin lui faisait-il prendre conscience, peut-être pour la première fois, que son père était mort ? Il suffit souvent d'un rien, d'un objet retrouvé, d'une odeur, pour vous rappeler la mémoire d'un être disparu. Et au milieu de ce vaste espace, pour la première fois là aussi, son enfance, pourtant honnie, lui manqua. On toussotait à la porte, elle releva la tête, Anthony Walsh lui souriait.

– Je peux entrer ? dit-il en s'asseyant face à elle.

– Fais comme chez toi !

– Je le fais venir de France, il est à la lavande, tu aimes toujours autant ce miel ?

– Comme tu vois, il y a des choses qui ne changent pas.

– Qu'est-ce qu'il te disait dans cette lettre ?

– Je crois que cela ne te regarde pas.

– As-tu pris une décision ?

– De quoi parles-tu ?

– Tu le sais très bien. Comptes-tu lui répondre ?

– Vingt ans après, c'est un peu tard, non ?

– C'est à toi ou à moi, que tu poses cette question ?

– Aujourd'hui, Tomas doit sûrement être marié,

175

avoir des enfants. Quel droit aurais-je de resurgir dans sa vie ?

– Garçon, fille, ou des jumeaux peut-être ?

– Quoi ?

– Je te demande si tes dons de voyante te permettent de savoir également à quoi ressemble sa charmante petite famille. Alors, garçon ou fille ?

– Mais qu'est-ce que tu racontes ?

– Ce matin tu le croyais mort, tu vas peut-être un peu vite en conjectures pour décider de ce qu'il a fait de sa vie.

– Vingt ans, bon sang, nous ne parlons pas de six mois !

– Dix-sept ! Largement le temps de divorcer plusieurs fois, à moins qu'il n'ait viré de bord comme ton ami antiquaire. Comment s'appelle-t-il déjà, Stanley ? C'est cela, Stanley !

– Et tu as le toupet de faire de l'humour !

– Ah l'humour, quelle merveilleuse façon de désamorcer le réel quand il vous tombe dessus ; je ne sais plus qui a dit ça, mais c'est si vrai. Je te repose ma question, as-tu pris une décision ?

– Il n'y en a aucune à prendre, il est beaucoup trop tard maintenant. Combien de fois vais-je te le dire, tu devrais t'en réjouir, non ?

– Trop tard n'existe que lorsque les choses sont devenues définitives. Il est trop tard pour dire à ta mère tout ce que j'aurais voulu qu'elle sache avant de me quitter et j'aurais tant aimé qu'elle m'écrive avant de perdre la raison. En ce qui nous concerne, toi et moi, trop tard ce sera samedi, quand je m'éteindrai comme un vulgaire jouet aux piles usées. Mais si Tomas est encore en vie, alors désolé de te contredire, non il n'est pas trop tard. Et si tu te souviens un tant soit peu de ta réaction quand tu as vu ce dessin hier, de ce qui nous a ramenés ici ce matin, alors ne va pas t'abriter derrière le prétexte qu'il est trop tard. Trouve-toi une autre excuse.

– Qu'est-ce que tu cherches exactement ?

– Moi rien. Toi en revanche, peut-être ton Tomas, à moins que... ?

– À moins que quoi ?

– Non rien, pardonne-moi, je parle, je parle, mais c'est toi qui as raison.

– C'est bien la première fois que je t'entends me dire que j'ai raison sur quelque chose, je serais curieuse de savoir de quoi il s'agit.

– Non, c'est inutile, je t'assure. Il est tellement plus facile de continuer à se lamenter, à pleurnicher sur ce qui aurait pu être. J'entends déjà tous les bla-bla usuels, « le destin en a voulu autrement, c'est ainsi » et je t'épargne les « tout est de la faute de mon père, il aura vraiment gâché ma vie ». Après tout, vivre dans le drame, c'est une façon d'exister comme une autre.

– Tu m'as fait peur ! J'ai cru une minute que tu me prenais au sérieux.

– Vu la façon dont tu te comportes, le risque était infime !

– Et quand bien même je crèverais d'envie d'écrire à Tomas, quand bien même je réussirais à retrouver une quelconque adresse, où lui poster ma lettre dix-sept ans après, je ne ferais jamais ça à Adam, ce serait ignoble. Tu ne crois pas qu'il a eu son compte de mensonges pour la semaine ?

– Absolument ! répondit Anthony d'un air plus qu'ironique.

– Qu'est-ce qu'il y a encore ?

– Tu as raison. Mentir par omission c'est beaucoup mieux, bien plus honnête ! Et puis cela vous donnera l'occasion de partager quelque chose. Il ne sera plus le seul à qui tu auras menti.

– Et je peux savoir à qui tu penses ?

– À toi ! Chaque soir où tu te coucheras à ses côtés en ayant ne serait-ce qu'une toute petite pensée pour ton ami de l'Est, hop, un petit mensonge ; un minuscule instant de regrets, hop, un autre petit mensonge ; chaque fois que tu te poseras la question de savoir si finalement tu aurais dû retourner à Berlin pour en avoir le cœur net, hop, un troisième petit mensonge. Attends, laisse-moi calculer, j'ai toujours été doué en mathématiques ; disons trois petites pensées par semaine, deux souvenirs fulgurants et trois comparaisons entre Tomas et Adam, ça nous fait trois plus deux plus trois, qui nous font huit multiplié par cinquante-deux semaines, multipliées par trente années de vie commune, je sais, je suis optimiste, mais soit... Cela fait douze mille quatre cent quatre-vingts mensonges. Pas mal pour une vie de couple !

– Tu es content de toi ? demanda Julia en applaudissant cyniquement.

– Crois-tu que vivre avec quelqu'un, sans être certain de ses propres sentiments, ce n'est pas un mensonge, une trahison ? As-tu la moindre idée de la tournure que prend la vie quand l'autre vous côtoie comme si l'on était devenu étranger ?

– Parce que toi tu le sais ?

– Ta mère m'appelait monsieur pendant les trois dernières années de son existence et, quand j'entrais dans sa chambre, elle m'indiquait où se trouvaient les W.-C. en pensant que j'étais le plombier. Tu veux me prêter tes crayons pour que je te fasse un dessin ?

– Maman t'appelait vraiment monsieur ?

– Les bons jours oui, les mauvais, elle appelait la police parce qu'un inconnu était entré dans sa maison.

– Tu aurais vraiment voulu qu'elle t'écrive avant de... ?

– N'aie pas peur des mots justes. Avant de perdre la raison ? Avant de sombrer dans la folie ? La réponse est oui, mais nous ne sommes pas là pour parler de ta mère.

Anthony regarda longuement sa fille.

– Alors, il est bon ce miel ?

– Oui, dit-elle en croquant dans sa biscotte.

– Un peu plus ferme que d'habitude, n'est-ce pas ?

– Oui, un peu plus dur.

– Les abeilles sont devenues paresseuses quand tu as quitté cette maison.

– C'est une possibilité, dit-elle en souriant. Tu veux qu'on parle abeilles ?

– Pourquoi pas ?

– Elle t'a beaucoup manqué ?

– Évidemment, quelle question !

– C'était maman, la femme pour laquelle tu as sauté à pieds joints dans le caniveau ?

Anthony fouilla la poche intérieure de son veston pour en extraire une pochette. Il la fit glisser sur la table jusqu'à Julia.

– Qu'est-ce que c'est ?

– Deux billets pour Berlin, avec escale à Paris, il n'y a toujours pas de vol direct. Nous décollons à dix-sept heures, tu peux partir seule, ne pas y aller du tout, ou je peux t'accompagner, c'est à toi de décider ; ça aussi c'est nouveau, n'est-ce pas ?

– Pourquoi fais-tu ça ?

– Qu'as-tu fait de ton bout de papier ?

– Quel papier ?

– Ce mot de Tomas que tu conservais toujours sur toi, et qui apparaissait comme par magie quand tu vidais tes poches ; ce petit morceau de feuille froissée qui chaque fois m'accusait du mal que je t'avais fait.

– Je l'ai perdu.

– Qu'est-ce qu'il y avait écrit dessus ? Oh, et puis ne me réponds pas, l'amour est d'une banalité affligeante. Tu l'as vraiment égaré ?

– Puisque je te le dis !

– Je ne te crois pas, ce genre de choses ne disparaissent jamais tout à fait. Elles ressortent un jour, du fond du cœur. Allez, file préparer ton sac.

Anthony se leva et quitta la pièce. Sur le pas de la porte, il se retourna.

– Dépêche-toi ; tu n'auras pas besoin de repasser chez toi, s'il te manque des affaires nous en achèterons sur place. Nous n'avons plus beaucoup de temps, je t'attends dehors, j'ai déjà commandé la voiture. J'ai comme une étrange sensation de déjà-vu en te disant cela, je me trompe ?

Et Julia entendit les pas de son père résonner dans le hall de la maison.

Elle prit sa tête entre ses mains et soupira. À travers ses doigts entrouverts, elle regardait le pot de miel sur la table. Ce ne serait pas tant pour retrouver la trace de Tomas, mais pour poursuivre ce voyage avec son père, qu'il fallait qu'elle aille à Berlin. Et elle se jura le plus sincèrement du monde que ce n'était là ni un prétexte ni une excuse, et qu'Adam comprendrait certainement un jour.

De retour dans sa chambre, alors qu'elle récupérait son sac laissé au pied du lit, son regard se dirigea vers l'étagère. Un livre d'histoire à la couverture grenat dépassait de la rangée. Elle hésita, le prit et fit glisser une enveloppe bleue qui y était cachée. Elle la rangea dans son bagage, referma la fenêtre et sortit de la pièce.

*

Anthony et Julia arrivèrent juste avant la fin de l'enregistrement. L'hôtesse leur délivra leurs cartes d'accès à bord et leur conseilla de se dépêcher. À cette heure avancée, elle ne pouvait plus garantir qu'ils arriveraient à la porte avant le dernier appel.

– Avec ma jambe, c'est foutu, déclara Anthony en la regardant, désolé.

– Vous avez des difficultés à vous déplacer, monsieur ? s'inquiéta la jeune femme.

– À mon âge, mademoiselle, c'est hélas chose courante, répondit-il fièrement en présentant le certificat qui attestait du port d'un pacemaker.

– Attendez ici, dit-elle en décrochant son téléphone.

Quelques instants plus tard, une voiturette électrique les conduisait à l'embarquement du vol pour Paris. Avec l'escorte d'un agent de la compagnie, passer la sécurité fut cette fois un jeu d'enfant.

– Tu as de nouveau un bug ? lui demanda Julia alors qu'ils filaient à toute allure dans les longs couloirs de l'aéroport.

– Tais-toi, bon sang, chuchota Anthony, tu vas nous faire repérer, ma jambe n'a rien !

Et il reprit sa conversation avec le chauffeur, comme si la vie de ce dernier le passionnait vraiment. À peine dix minutes plus tard, Anthony et sa fille embarquaient les premiers.

Pendant que deux hôtesses aidaient Anthony Walsh à s'installer, l'une disposant des coussins dans son dos, l'autre lui proposant une couverture, Julia retourna à la porte de l'avion. Elle informa le steward qu'elle avait un dernier appel à passer. Son père était à bord, elle revenait dans quelques instants. Elle rebroussa chemin dans la passerelle et prit son portable.

– Alors, où en sommes-nous de ce mystérieux périple au Canada ? dit Stanley en décrochant.

– Je suis à l'aéroport.

– Tu rentres déjà ?

– Je pars !

– Là, ma chérie, j'ai dû rater une étape !

– Je suis revenue ce matin, pas eu le temps de passer te voir et pourtant je te jure que j'en aurais eu bien besoin.

– Et peut-on savoir où tu vas cette fois, dans l'Oklahoma, le Wisconsin peut-être ?

– Stanley, si tu retrouvais une lettre d'Edward, une lettre écrite de sa main juste avant la fin, mais jamais lue, l'ouvrirais-tu ?

– Je te l'ai dit, ma Julia, ses derniers mots étaient pour me dire qu'il m'aimait. Que pourrais-je vouloir apprendre de plus ? D'autres excuses, d'autres regrets ? Ces quelques mots de lui valaient bien toutes les choses que nous avions oublié de nous dire.

– Alors tu remettrais l'enveloppe à sa place ?

– Je crois que oui, mais je n'ai jamais découvert de mot d'Edward dans notre appartement. Il n'écrivait pas beaucoup, tu sais, même pas la liste des courses, c'était toujours moi qui devais m'en occuper. Tu n'imagines pas à quel point cela me faisait enrager à l'époque, et pourtant, vingt ans plus tard, chaque fois que je vais au marché, j'achète sa marque de yaourts préférée. C'est idiot n'est-ce pas de se souvenir de ce genre de choses si longtemps après ?

– Peut-être pas.

– Tu as trouvé une lettre de Tomas, c'est ça ? Tu me reparles d'Edward à chaque fois que tu penses à lui, ouvre-la !...

– Pourquoi, puisque toi tu ne l'aurais pas fait ?

– C'est désolant qu'en vingt ans d'amitié, tu n'aies toujours pas saisi que je suis tout, sauf un exemple à suivre. Ouvre cette lettre dès aujourd'hui, lis-la demain si tu préfères, mais surtout ne la détruis pas. Je t'ai peut-être un peu menti ; si Edward m'en avait laissé une, je l'aurais lue cent fois, des heures entières, pour être sûr de comprendre chacun de ses mots, même si je sais bien que lui n'aurait jamais pris tout ce temps pour me l'écrire. Maintenant, tu peux me dire où tu pars ? Je bous d'impatience de connaître l'indicatif téléphonique où je pourrai te joindre ce soir.

– Ce sera plutôt demain et il faudra que tu composes le 49.

– C'est à l'étranger ça ?

– En Allemagne, à Berlin.

Il y eut un instant de silence. Stanley inspira profondément avant de renouer le fil de leur conversation.

– Tu as découvert quelque chose dans cette lettre que tu as donc déjà ouverte ?

– Il est toujours en vie !

– Évidemment..., soupira Stanley. Et tu me téléphones de la salle d'embarquement pour me demander si tu as raison de partir à sa recherche, c'est ça ?

– Je t'appelle de la passerelle... et je crois que tu m'as répondu.

– Alors file, idiote, ne rate pas cet avion.

– Stanley ?

– Qu'est-ce qu'il y a encore ?

– Tu es fâché ?

– Mais non, je déteste te savoir si loin, c'est tout. Tu avais une autre question stupide ?

– Comment fais-tu...

– Pour répondre à tes questions avant que tu ne les poses ? Les mauvaises langues te diront que je suis plus fille que toi, mais tu as le droit de penser que c'est parce que je suis ton meilleur ami. Maintenant, fiche-moi le camp, avant que je ne me rende compte que tu vas horriblement me manquer.

– Je t'appellerai de là-bas, je te le promets.

– Oui, oui, c'est ça !

183

L'hôtesse fit signe à Julia qu'il fallait monter à bord immédiatement, l'équipage n'attendait plus qu'elle pour fermer la porte de l'appareil. Et quand Stanley voulut savoir ce qu'il devait dire à Adam si celui-ci l'appelait, Julia avait déjà raccroché.

14.

Les plateaux-repas desservis, l'hôtesse abaissa la lumière, plongeant l'habitacle dans une semi-obscurité. Depuis le début du voyage, Julia n'avait jamais vu son père toucher au moindre aliment, ni dormir, pas même se reposer. C'était probablement normal pour une machine, mais quelle étrange idée à accepter. D'autant que c'étaient là les seuls détails pour lui rappeler que ce voyage à deux n'offrait que quelques jours gagnés sur le temps. La plupart des passagers dormaient, certains visionnaient un film sur de petits écrans ; au dernier rang, un homme compulsait un dossier à la lueur d'une veilleuse. Anthony feuilletait un journal, Julia regardait par-delà le hublot les reflets argentés de la lune sur l'aile de l'appareil et l'océan qui frisait dans la nuit bleue.

*

Au printemps, j'avais décidé d'arrêter les Beaux-Arts, de ne pas retourner à Paris. Tu avais tout fait pour m'en dissuader, ma décision était prise, comme toi je deviendrais journaliste et comme toi je partais le matin à la recherche d'un emploi, même si pour une Américaine c'était sans espoir. Depuis quelques jours les lignes de

185

tramway reliaient de nouveau les deux côtés de la ville. Tout autour de nous, les choses s'agitaient ; tout autour de nous, les gens parlaient de réunir ton pays pour qu'il n'en forme plus qu'un seul, comme avant, quand les choses de la vie n'étaient pas celles de la guerre froide. Ceux qui avaient servi la police secrète semblaient s'être évaporés et leurs archives avec. Quelques mois plus tôt, ils avaient entrepris de supprimer tous les documents compromettants, tous les dossiers qu'ils avaient constitués sur des millions de tes concitoyens et toi, tu avais été parmi les premiers qui avaient manifesté pour les en empêcher.

Avais-tu, toi aussi, un numéro sur un dossier ? Dort-il encore dans quelques archives secrètes recelant des photos de toi volées dans la rue, ou sur ton lieu de travail, la liste de ceux que tu fréquentais, les noms de tes amis, celui de ta grand-mère ? Ta jeunesse était-elle suspecte aux yeux des autorités d'alors ? Comment avons-nous pu laisser faire, après tous les enseignements des années de guerre ? Était-ce la seule façon que notre monde ait trouvée de prendre sa revanche ? Toi et moi, nous étions nés bien trop tard pour nous haïr, nous avions trop de choses à inventer. Le soir, quand nous nous promenions dans ton quartier, je te voyais souvent continuer d'avoir peur. Elle te saisissait à la seule vue d'un uniforme ou d'une automobile qui roulait trop lentement à ton goût. « Viens, ne restons pas ici », disais-tu alors ; et tu m'entraînais à l'abri de la première ruelle, du premier escalier qui nous permettait de nous échapper, de semer un ennemi invisible. Et quand je me moquais de toi, tu te mettais en colère, tu me disais que je ne comprenais rien, ignorais tout de ce dont ils avaient été capables. Combien de fois ai-je surpris ton regard parcourir la salle d'un petit restaurant, où je t'emmenais dîner ? Combien de fois m'as-tu dit, sortons d'ici, en voyant le visage sombre d'un client qui te rappelait un passé inquiétant.

Pardonne-moi, Tomas, tu avais raison, je ne savais pas ce que c'était que d'avoir peur. Pardonne-moi d'avoir ri quand tu nous forçais à nous cacher sous les piles d'un pont, parce qu'un convoi militaire traversait la rivière. Je ne savais pas, je ne pouvais pas comprendre, aucun des miens ne le pouvait.

Quand tu pointais du doigt quelqu'un dans un tramway, je comprenais à ton regard que tu avais reconnu l'un de ceux qui avaient servi dans la police secrète.

Déshabillés de leurs uniformes, de leur autorité et de leur arrogance, les anciens membres de la Stasi se fondaient dans ta ville, s'accommodaient à la banalité de la vie de ceux qu'ils traquaient hier encore, espionnaient, jugeaient et torturaient parfois, et ce, pendant tant d'années. Depuis la chute du mur, la plupart s'étaient inventé un passé pour que l'on ne les identifie pas, d'autres continuaient tranquillement leur carrière et, pour beaucoup, leurs remords s'évanouissaient au fil des mois, le souvenir de leurs crimes avec.

Je me souviens de ce soir où nous avions rendu visite à Knapp. Nous marchions tous les trois dans un parc. Knapp ne cessait de te questionner sur ta vie, ignorant combien il était douloureux pour toi de lui répondre. Il prétendait que le mur de Berlin avait étendu son ombre jusqu'à l'Ouest où il vivait, quand toi tu lui criais que c'était l'Est, où tu avais vécu, qu'il avait emprisonné de béton. Comment vous accommodiez-vous à cette existence, insistait-il ? Et tu souriais, lui demandant s'il avait vraiment tout oublié. Knapp repartait à l'assaut, alors tu capitulais et répondais à ses questions. Et, avec patience, tu lui parlais d'une vie où tout était organisé, sécurisé, où aucune responsabilité n'était à assumer, où le risque de commettre des fautes était très faible. « Nous connaissions le plein-emploi, l'État était omniprésent », disais-tu en haussant les épaules. « C'est ainsi que fonctionnent les dictatures », concluait Knapp. Cela convenait à beaucoup de gens, la liberté est un enjeu énorme, la plupart des hommes y aspirent, mais ne savent pas comment l'employer. Et je t'entends encore nous dire dans ce café de Berlin-Ouest, qu'à l'Est chacun à sa manière réinventait sa vie dans des appartements douillets. Votre conversation s'était envenimée quand ton ami t'avait demandé combien de personnes avaient, selon toi, collaboré pendant ces années sombres ; jamais vous ne vous êtes mis d'accord sur le chiffre. Knapp parlait de trente pour cent de la population tout au plus. Tu justifiais ton ignorance, comment aurais-tu pu le savoir, tu n'avais jamais travaillé pour la Stasi.

Pardonne-moi, Tomas, tu avais raison, il m'aura fallu attendre d'être en route vers toi pour ressentir la peur.

*

– Pourquoi ne m'as-tu pas invité à ton mariage ? demanda Anthony en posant son journal sur ses genoux.

Julia sursauta.

– Je suis désolé, je ne voulais pas te surprendre. Tu avais l'esprit ailleurs ?

– Non, je regardais au-dehors, c'est tout.

– Il n'y a que la nuit, répliqua Anthony en se penchant vers le hublot.

– Oui, mais c'est la pleine lune.

– Un peu haut pour sauter dans l'eau, n'est-ce pas ?

– Je t'ai envoyé un faire-part.

– Comme à deux cents autres personnes. Ce n'est pas ce que j'appelle inviter son père. J'étais censé être celui qui te conduirait jusqu'à l'autel, cela méritait peut-être que nous en discutions de vive voix.

– De quoi avons-nous parlé toi et moi depuis vingt

188

ans ? J'attendais ton appel, j'espérais que tu me demandes de te présenter à mon futur mari.

– Je l'avais déjà rencontré, il me semble.

– Par hasard, sur un escalator chez Bloomingdales' ; ce n'est pas ce que j'appellerais faire connaissance. Pas de quoi en conclure que tu t'intéressais à lui ou à ma vie.

– Nous étions allés prendre le thé tous les trois, si je me souviens bien.

– Parce qu'il te l'avait proposé, parce que lui voulait te connaître. Vingt minutes pendant lesquelles tu as monopolisé la conversation.

– Il n'était pas très bavard, limite autiste, j'ai cru qu'il était muet.

– Lui as-tu seulement posé une question ?

– Et toi, m'as-tu jamais posé de questions, m'as-tu jamais demandé le moindre conseil, Julia ?

– À quoi cela aurait-il servi ? Pour que tu m'expliques ce que, toi, tu faisais à mon âge ou pour que tu me dises ce que j'étais supposée faire ? J'aurais pu me taire jusqu'à la nuit des temps pour que tu comprennes enfin, un jour, que je n'ai jamais voulu te ressembler.

– Tu devrais peut-être dormir, dit Anthony Walsh, demain la journée sera longue. À peine arrivés à Paris, nous avons un autre avion à prendre avant d'atteindre notre destination.

Il remonta la couverture de Julia jusqu'aux épaules et reprit la lecture de son journal.

*

Le vol venait de se poser sur la piste de l'aéroport Charles-de-Gaulle. Anthony régla sa montre sur le fuseau horaire de Paris.

– Nous avons deux heures devant nous, avant notre

correspondance, cela ne devrait pas poser de problème.

À ce moment-là, Anthony ignorait que l'avion supposé arriver au terminal E serait dirigé vers une porte du terminal F ; que la porte en question était équipée d'une passerelle incompatible avec leur appareil, ce qu'expliqua l'hôtesse pour justifier l'arrivée d'un bus qui les conduirait au terminal B.

Anthony leva le doigt et fit signe au chef de cabine de venir le voir.

– Au terminal E ! dit-il à ce dernier.

– Pardon ? demanda le steward.

– Dans votre annonce, vous avez dit au terminal B, je crois que nous devions arriver au E.

– C'est bien possible, répondit le chef de cabine, on s'y perd nous-mêmes.

– Ôtez-moi d'un doute, nous sommes bien à Charles-de-Gaulle ?

– Trois portes différentes, pas de passerelle et les bus qui ne sont pas là, n'en doutez plus !

Quarante-cinq minutes après l'atterrissage, ils descendaient enfin de l'avion. Restait à passer le contrôle des frontières et trouver le terminal d'où partait le vol pour Berlin.

Deux officiers de la police de l'air avaient à charge de contrôler les centaines de passeports des passagers tout juste débarqués de trois vols. Anthony regarda l'heure au panneau d'affichage.

– Deux cents personnes devant nous, je crains que nous ne soyons plus dans les temps.

– Nous prendrons le suivant ! répondit Julia.

Le contrôle passé, ils parcoururent une interminable série de couloirs et de tapis roulants.

– On aurait pu tout autant venir à pied depuis New York, râla Anthony.

Et à peine sa phrase achevée, il s'écroula.

Julia avait tenté de le retenir, mais la chute fut si soudaine qu'elle n'avait rien pu faire. Le tapis roulant continuait d'avancer, entraînant Anthony, allongé de tout son long.

– Papa, papa, réveille-toi ! cria-t-elle, affolée, en le secouant.

Le cliquetis des grilles de jonction se faisait entendre. Un voyageur se précipita pour aider Julia. Ils soulevèrent Anthony et l'installèrent un peu plus loin. L'homme ôta sa veste et la glissa sous la tête d'Anthony, toujours inerte. Il se proposa d'appeler les secours.

– Non, surtout pas ! insista Julia. Ce n'est rien, un petit malaise, j'ai l'habitude.

– Vous êtes certaine ? Votre mari a l'air mal en point.

– C'est mon père ! Il est diabétique, mentit Julia.

– Papa, réveille-toi, dit-elle en le secouant à nouveau.

– Laissez-moi prendre son pouls.

– Ne le touchez pas ! hurla Julia paniquée.

Anthony ouvrit un œil.

– Où sommes-nous ? questionna-t-il en tentant de se redresser.

L'homme qui avait assisté Julia l'aida à se relever. Anthony s'appuya au mur, le temps de retrouver son équilibre.

– Quelle heure est-il ?

– Vous êtes sûre que ce n'est qu'un simple malaise, il n'a pas l'air d'avoir toute sa raison...

– Dites donc, je vous en prie ! rétorqua Anthony qui avait repris de sa vigueur.

L'homme récupéra son veston et s'éloigna.

– Tu aurais quand même pu le remercier, lui reprocha Julia.

– Pourquoi, parce qu'il te draguait lamentablement

en feignant de venir me porter secours, et puis quoi encore !

– Tu es vraiment impossible, tu m'as fait une de ces peurs !

– Il n'y a pas de quoi, que veux-tu qu'il m'arrive, je suis déjà mort ! conclut Anthony.

– Je peux savoir ce qui t'est arrivé exactement ?

– Un faux contact j'imagine, ou une interférence quelconque. Il faudra le leur signaler. Si quelqu'un m'éteint en coupant son téléphone portable, ça devient embêtant.

– Je ne pourrai jamais raconter ce que je suis en train de vivre, dit Julia en haussant les épaules.

– J'ai rêvé ou tu m'as appelé papa tout à l'heure ?

– Tu as rêvé ! répondit-elle, alors qu'il l'entraînait vers la zone d'embarquement.

Il ne leur restait plus qu'un quart d'heure pour franchir le contrôle de sécurité.

– Zut alors ! dit Anthony en ouvrant son passeport.

– Qu'est-ce qu'il y a encore ?

– Mon certificat pour le stimulateur cardiaque, je ne le trouve plus.

– Il doit être au fond de tes poches.

– Je viens de toutes les fouiller, rien !

L'air contrarié, il regarda les portiques devant lui.

– Si je passe là-dessous, je vais ameuter toutes les forces de police de l'aéroport.

– Alors cherche encore dans tes affaires ! s'impatienta Julia.

– N'insiste pas, je te dis que je l'ai perdu, il a dû tomber dans l'avion, quand j'ai confié ma veste à l'hôtesse. Je suis désolé, je ne vois pas de solution.

– Nous ne sommes pas venus jusqu'ici pour retourner maintenant à New York. Et, de toute façon, comment ferions-nous ?

– Louons une voiture et allons en ville. Je trouverai bien un moyen d'ici là.

Anthony proposa à sa fille de prendre une chambre d'hôtel pour la nuit.

– Dans deux heures, New York sera éveillé, tu n'auras qu'à appeler mon médecin traitant, il te faxera un duplicata.

– Ton médecin ne sait pas que tu es mort ?

– Ah non, c'est idiot mais j'ai oublié de le prévenir !

– Pourquoi ne pas prendre un taxi ? demanda-t-elle.

– Un taxi à Paris ? Tu ne connais pas la ville !

– Tu as vraiment des *a priori* sur tout !

– Je ne crois pas que le moment soit propice à une dispute ; j'aperçois les guichets des loueurs, une petite voiture nous suffira. Et puis non, choisis une berline, question de standing !

Julia capitula. Il était midi passé quand elle emprunta la bretelle qui menait à l'embranchement de l'autoroute A1. Anthony se pencha vers le pare-brise, observant attentivement les panneaux indicateurs.

– Prends à droite ! ordonna-t-il.

– Paris est à gauche, c'est écrit en gros caractères.

– Je te remercie, je sais encore lire, fais ce que je te dis ! râla Anthony en la forçant à tourner le volant.

– Tu es dingue ! À quoi tu joues ? cria-t-elle alors que la voiture se déportait dangereusement.

Il était désormais trop tard pour changer à nouveau de file. Sous un concert de klaxons, Julia se retrouva en direction du nord.

– C'est malin, nous roulons vers Bruxelles, Paris est derrière nous.

– Je sais ! Et si tu n'es pas trop fatiguée pour conduire d'une traite, six cents kilomètres après Bruxelles, nous arriverons à Berlin, dans neuf heures si mes calculs sont justes. Au pire nous ferons une escale sur la route, pour que tu dormes un peu. Il n'y a pas de portique de sécurité à franchir sur les autoroutes, voilà qui règle notre problème dans un premier temps ; et du temps, nous n'en avons pas beaucoup. Plus que quatre jours avant de devoir rentrer, à condition toutefois que je ne tombe pas encore en panne.

– Tu avais cette idée en tête bien avant que nous louions cette voiture, n'est-ce pas ? C'est pour cela que tu préférais une berline !

– Tu veux revoir Tomas ou pas ? Alors roule, je n'ai pas besoin de t'indiquer le chemin, tu t'en souviens, non ?

Julia alluma la radio de bord, monta le volume au maximum et accéléra.

*

En vingt ans, le tracé de l'autoroute avait modifié la physionomie du voyage. Deux heures après leur départ, ils traversaient Bruxelles. Anthony n'était pas très disert. De temps à autre il grommelait en regardant le paysage. Julia avait profité de son inattention pour incliner le rétroviseur dans sa direction, ainsi elle pouvait le voir sans qu'il s'en aperçoive. Anthony baissa le son de la radio.

– Tu étais heureuse aux Beaux-Arts ? demanda-t-il, brisant le silence.

– Je n'y suis pas restée très longtemps, mais j'adorais l'endroit où je vivais. La vue de ma chambre était incroyable. Ma table de travail donnait sur le toit de l'Observatoire.

– Moi aussi j'adorais Paris. J'y ai beaucoup de souvenirs. Je crois même que c'est la ville où j'aurais aimé mourir.

Julia toussota.

– Qu'est-ce qu'il y a ? demanda Anthony, tu fais une drôle de tête tout à coup. J'ai encore dit quelque chose qu'il ne fallait pas ?

– Non, je t'assure.

– Si, je vois bien que tu es étrange.

– C'est que... ce n'est pas vraiment facile à dire, c'est tellement improbable.

– Ne te fais pas prier, vas-y !

– Tu es mort à Paris, papa.

– Ah ? s'exclama Anthony surpris. Tiens, je ne le savais pas.

– Tu n'en as aucun souvenir ?

– Le programme de transfert de ma mémoire s'arrête à mon départ pour l'Europe. Après cette date, c'est un immense trou noir. J'imagine que c'est mieux ainsi, ce ne doit pas être si amusant que cela de se souvenir de sa propre mort. Finalement, je me rends compte que la limite de temps donnée à cette machine est un mal nécessaire. Et pas seulement pour les familles.

– Je comprends, répondit Julia, gênée.

– J'en doute. Crois-moi, cette situation n'est pas étrange que pour toi, et plus les heures passent, plus tout ceci devient déroutant pour moi aussi. Quel jour sommes-nous déjà ?

– Mercredi.

– Trois jours, tu te rends compte, sacré bruit de tic-tac quand la trotteuse se promène dans votre tête. Sais-tu comment je suis...

– Un arrêt cardiaque à un feu rouge.

– Encore heureux qu'il n'ait pas été au vert, en plus je me serais fait écraser.

– Il était au vert !

– Ah merde !

– Cela n'a pas causé d'accident, si cela peut te réconforter.

– Pour être franc avec toi, ça ne me réconforte pas du tout. J'ai souffert ?

– Non, on m'a assurée que cela avait été instantané.

– Oui, enfin c'est ce qu'ils disent toujours aux familles pour les rassurer. Oh et puis qu'est-ce que cela peut faire après tout. C'est du passé. Qui se souvient de la façon dont les gens sont morts ? Ce serait déjà pas mal si l'on se souvenait de la façon dont ils ont vécu.

– On change de sujet ? supplia Julia.

– Comme tu voudras, je trouvais cela plutôt marrant de pouvoir parler avec quelqu'un de ma propre disparition.

– Le quelqu'un en question est ta fille et tu n'avais pas franchement l'air de rigoler.

– Ne commence pas à avoir raison, s'il te plaît.

Une heure plus tard, la voiture entrait en territoire hollandais, l'Allemagne n'était plus qu'à soixante-dix kilomètres.

– C'est épatant leur truc, reprit Anthony, plus de frontière, on se croirait presque libre. Si tu étais heureuse à Paris, pourquoi es-tu partie ?

– Sur un coup de tête, au milieu de la nuit ; je pensais que ce serait l'affaire de quelques jours. Au début, c'était juste une virée entre copains.

– Tu les connaissais depuis longtemps ?

– Dix minutes.

– Évidemment ! Et que faisaient ces amis de toujours dans la vie ?

– Étudiants, comme moi, enfin eux, à la Sorbonne.

– Je vois, et pourquoi l'Allemagne ? L'Espagne ou l'Italie auraient été plus gaies non ?

– Une envie de révolution. Antoine et Mathias avaient pressenti la chute du mur. Peut-être pas de façon aussi certaine que cela, mais quelque chose

196

d'important se passait là-bas et nous avons voulu aller voir sur place.

— Qu'est-ce que j'ai bien pu rater dans ton éducation, pour que tu aies des envies de révolution ? dit Anthony en tapant sur ses genoux.

— Ne t'en veux pas, c'est probablement la seule chose que tu aies vraiment réussie.

— C'est un point de vue ! marmonna Anthony et à nouveau il se retourna vers la vitre.

— Pourquoi me poses-tu toutes ces questions, maintenant ?

— Parce que toi, tu ne m'en poses aucune. J'aimais Paris car c'est là que j'ai embrassé ta mère pour la première fois. Et je peux te dire que ça n'a pas été facile.

— Je ne suis pas sûre de vouloir connaître tous les détails.

— Si tu savais comme elle était jolie. Nous avions vingt-cinq ans.

— Comment as-tu fait pour aller à Paris, je croyais que tu étais fauché quand tu étais jeune ?

— Je faisais mon service militaire sur une base en Europe en 1959.

— Où ça ?

— À Berlin ! Et je n'en garde pas un très heureux souvenir !

À nouveau le visage d'Anthony se détourna vers le paysage qui défilait.

— Ce n'est pas la peine de me regarder dans le reflet de la vitre, tu sais, je suis juste à côté de toi, dit Julia.

— Alors toi, remets ce rétroviseur en place, comme ça tu pourras voir les voitures qui te suivent avant de doubler le prochain camion !

— Tu as rencontré maman là-bas ?

— Non, nous nous sommes connus en France. Quand j'ai été libéré de mes obligations, j'ai pris un train pour Paris. Je rêvais de voir la tour Eiffel avant de rentrer au pays.

– Et tu l'as aimée tout de suite.

– Pas mal, mais plus petite que nos gratte-ciel.

– Je te parlais de maman.

– Elle dansait dans un grand cabaret. Le parfait cliché du GI américain en mal de ses origines irlandaises et de la danseuse débarquée du même pays.

– Maman était danseuse ?

– Bluebell Girl ! La troupe était en représentation exceptionnelle au Lido sur les Champs-Élysées. C'était un copain qui nous avait eu les places. Ta mère menait la revue. Tu l'aurais vue sur scène quand elle faisait des claquettes, je peux t'assurer qu'elle n'avait rien à envier à Ginger Rogers.

– Pourquoi n'en a-t-elle jamais parlé ?

– Nous ne sommes pas très loquaces dans la famille, tu auras au moins hérité de ce trait de caractère.

– Comment l'as-tu séduite ?

– Je croyais que tu ne voulais pas connaître les détails ? Si tu ralentis un peu, je te raconte.

– Je ne roule pas vite ! répondit Julia en regardant l'aiguille du compteur qui flirtait avec les 140 kilomètres à l'heure.

– Question de perspective ! J'ai l'habitude de nos autoroutes où l'on peut prendre le temps de voir défiler le paysage. Si tu continues à rouler ainsi, il te faudra une clé anglaise pour desserrer mes doigts de la poignée de la porte.

Julia leva le pied de l'accélérateur et Anthony inspira profondément.

– J'étais assis à une table collée à la scène. La revue se produisait dix soirs de suite ; je n'en ai pas manqué un seul, y compris le dimanche, où le spectacle se jouait aussi en après-midi. Je m'étais débrouillé, en gratifiant une ouvreuse d'un généreux pourboire, pour être toujours installé à la même place.

Julia éteignit la radio.

– Pour la dernière fois, redresse ce rétroviseur et regarde la route ! ordonna Anthony.

Julia s'exécuta sans discuter.

– Au sixième jour, ta mère avait fini par repérer mon manège. Elle m'a juré qu'elle s'en était rendu compte dès le quatrième, mais je suis certain que c'était bien le sixième. En tout cas, j'ai constaté qu'elle m'avait regardé plusieurs fois au cours de la représentation. Sans me vanter, elle en avait même failli rater un pas. Là aussi, elle m'a toujours juré que cet incident n'avait rien à voir avec ma présence. Ce refus de le reconnaître, c'était une coquetterie de la part de ta mère. J'ai alors fait livrer des fleurs dans sa loge, pour qu'elle les trouve, le spectacle achevé ; chaque soir un même bouquet de petites roses anciennes, et jamais de carte de visite.

– Pourquoi ?

– Si tu ne m'interromps pas, tu vas comprendre. À la dernière représentation, je suis allé l'attendre à la sortie des artistes. Une rose blanche à la boutonnière.

– Je ne peux pas croire que tu aies fait une chose pareille ! lança Julia en pouffant de rire.

Anthony se retourna vers la vitre et ne dit plus un mot.

– Et après ? insista Julia.

– Fin de l'histoire !

– Comment ça, fin de l'histoire ?

– Tu te moques alors j'arrête !

– Mais je ne me moquais pas du tout !

– C'était quoi ce petit ricanement idiot ?

– Le contraire de ce que tu penses, c'est juste que je ne t'avais jamais imaginé en jeune homme éperdument romantique.

199

– Arrête-toi à la prochaine station-service, je finirai la route à pied ! s'exclama Anthony en croisant les bras, l'air renfrogné.

– Tu continues à me raconter, ou j'accélère !

– Ta mère avait l'habitude que des admirateurs l'attendent au bout de ce corridor, un type de la sécurité escortait les danseuses jusqu'à l'autocar qui les raccompagnait à leur hôtel. J'étais dans le passage, il m'a dit de me pousser, sur un ton un peu trop autoritaire à mon goût. J'ai sorti les poings.

Julia éclata d'un rire incontrôlable.

– Parfait ! dit Anthony furieux, puisque c'est comme ça, tu n'auras pas un mot de plus.

– Je t'en supplie, papa, dit-elle hilare. Je suis désolée, mais c'est irrésistible.

Anthony tourna la tête et la fixa attentivement.

– Cette fois je n'ai pas rêvé, tu m'as bien appelé papa ?

– Peut-être, dit Julia en séchant ses yeux. Continue !

– Je te préviens, Julia, si je vois ne serait-ce que l'amorce d'un sourire, c'est fini ! Nous sommes d'accord ?

– Promis, dit-elle en levant la main droite.

– Ta mère est intervenue, elle m'a entraîné à l'écart de la troupe et pria le chauffeur du car de l'attendre. Elle m'a demandé ce que je faisais là, à chaque représentation, assis à la même table. Je crois qu'à cet instant, elle n'avait pas encore vu la rose blanche à ma boutonnière, je la lui ai offerte. Elle était si étonnée, en découvrant que j'étais l'auteur des bouquets du soir, que j'en ai profité pour répondre à sa question.

– Qu'est-ce que tu lui as dit ?

– Que j'étais venu lui demander sa main.

Julia se tourna vers son père qui lui ordonna de se concentrer sur la route.

– Ta maman s'est mise à rire, avec ces éclats dans la voix que tu as toi aussi lorsque tu te moques de moi. Quand elle a compris que j'attendais vraiment sa réponse, elle a fait signe au conducteur de partir sans elle et a proposé que je commence par l'inviter à dîner. Nous avons marché jusqu'à une brasserie sur les Champs-Élysées. Je peux te dire qu'en descendant la plus belle avenue du monde à ses côtés, je n'étais pas peu fier. Tu aurais dû voir les regards qui se posaient sur elle. Nous avons parlé tout le dîner, mais, à la fin du repas, j'étais dans une situation terrible et j'ai bien cru que tous mes espoirs s'évanouiraient ici.

– Après l'avoir demandée en mariage aussi vite, je ne vois pas ce que tu aurais pu faire de plus choquant ?

– C'était très gênant, je n'avais pas de quoi payer l'addition, j'avais beau fouiller mes poches discrètement, plus un sou. Mes économies de militaire étaient passées dans l'achat des tickets du Lido et dans les bouquets de fleurs.

– Comment t'en es-tu sorti ?

– J'ai commandé un septième café, la brasserie fermait, ta mère s'était absentée pour aller se repoudrer. J'ai appelé le serveur décidé à lui avouer que je n'avais pas de quoi le payer, prêt à le supplier de ne pas faire d'esclandre, à lui offrir ma montre en gage et mes papiers, à promettre que je reviendrai régler la note dès que possible, au plus tard à la fin de la semaine. Il m'a tendu une coupelle, à la place de l'addition, il y avait un mot de ta mère.

– Que disait-il ?

Anthony ouvrit son portefeuille et en sortit un morceau de papier jauni qu'il déplia avant de le lire d'une voix posée.

– *Je n'ai jamais été douée pour les au revoir et je suis certaine que vous non plus. Merci de cette délicieuse soirée, les roses anciennes sont mes préférées. Nous serons fin février à Manchester et je serai ravie de vous revoir dans la salle. Si vous venez, je vous laisserai cette fois m'inviter à dîner.* Tu vois, conclut Anthony en montrant la feuille à Julia, le mot est signé de son prénom.

– Impressionnant ! souffla Julia, pourquoi a-t-elle fait ça ?

– Parce que ta mère avait tout compris de ma situation.

– Comment ?

– Un type qui boit sept cafés à deux heures du matin et qui ne trouve plus un mot à dire alors que les lumières de la brasserie commencent à s'éteindre...

– Tu y es allé à Manchester ?

– J'ai d'abord travaillé pour me refaire un peu. J'enchaînais les boulots les uns après les autres. Le matin à cinq heures j'étais aux Halles à décharger des cageots, aussitôt fait, je filais dans un café du quartier et servais en salle. À midi, j'échangeais mon tablier pour une tenue de commis dans une épicerie. J'ai perdu cinq kilos et gagné de quoi me rendre en Angleterre acheter une place au théâtre où ta mère dansait, et surtout de quoi lui payer un repas digne de ce nom. J'avais réussi le pari impossible de me retrouver au premier rang. Dès que le rideau s'est levé, elle m'a souri.

« Après le spectacle, nous nous sommes retrouvés dans un vieux pub de la ville. J'étais exténué. J'ai honte en y repensant, mais je m'étais endormi dans la salle et je voyais bien que ta maman s'en était aperçue. Nous n'avons presque pas parlé à table ce soir-là. Nous échangions des silences ; et alors que je faisais signe au garçon pour qu'il m'apporte la note, ta mère m'a regardé fixement et a juste dit « Oui ». À mon tour, je l'ai regardée, intrigué, et elle a répété ce « oui », d'une voix si claire que je l'entends encore. « Oui, je veux bien vous épouser. » La revue se produisait à Manchester pendant deux mois. Ta mère a fait ses adieux à la troupe et nous avons pris le bateau pour rentrer au pays. Nous nous sommes mariés en arrivant. Un prêtre et deux témoins que nous avions dénichés dans la salle. Aucun membre de nos familles n'avait fait le déplacement. Mon père ne m'a jamais pardonné d'avoir épousé une danseuse.

Avec précaution, Anthony rangea le petit mot jauni à sa place.

– Tiens, j'ai retrouvé l'attestation pour mon pacemaker ! Quel imbécile je fais ! Au lieu de la remettre dans mon passeport, je l'avais bêtement glissée dans mon portefeuille.

Julia hocha la tête, dubitative.

– Ce voyage à Berlin, c'était une façon bien à toi de poursuivre notre voyage ?

– Tu me connais si peu, pour avoir besoin de me poser cette question ?

– Et la voiture de location, ton attestation soi-disant égarée, tu l'as aussi fait exprès pour que nous fassions cette route ensemble ?

– Et quand bien même j'aurais prémédité tout cela, ce n'est pas une si mauvaise idée, non ?

Un panneau indiquait qu'ils entraient en Allemagne. La mine assombrie, Julia remit le rétroviseur en bonne place.

– Qu'est-ce qu'il y a, tu ne dis plus rien ? demanda Anthony.

– La veille du jour où tu as débarqué dans notre chambre pour assommer Tomas, nous avions décidé de nous marier. Ça ne s'est pas fait, mon père ne supportait pas que je veuille épouser un homme qui n'était pas de son monde.

Anthony se détourna vers la vitre.

15.

Depuis la frontière allemande, Anthony et Julia n'avaient pas échangé un mot. De temps en temps, elle augmentait le volume de la radio et Anthony le baissait aussitôt. Une forêt de pins se dressait dans le paysage. À la lisière du bois, une rangée de blocs de béton barrait une déviation désormais fermée. Julia reconnut au loin les formes sinistres des anciens bâtiments de la zone frontalière de Marienborn, aujourd'hui devenus un mémorial.

– Comment aviez-vous fait pour passer ? demanda Anthony en regardant les miradors décrépis défiler sur sa droite.

– Au culot ! L'un des amis avec qui je voyageais était le fils d'un diplomate, nous avons prétendu rendre visite à nos parents en poste à Berlin-Ouest.

Anthony se mit à rire.

– En ce qui te concerne, ça ne manquait pas d'une certaine ironie.

Il posa ses mains sur ses genoux.

– Je suis désolé de ne pas avoir pensé à te remettre cette lettre plus tôt, reprit-il.

– Tu es sincère ?

– Je n'en sais rien, en tout cas, je me sens plus léger

de te l'avoir dit. Voudrais-tu t'arrêter quand cela sera possible ?

– Pourquoi ?

– Il ne serait pas idiot que tu te reposes un peu, et puis je me dégourdirais bien les jambes.

Un panneau indiquait une aire de stationnement à dix kilomètres de là. Julia promit d'y faire halte.

– Pourquoi êtes-vous partis à Montréal avec maman ?

– Nous n'avions pas beaucoup d'argent, enfin moi surtout, ta mère avait quelques économies que nous avons vite épuisées. La vie à New York était de plus en plus difficile. Nous avons été heureux là-bas, tu sais. Je crois même que c'étaient nos plus belles années.

– Cela te rend fier, n'est-ce pas ? questionna Julia d'une voix douce-amère.

– Quoi donc ?

– D'être parti avec rien en poche et d'avoir aussi bien réussi.

– Pas toi ? Tu n'es pas fière de ton audace ? Tu n'es pas satisfaite lorsque tu vois un enfant jouer avec une peluche née de ton imagination ? Quand tu te promènes dans un centre commercial, et que tu découvres sur la devanture d'un cinéma l'affiche d'un film dont tu as inventé l'histoire, tu n'es pas fière ?

– Je me contente d'être heureuse, c'est déjà pas mal.

La voiture bifurqua vers l'aire de repos. Julia se rangea le long d'un trottoir qui bordait une grande pelouse. Anthony ouvrit sa portière et toisa sa fille juste avant de sortir.

– Tu m'emmerdes, Julia ! dit-il en s'éloignant.

Elle coupa le contact et posa la tête sur le volant.

– Mais qu'est-ce que je fais ici ?

Anthony traversa une zone de jeu réservée aux

enfants et entra dans la station-service. Quelques instants plus tard, il revint les bras chargés d'un sac de provisions, ouvrit la portière et déposa ses courses sur la banquette.

– Va te rafraîchir, j'ai acheté de quoi te redonner des forces. Je surveillerai la voiture en t'attendant.

Julia obéit. Elle contourna les balançoires, évita le bac à sable et entra elle aussi dans la station-service. Quand elle en ressortit, Anthony était allongé au bas d'un toboggan, les yeux rivés au ciel.

– Ça va ? demanda-t-elle, inquiète.

– Tu crois que je suis là-haut ?

Désemparée par la question, Julia s'assit sur l'herbe, juste à côté de lui. À son tour, elle leva la tête.

– Je n'en sais rien. J'ai longtemps cherché Tomas dans ces nuages. J'étais certaine de l'avoir reconnu plusieurs fois, et pourtant, il est en vie.

– Ta mère ne croyait pas en Dieu, moi si. Alors, tu penses que j'y suis ou pas, au Paradis ?

– Pardonne-moi si je ne peux pas répondre à ta question, je n'y arrive pas.

– À croire en Dieu ?

– À accepter l'idée que tu es là, à côté de moi, que je te parle alors que...

– Alors que je suis mort ! Je te l'ai dit, apprends à ne plus avoir peur des mots. C'est important les mots justes. Par exemple, si tu m'avais balancé plus tôt, Papa tu es un salaud et un imbécile qui n'a jamais rien compris à ma vie, un égoïste qui voulait façonner mon existence à l'image de la sienne ; un père comme beaucoup d'autres, qui me faisait du mal en se racontant que c'était pour mon bien quand c'était pour le sien, peut-être t'aurais-je entendue. Peut-être n'aurions-nous pas perdu tout ce temps, que nous aurions été amis. Avoue que cela aurait été chouette que nous soyons amis.

Julia resta silencieuse.

– Tiens, par exemple, voilà des mots justes : à défaut d'avoir été un bon père, j'aurais aimé être ton ami.

– Nous devrions reprendre la route, dit Julia d'une voix fragile.

– Attendons encore un peu, je crois que mes réserves d'énergie ne sont pas à la hauteur de ce que promettait la notice ; si je continue à les dépenser de la sorte, j'ai peur que notre voyage ne dure pas aussi longtemps que prévu.

– Nous pouvons prendre tout le temps nécessaire. Berlin n'est plus si loin, et puis, après vingt ans, nous ne sommes plus à quelques heures près.

– Dix-sept ans, Julia, pas vingt.

– Cela ne change pas grand-chose.

– Trois ans de vie ? Si, si, c'est beaucoup. Crois-moi, je sais de quoi je te parle.

Père et fille restèrent ainsi allongés bras croisés derrière la tête, elle dans l'herbe, lui au bas de la piste du toboggan, tous deux immobiles à scruter le ciel.

Une heure avait passé, Julia s'était assoupie et Anthony la regardait dormir. Son sommeil semblait paisible. Par moments, elle fronçait les sourcils, gênée par les cheveux que le vent ramenait sur son visage. D'une main hésitante, Anthony repoussa délicatement une mèche en arrière. Quand Julia rouvrit les yeux, le ciel prenait déjà la couleur ombrée du soir. Anthony n'était plus à ses côtés. Elle parcourut l'horizon à sa recherche et reconnut sa silhouette, assise à l'avant de la voiture. Elle remit ses chaussures, sans se souvenir pourtant de les avoir ôtées et courut vers le parking.

– J'ai dormi longtemps ? demanda-t-elle en redémarrant.

– Deux heures, peut-être plus. Je n'ai pas fait attention.

– Et toi que faisais-tu ?

– J'attendais.

La voiture quitta l'aire de repos et reprit l'auto-route. Potsdam n'était plus qu'à quatre-vingts kilomètres.

– Nous arriverons à la nuit tombée, dit Julia. Je n'ai pas la moindre idée pour retrouver la trace de Tomas. Je ne sais même pas s'il vit toujours là-bas. Après tout, c'est vrai, tu m'as entraînée sur un coup de tête, qui nous dit qu'il habite toujours Berlin ?

– Oui, en effet, c'est une possibilité, entre la hausse des prix de l'immobilier, sa femme, ses triplés et sa belle-famille qui a emménagé avec eux, ils se sont peut-être installés dans un chalet cossu à la campagne.

Julia regarda rageusement son père, qui à nouveau lui fit signe de se concentrer sur la route.

– C'est fascinant comme la peur peut inhiber l'esprit reprit ce dernier.

– Qu'est-ce que tu insinues par là ?

– Rien, une idée comme une autre. À propos, je ne voudrais pas me mêler de ce qui ne me concerne pas, mais il serait temps que tu donnes de tes nouvelles à Adam. Fais-le au moins pour moi, je n'en peux plus d'entendre Gloria Gaynor, elle n'a pas cessé de beugler dans ton sac pendant que tu dormais.

Et Anthony entonna une parodie endiablée de « I Will Survive ». Julia fit de son mieux pour garder son sérieux, mais plus Anthony chantait fort et plus elle se déridait. En entrant dans la banlieue de Berlin, tous deux riaient.

Anthony guida Julia jusqu'au Brandenburger Hof Hotel. Dès leur arrivée, un chasseur les accueillit, saluant M. Walsh qui descendait de la voiture. « Bonsoir, monsieur Walsh », dit à son tour le portier en faisant pivoter la porte à tambour. Anthony traversa le hall et se rendit à la réception où le concierge

209

le salua par son nom. Bien qu'ils n'aient pas réservé et qu'en cette saison l'établissement affichât complet, il assura que deux chambres de la meilleure catégorie seraient mises à leur disposition. À son grand regret, elles ne pourraient se trouver au même étage. Anthony le remercia, ajoutant que cela n'avait aucune importance. En remettant les clés au bagagiste, le concierge demanda à Anthony s'il souhaitait qu'il leur garde une table au restaurant gastronomique de l'établissement.

– Tu veux que nous dînions ici ? demanda Anthony en se retournant vers Julia.

– Tu es actionnaire de cet hôtel ? questionna Julia.

– Sinon, répondit Anthony, je connais un restaurant asiatique formidable à deux minutes d'ici. Tu aimes toujours autant la cuisine chinoise ?

Et comme Julia ne répondait pas, Anthony pria le concierge de leur réserver deux couverts en terrasse au China Garden.

Après s'être rafraîchie, Julia rejoignit son père et ils s'en allèrent à pied.

– Tu es contrariée ?

– C'est fou comme tout a changé, répondit Julia.

– Tu as eu Adam au téléphone ?

– Oui, je l'ai appelé de ma chambre.

– Qu'est-ce qu'il t'a dit ?

– Que je lui manquais, qu'il ne comprenait pas pourquoi j'étais partie comme cela, ni après quoi je courais ainsi, qu'il était venu me chercher à Montréal, mais que nous nous étions ratés d'une heure.

– Tu imagines sa tête s'il nous avait trouvés ensemble !

– Il m'a aussi demandé quatre fois de lui promettre que j'étais seule.

– Et ?

– J'ai menti quatre fois !

Anthony poussa la porte du restaurant et céda le passage à sa fille.

– Tu vas finir par y prendre goût si tu continues, dit-il en riant.

– Je ne vois vraiment pas ce qu'il y a de drôle !

– Ce qui est drôle, c'est que nous sommes à Berlin à la recherche de ton premier amour et que tu te culpabilises de ne pouvoir avouer à ton fiancé que tu étais à Montréal en compagnie de ton père. Je m'égare peut-être, mais je trouve cela plutôt cocasse, féminin, mais cocasse.

Anthony profita du repas pour échafauder un plan. Dès leur réveil, ils iraient rendre visite au syndicat des journalistes, afin de vérifier si un certain Tomas Meyer était toujours en possession d'une carte de presse. Sur le chemin du retour, Julia entraîna son père vers le Tiergarten Park.

– J'ai dormi là, dit-elle en désignant un grand arbre au loin. C'est fou, j'ai l'impression que c'était hier.

Anthony regarda sa fille d'un air malicieux. Il joignit ses mains et tendit les bras.

– Qu'est-ce que tu fais ?

– La courte échelle, allez, dépêche-toi, il n'y a personne en vue, profitons-en.

Julia ne se fit pas prier, elle prit appui sur ses mains et escalada les grilles.

– Et toi ? demanda-t-elle en se redressant de l'autre côté.

– Je vais passer par les portillons, dit-il en désignant un accès un peu plus loin. Le parc ne ferme qu'à minuit, à mon âge, ce sera plus facile.

Dès qu'il eut rejoint Julia, il l'entraîna sur la pelouse et s'assit au pied du grand tilleul qu'elle avait désigné.

– C'est drôle, moi aussi j'ai fait quelques siestes sous cet arbre quand j'étais en Allemagne. C'était mon coin préféré. À chaque permission, je venais m'y installer avec un livre et je regardais les filles se promener dans les allées. Au même âge, nous étions assis tous deux à la même place, enfin à quelques décennies près. Avec la tour de Montréal, cela nous fait maintenant deux endroits où partager des souvenirs, je suis content.

– C'est ici que nous venions toujours avec Tomas, dit Julia.

– Je commence à le trouver sympathique ce garçon.

Un barrissement d'éléphant se fit entendre dans le lointain. Le zoo de Berlin n'était qu'à quelques mètres derrière eux, en lisière du parc.

Anthony se leva et enjoignit sa fille de le suivre.

– Tu détestais les zoos quand tu étais enfant. Tu n'aimais pas que les animaux soient emprisonnés dans des cages. C'était l'époque où tu voulais devenir vétérinaire. Tu l'auras sans doute oublié, je t'avais offert pour tes six ans une grande peluche, une loutre si je me souviens. Je n'avais pas dû bien la choisir, elle était sans arrêt malade et tu passais ton temps à la soigner.

– Tu n'es pas en train de suggérer que ce serait grâce à toi que j'ai dessiné...

– Quelle idée ! Comme si notre enfance pouvait jouer un rôle quelconque dans nos vies d'adultes... Avec tout ce que tu me reproches, ça n'arrangerait pas mon cas.

Anthony confia qu'il sentait ses forces faiblir à un rythme qui l'inquiétait. L'heure était venue de rentrer, ils prirent un taxi.

De retour à l'hôtel Anthony salua Julia lorsqu'elle descendit de l'ascenseur et continua son chemin vers le dernier étage où se trouvait sa chambre.

Allongée sur son lit, Julia passa un long moment à faire défiler les numéros sur l'écran de son téléphone portable. Elle se décida à rappeler Adam, mais lorsqu'elle tomba sur sa boîte vocale, elle raccrocha pour composer aussitôt le numéro de Stanley.

– Alors, tu as trouvé ce que tu étais partie chercher ? demanda son ami.

– Pas encore, je viens seulement d'arriver.

– Tu as fait la route à pied ?

– En voiture depuis Paris, c'est une longue histoire.

– Je te manque un peu ? demanda-t-il.

– Tu ne crois quand même pas que je t'appelle juste pour te donner de mes nouvelles !

Stanley lui confia qu'il était passé en bas de chez elle en rentrant de son travail ; ce n'était pas vraiment son chemin, mais, sans qu'il y prête attention, ses pas l'avaient conduit à l'angle d'Horatio et de Greenwich Street.

– C'est triste le quartier quand tu n'es pas là.

– Tu dis cela pour me faire plaisir.

– J'ai croisé ton voisin, le marchand de chaussures.

– Tu as parlé à M. Zimoure ?

– Depuis le temps que toi et moi lui jetons des sorts... il était devant sa porte, il m'a salué, alors j'ai fait de même.

– Je ne peux vraiment pas te laisser seul, quelques jours d'absence et tu commences déjà à avoir de mauvaises fréquentations.

– Tu es peste ; finalement, il n'est pas si désagréable que cela, tu sais...

– Stanley, tu ne serais pas en train d'essayer de me dire quelque chose ?

– Qu'est-ce que tu vas encore chercher ?

– Je te connais mieux que personne, quand tu rencontres quelqu'un et que tu ne le trouves pas antipathique au premier abord c'est déjà suspect, alors

213

« presque aimable » pour M. Zimoure, je suis à deux doigts de rentrer demain !

– Il te faudra une autre excuse, ma chérie, nous nous sommes dit bonjour, voilà tout. Adam aussi est passé me voir.

– Décidément, vous ne vous quittez plus !

– C'est plutôt toi qui donnes l'impression de le quitter. Et puis ce n'est pas de ma faute s'il habite à deux rues de mon magasin. Au cas où cela t'intéresserait encore, je ne l'ai pas trouvé très en forme. De toute façon, pour qu'il me rende visite, c'est qu'il ne doit pas aller très bien. Tu lui manques, Julia, il est inquiet et je pense qu'il a des raisons de l'être.

– Je te jure, Stanley, que ce n'est pas cela, c'est même tout le contraire.

– Ah non, ne jure pas ! Crois-tu seulement à ce que tu viens de dire ?

– Oui ! répondit-elle sans aucune hésitation.

– Tu me fais un chagrin fou quand tu es sotte à ce point-là. Sais-tu vraiment où t'entraîne ce mystérieux voyage ?

– Non, murmura Julia dans le combiné.

– Alors comment veux-tu que lui le sache ? Il faut que je te laisse, il est sept heures passées ici et je dois me préparer, j'ai un dîner.

– Avec qui ?

– Et toi, avec qui as-tu dîné ?

– Toute seule.

– Comme j'ai une sainte horreur que tu me mentes, je vais raccrocher, appelle-moi demain. Je t'embrasse.

Julia n'eut pas le loisir de poursuivre la conversation, elle entendit un déclic, Stanley avait déjà filé, probablement vers son dressing.

*

Une sonnerie la tira de son sommeil. Julia s'étira de tout son long, décrocha le téléphone, elle n'entendit qu'une tonalité. Elle se leva, traversa la chambre, réalisa qu'elle était nue, et attrapa au pied du lit un peignoir abandonné la veille, qu'elle enfila sur-le-champ.

Derrière la porte, un garçon d'étage attendait. Quand Julia lui ouvrit, il poussa un chariot où étaient servis un petit déjeuner continental et deux œufs à la coque.

– Je n'ai rien commandé, dit-elle au jeune homme qui installait le couvert sur la table basse.

– Trois minutes trente, votre cuisson idéale, pour les œufs coque bien sûr, c'est bien cela ?

– Tout à fait, répondit Julia en s'ébouriffant les cheveux.

– C'est ce que nous a précisé M. Walsh !

– Mais je n'ai pas faim..., ajouta-t-elle alors que le garçon découpait délicatement les coquilles.

– M. Walsh m'a prévenu que vous diriez cela aussi. Ah, une dernière chose avant que je vous laisse, il vous attend dans le hall de l'hôtel à huit heures, soit dans trente-sept minutes, dit-il en consultant sa montre. Bonne journée, mademoiselle Walsh, il fait un temps radieux, vous devriez passer un agréable séjour à Berlin.

Et le jeune homme s'esquiva sous l'œil ahuri de Julia.

Elle regarda la table, jus d'orange, céréales, pains frais, rien ne manquait. Décidée à ignorer ce petit déjeuner, elle se rendit vers la salle de bains, fit demi-tour, et s'assit sur le canapé. Elle trempa un doigt dans l'œuf et finalement dévora presque tout ce qui se trouvait devant elle.

Une douche rapide, elle s'habilla tout en se séchant

les cheveux, enfila une paire de chaussures en sautant à cloche-pied, et sortit de sa chambre. Il était huit heures pile !

Anthony attendait près de la réception.

– Tu es en retard ! dit-il alors qu'elle sortait de l'ascenseur.

– Trois minutes et demie ? répondit-elle en le regardant, dubitative.

– C'est ainsi que tu aimes tes œufs, n'est-ce pas ? Ne traînons pas, nous avons un entretien dans une demi-heure et, avec les embouteillages, nous y serons tout juste.

– Où avons-nous rendez-vous et avec qui ?

– Au siège du syndicat de la presse allemande. Il faut bien commencer notre enquête quelque part, non ?

Anthony franchit les portes à tambour et demanda un taxi.

– Comment as-tu fait ? questionna Julia en prenant place à bord de la Mercedes jaune.

– J'ai téléphoné à la première heure ce matin, pendant que toi tu dormais !

– Tu parles l'allemand ?

– Je pourrais te dire que l'une des merveilles technologiques dont je suis équipé me permet de pratiquer couramment une quinzaine de langages ; cela t'épaterait peut-être, ou pas d'ailleurs, mais contente-toi pour explication des quelques années que j'ai passées en poste ici, si tu ne l'as pas déjà oublié. J'en ai conservé quelques rudiments germaniques qui me permettent de me faire comprendre quand cela est nécessaire. Et toi qui voulais faire ta vie ici, tu pratiques un peu la langue de Goethe ?

– J'ai tout oublié !

Le taxi filait sur Stülerstrasse, il bifurqua à gauche au carrefour suivant et traversa le parc. L'ombre d'un grand tilleul s'étendait sur la pelouse verdoyante.

La voiture longeait maintenant les berges réaménagées de la rivière Spree. De chaque côté, des bâtiments plus modernes les uns que les autres rivalisaient de transparence, architecture volontaire, témoin des temps qui avaient changé. Le quartier qu'ils découvraient avoisinait l'ancienne frontière où s'élevait jadis le sinistre mur. Mais, de cette époque, plus rien ne subsistait. Devant eux, une gigantesque halle abritait un centre de conférences sous sa verrière. Un peu plus loin, un complexe plus important encore s'étendait de part et d'autre de la rivière. Une passerelle blanche aux formes aériennes permettait d'y accéder. Ils poussèrent une porte et suivirent le chemin qui les mena aux bureaux du syndicat de la presse. Un employé les reçut à l'accueil. Usant d'un allemand plus que convenable, Anthony expliqua qu'il cherchait à joindre un certain Tomas Meyer.

– À quel sujet ? demanda l'employé, sans relever la tête de sa lecture.

– J'ai à confier des informations à M. Tomas Meyer que lui seul est habilité à recevoir, répondit Anthony d'un ton aimable.

Et comme cette dernière remarque semblait enfin attirer l'attention de son interlocuteur, il ajouta aussitôt qu'il serait infiniment reconnaissant au syndicat de lui communiquer une adresse où joindre ce M. Meyer. Pas ses coordonnées personnelles bien entendu, mais celles de l'organisme de presse qui l'employait.

Le réceptionniste lui demanda de patienter et s'en alla chercher son supérieur.

Le sous-directeur convia Anthony et Julia dans son bureau. Installé sur un canapé, sous une grande photo murale qui représentait visiblement son hôte tenant à bout de bras une prise de pêche conséquente, Anthony répéta son laïus depuis le premier mot. L'homme jaugea Anthony d'un regard insistant.

– Vous cherchez ce Tomas Meyer afin de lui confier quel genre d'informations, au juste ? demanda-t-il en tirant sur sa moustache.

– C'est précisément ce que je ne peux vous révéler, mais soyez assuré que c'est primordial pour lui, promit Anthony le plus sincèrement du monde.

– Je n'ai pas en mémoire d'articles majeurs publiés par un quelconque Tomas Meyer, dit le sous-directeur, dubitatif.

– Et c'est exactement ce qui pourrait changer, si grâce à vous nous trouvions le moyen d'entrer en contact avec lui.

– Et qu'est-ce que mademoiselle vient faire dans toute cette histoire ? demanda le sous-directeur en faisant pivoter son fauteuil vers la fenêtre.

Anthony se retourna vers Julia, qui n'avait pas prononcé un mot depuis leur arrivée.

– Rien du tout, répondit-il, Mlle Julia est mon assistante.

– Je ne suis pas autorisé à vous donner la moindre information sur l'un de nos membres syndiqués, conclut le sous-directeur en se levant.

Anthony se leva à son tour et vint à sa rencontre, posant sa main sur son épaule.

– Ce que j'ai à révéler à M. Tomas Meyer, et à lui seul, insista-t-il d'un ton autoritaire, peut changer le cours de sa vie, en bien, en très bien. Ne me laissez pas croire qu'un responsable syndical de votre compétence ferait obstacle à l'avancement spectaculaire de la carrière d'un de ses membres ? Car, dans ce cas, je n'aurais aucune difficulté à rendre public un tel comportement.

L'homme se frotta la moustache et se rassit. Il pianota sur le clavier de son ordinateur et tourna l'écran en direction d'Anthony.

– Regardez, aucun Thomas Meyer ne figure sur nos listes. Je suis désolé. Et quand bien même il n'aurait pas sa carte, ce qui est impossible, il n'apparaît pas non plus sur l'annuaire de la profession, vous pouvez le vérifier par vous-même. Maintenant, j'ai du travail, alors si personne d'autre que ce M. Meyer ne peut recueillir vos précieuses confidences, je vais vous demander de me laisser.

Anthony se leva et fit signe à Julia de le suivre. Il remercia chaleureusement son interlocuteur du temps qu'il leur avait consacré, et quitta l'enceinte du syndicat.

– C'est sans doute toi qui avais raison, grommela-t-il en remontant le trottoir à pied.

– Ton assistante ? demanda Julia en fronçant les sourcils.

– Oh, je t'en prie, ne fais pas cette tête-là, il fallait bien que je trouve quelque chose !

– Mlle Julia ! Et puis quoi encore...

Anthony héla un taxi qui roulait de l'autre côté de la chaussée.

– Ton Tomas a peut-être changé de profession.

– Sûrement pas, journaliste n'était pas un métier pour lui, c'était une vocation. Je ne peux pas imaginer qu'il fasse autre chose de sa vie.

– Peut-être que lui, si ! Rappelle-moi le nom de cette rue sordide, où vous viviez tous les deux, demanda-t-il à sa fille.

– Comeniusplatz, c'est derrière l'avenue Karl-Marx.

– Ben tiens !

– Quoi ben tiens ?

– Rien, que des bons souvenirs, n'est-ce pas ?

Et Anthony donna l'adresse au chauffeur.

La voiture traversa la ville. Cette fois plus de postes de sécurité, plus de traces du mur, rien pour se remémorer où finissait l'Ouest et où commençait l'Est. Ils passèrent devant la tour de la télévision, flèche sculpturale dont le dôme et l'antenne pointaient vers le ciel. Et plus ils avançaient, plus le décor changeait. Quand ils arrivèrent à destination, Julia ne reconnut rien du quartier où elle avait vécu. Tout était désormais si différent que sa mémoire semblait celle d'une autre vie.

– C'est dans cet endroit magnifique que se seraient déroulés les plus beaux moments de ta vie de jeune fille ? demanda Anthony d'un ton sarcastique. Je reconnais que ça a du charme.

– Ça suffit ! cria Julia.

Anthony fut surpris par l'emportement si soudain de sa fille.

– Mais qu'est-ce que j'ai encore dit de mal ?

– Je t'en supplie, tais-toi.

Aux anciens bâtiments et vieilles maisons qui occupaient jadis la rue avaient succédé des immeubles de facture récente. Plus rien de ce qui avait peuplé les souvenirs de Julia ne subsistait, hormis le jardin public.

Elle avança jusqu'au numéro 2. Avant se trouvait ici une bâtisse fragile, derrière la porte verte, un escalier en bois grimpait vers l'étage ; Julia aidait la grand-mère de Tomas à en gravir les dernières marches. Elle ferma les yeux et se souvint. D'abord l'odeur de cire quand on approchait de la commode, les voilages toujours tirés qui filtraient la lumière et protégeaient du regard des autres ; l'éternelle nappe molletonnée qui recouvrait la table, les trois chaises de la salle à manger ; un peu plus loin, le canapé usé, face au poste de télévision en noir et blanc. La grand-mère de Tomas ne l'avait pas rallumé depuis qu'il ne se limitait plus à diffuser les bonnes nouvelles que le gouvernement voulait donner. Et puis, derrière, la cloison fine qui séparait le salon de leur chambre. Combien de fois Tomas avait-il manqué étouffer Julia avec l'oreiller alors qu'elle riait de ses caresses maladroites ?

– Tu avais les cheveux plus longs, dit Anthony en la sortant de sa rêverie.

– Quoi ? demanda Julia en se retournant.

– Quand tu avais dix-huit ans, tu avais les cheveux plus longs.

Anthony balaya l'horizon du regard.

– Il ne reste pas grand-chose, n'est-ce pas ?

– Il ne reste vraiment plus rien, tu veux dire, balbutia-t-elle.

– Viens, allons nous asseoir sur ce banc en face, tu es toute pâle, il faut que tu reprennes des couleurs.

Ils s'installèrent sur un coin de pelouse jaunie par les pas des enfants.

Julia se taisait, Anthony leva le bras, comme s'il voulait le passer autour de son épaule, mais sa main finit par retomber sur le dossier du banc.

– Il y avait ici d'autres maisons, tu sais. Leurs façades étaient décrépies, les bâtisses ne payaient pas de mine, mais les intérieurs étaient douillets, c'était...

– Mieux dans tes souvenirs, oui, c'est souvent ainsi, dit Anthony d'une voix rassurante. La mémoire est une artiste étrange, elle redessine les couleurs de la vie, gomme le médiocre pour ne garder que les plus jolis traits, les courbes les plus émouvantes.

– Au bout de la rue, à la place de cette affreuse bibliothèque, il y avait un petit café. Je n'avais rien vu d'aussi miteux ; une salle grise, des néons qui pendaient au plafond, des tables en Formica pour la plupart bancales, mais si tu savais comme nous avons ri dans ce bistrot sordide, comme nous y avons été heureux. On n'y trouvait que de la vodka et une mauvaise bière. J'aidais souvent le patron quand il avait du monde, j'enfilais un tablier et je servais en salle. Tu vois, c'était là-bas, acheva Julia en désignant la bibliothèque qui avait remplacé le café.

Anthony toussota.

– Tu es certaine que ce n'est pas plutôt de l'autre côté de la rue ? J'aperçois un petit bistrot qui ressemble bien à ce que tu viens de me décrire.

Julia tourna la tête. À l'angle du boulevard et à l'opposé de l'endroit qu'elle avait montré, une enseigne clignotait sur la façade défraîchie d'un vieux troquet.

Julia se leva, Anthony la suivit. Elle remonta la rue, accéléra et se mit à courir alors que les derniers mètres semblaient n'en plus finir. Haletante, elle poussa la porte du bar et entra.

La salle avait été repeinte, deux lustres remplaçaient les néons, mais les tables en Formica étaient les mêmes, donnant au lieu un style rétro du meilleur genre. Derrière le comptoir qui n'avait pas changé, un homme aux cheveux blancs la reconnut.

Un seul client occupait une chaise au fond de la salle. De dos, on devinait qu'il lisait un journal. Retenant son souffle, Julia avança jusqu'à lui.

– Tomas ?

16.

À Rome, le chef du gouvernement italien venait d'annoncer sa démission. La conférence de presse achevée, il accepta pour la dernière fois de se prêter au jeu des photographes. Les flashs crépitèrent, irradiant l'estrade. Au fond de la salle, un homme accoudé au radiateur rangeait son matériel.

– Tu n'immortalises pas la scène ? questionna la jeune femme à ses côtés.

– Non, Marina, faire la même photo que cinquante autres types ne présente pas un grand intérêt. Ce n'est pas franchement ce que j'appelle du reportage.

– Quel sale caractère, heureusement que tu as cette belle gueule pour donner le change !

– C'est une façon comme une autre de me dire que j'ai raison. Si je t'emmenais déjeuner au lieu de t'écouter me faire la morale ?

– Tu as une adresse en tête ? demanda la journaliste.

– Non, mais je suis certain que toi oui !

Un journaliste de la RAI passa à côté d'eux et baisa la main de Marina avant de s'éclipser.

– Qui est-ce ?

– Un con, répondit Marina.

223

– En tout cas, un con à qui tu ne sembles pas déplaire.

– C'est précisément ce que je disais, on y va ?

– On récupère nos papiers à l'entrée et on file d'ici.

Bras dessus, bras dessous, ils quittèrent la grande salle où s'était tenu l'entretien et empruntèrent le couloir qui conduisait vers la sortie du bâtiment.

– Quels sont tes projets ? demanda Marina en présentant sa carte de presse à l'agent de sécurité.

– J'attends des nouvelles de ma rédaction. J'enchaîne depuis trois semaines des trucs sans intérêts, comme aujourd'hui, en espérant chaque jour obtenir un feu vert pour la Somalie.

– C'est charmant pour moi !

À son tour, le reporter tendit sa carte de presse afin que l'agent de sécurité lui restitue la pièce d'identité que chaque visiteur devait obligatoirement confier pour pouvoir pénétrer dans l'enceinte du Palazzo Montecitorio.

– Monsieur Ullmann ? questionna l'agent.

– Oui, je sais, mon nom de journaliste diffère de celui inscrit sur mon passeport, mais regardez la photo sur ma carte de presse, ainsi que le prénom, ce sont les mêmes.

L'agent vérifia la similitude des visages et sans plus se poser de question rendit le passeport à son propriétaire.

– D'où vient cette idée de ne pas signer tes articles sous ton vrai nom. C'est une coquetterie de star ?

– C'est plus subtil que cela, répondit le reporter en passant son bras autour de la taille de Marina.

Ils traversèrent la piazza Colonna sous un soleil écrasant. De nombreux touristes se rafraîchissaient en mangeant des glaces.

– Heureusement que tu as conservé le même prénom.

– Qu'est-ce que cela aurait changé ?

– J'aime bien Tomas, et puis ça te va comme un gant, tu as une tête de Tomas.

– Ah ? Parce que les prénoms ont des têtes maintenant ? Quelle étrange idée !

– Parfaitement, reprit Marina, tu n'aurais pas pu t'appeler autrement ; je ne te vois pas du tout en Massimo ou en Alfredo ni même en Karl. Tomas, c'est exactement ce qu'il te fallait.

– Tu dis n'importe quoi, alors où va-t-on ?

– Cette chaleur et tous ces gens qui mangent des glaces, cela m'a donné envie d'une granita, allons à la Tazza d'oro, c'est sur la place du Panthéon, pas très loin.

Tomas s'arrêta au pied de la colonne Antonina. Il ouvrit sa sacoche, choisit un boîtier auquel il ajusta un objectif, s'agenouilla et photographia Marina qui contemplait les bas-reliefs sculptés à la gloire de Marc Aurèle.

– Et ça, ce n'est pas une photo prise par cinquante types ? demanda-t-elle en riant.

– Je ne savais pas que tu avais autant d'admirateurs, sourit Tomas en appuyant à nouveau sur le déclencheur, cette fois pour faire un plan serré.

– Je te parle de la colonne ! C'est moi que tu es en train de photographier ?

– La colonne ressemble à celle de la Victoire à Berlin, mais toi tu es unique.

– C'est bien ce que je disais, tout le mérite revient à ta belle gueule ; tu es un dragueur pathétique, Tomas, en Italie tu n'aurais aucune chance, allez viens, il fait trop chaud ici.

Marina prit la main de Tomas et ils laissèrent la colonne Antonina derrière eux.

*

225

Le regard de Julia parcourut de haut en bas la colonne de la Victoire qui se dressait dans le ciel de Berlin. Assis sur l'embase, Anthony haussa les épaules.

– On ne pouvait quand même pas faire mouche du premier coup, soupira-t-il. Tu reconnaîtras que si ce type dans ce bar avait été ton Tomas, la coïncidence aurait été plus que troublante.

– Je sais, je me suis trompée, c'est tout.

– Peut-être est-ce parce que tu voulais que ce soit lui.

– De dos, il avait la même silhouette, la même coupe de cheveux, une façon similaire de tourner les pages de son journal, à l'envers.

– Pourquoi le propriétaire a fait cette tête, quand on lui a demandé s'il se souvenait de lui ? Il était plutôt avenant lorsque tu lui as rappelé vos bons souvenirs.

– En tout cas, c'était gentil de sa part de me dire que je n'avais pas changé, je n'aurais jamais imaginé qu'il me reconnaîtrait.

– Mais qui pourrait t'oublier, ma fille ?

Julia donna un coup de coude complice à son père.

– Je suis certain qu'il nous a menti et qu'il se souvenait parfaitement de ton Tomas, c'est au moment où tu as prononcé son nom que le visage de ce type s'est fermé.

– Arrête de dire mon Tomas. Je ne sais même plus ce que nous faisons ici, ni à quoi sert tout cela.

– À me rappeler encore une fois que j'ai bien choisi ma date en mourant la semaine dernière !

– Tu as fini avec ça ! Si tu crois que je vais quitter Adam pour courir derrière un fantôme, tu te trompes complètement !

– Ma petite fille, au risque de t'agacer un peu plus, permets-moi de te dire que le seul fantôme dans ta vie, c'est moi. Tu me l'as assez fait savoir, alors ce n'est pas dans les circonstances présentes que tu vas m'ôter ce privilège !

– Tu n'es pas drôle du tout...

– Je ne suis pas drôle, dès que j'ouvre la bouche tu me coupes la parole... D'accord, je ne suis pas rigolo et tu n'as pas envie d'entendre ce que je te dis, mais à juger de ta réaction dans ce café lorsque tu as cru reconnaître Tomas, je n'aimerais pas être à la place d'Adam. Et maintenant, dis-moi que je me trompe !

– Tu te trompes !

– Eh bien, voilà une habitude à laquelle je serai resté fidèle ! riposta Anthony en croisant les bras.

Julia sourit.

– Qu'est-ce que j'ai encore fait ?

– Rien, rien, répondit Julia.

– Ah je t'en prie !

– Tu as quand même un petit côté vieille école que j'ignorais.

– Ne sois pas blessante s'il te plaît ! répliqua Anthony en se levant. Allez, viens je t'emmène déjeuner, il est trois heures et tu n'as rien avalé depuis ce matin.

*

En route vers son bureau, Adam s'était arrêté dans un magasin de liqueurs. Le caviste proposa un cru californien avec un excellent tanin, une belle robe, un peu fort en alcool peut-être. L'idée séduisit Adam, mais il cherchait quelque chose de plus raffiné, à l'image de la personne à qui cette bouteille était destinée. Comprenant ce que son client souhaitait, le commerçant repartit vers son arrière-boutique et en rapporta un grand bordeaux. Un millésime aussi rare ne se situait bien sûr pas dans la même gamme de prix, mais l'excellence en avait-elle un ? Julia ne lui avait-elle pas dit que son meilleur ami ne savait pas résister à l'attrait d'un bon vin, que, lorsque ce dernier était exceptionnel, Stanley ne connaissait plus ses limites ? Deux bouteilles devraient suffire à l'enivrer, et qu'il le veuille ou non, il finirait bien par lui avouer où se trouvait Julia.

*

– Reprenons depuis le début, dit Anthony installé à la terrasse d'une sandwicherie. Nous avons essayé le syndicat, il n'est inscrit sur aucune liste. Tu es convaincue qu'il est toujours journaliste, soit, fions-nous à ton instinct, même si tout nous dicte le contraire. Nous sommes retournés là où il habitait, l'immeuble a été détruit. C'est pour le moins ce qui s'appelle faire table rase du passé. J'en viens à me demander si tout cela n'est pas souhaité.

– Message reçu. Et où veux-tu en venir exactement ? Tomas a coupé tous les ponts avec l'époque qui nous reliait ; alors que faisons-nous ici ? Rentrons si c'est vraiment ce que tu penses ! s'emporta Julia en renvoyant le cappuccino que lui servait le garçon.

Anthony fit signe au serveur de le poser sur la table.

– Je sais, tu n'apprécies pas le café, mais préparé ainsi, c'est délicieux.

– Qu'est-ce que ça peut bien te faire que je préfère le thé ?

– Rien, c'est juste que cela me plairait que tu fasses un effort, je ne te demande pas grand-chose !

Julia avala une gorgée, à grand renfort de grimaces.

– Ce n'est pas la peine de faire ta dégoûtée, j'ai compris, mais, je te l'ai dit, un jour tu dépasseras l'impression d'amertume qui t'empêche d'apprécier la saveur des choses. Et puis si tu crois que ton ami a cherché à effacer tous les liens qui le rattachaient à votre histoire, tu t'accordes trop d'importance. Il a peut-être simplement rompu avec son passé, et non le vôtre. Je ne pense pas que tu aies saisi toutes les difficultés qu'il a dû rencontrer pour s'adapter à un monde dans lequel les usages étaient contraires à tout ce qu'il avait connu. Un système où chaque liberté était acquise au prix d'un désaveu des valeurs de son enfance.

– C'est toi qui prends sa défense, maintenant ?

– Il n'y a que les imbéciles qui ne changent jamais d'avis. L'aéroport est à trente minutes d'ici, nous pouvons repasser par l'hôtel, récupérer nos affaires et attraper le dernier vol. Tu dormiras cette nuit dans ton ravissant appartement de New York. Au risque de me répéter, il n'y a que les imbéciles qui ne changent jamais d'avis, tu ferais bien d'y réfléchir avant qu'il ne soit trop tard ! Tu veux rentrer ou tu préfères continuer l'enquête ?

Julia se leva ; elle avala son cappuccino d'un trait, sans sourciller, essuya sa bouche du revers de la main et reposa bruyamment la tasse sur la table.

– Alors, Sherlock, tu as une nouvelle piste à nous proposer ?

Anthony abandonna quelques pièces dans la coupelle et se leva à son tour.

– Tu ne m'as pas parlé un jour d'un copain très proche de Tomas, qui passait son temps avec vous ?

– Knapp ? C'était son meilleur ami, mais je ne me souviens pas l'avoir évoqué avec toi.

– Alors, disons que ma mémoire est plus affûtée que la tienne. Et que faisait ce Knapp déjà ? N'était-il pas journaliste ?

– Si bien sûr !

– Et tu n'aurais pas trouvé judicieux de mentionner

son nom quand nous avons eu accès ce matin à l'agenda de la presse professionnelle ?

– Je n'y ai pas pensé une seconde...

– Tu vois, c'est exactement ce que je disais, tu es en train de devenir stupide ! Allons-y !

– On retourne au syndicat ?

– Totalement stupide ! dit Anthony en levant les yeux au ciel. Je n'ai pas l'impression que nous y serons bien accueillis.

– Alors où ?

– C'est un homme de mon âge qui doit faire découvrir les merveilles de l'Internet à une jeune femme qui passe sa vie scotchée devant un écran d'ordinateur ? C'est pathétique ! Cherchons un cyber-café dans les parages et, s'il te plaît, attache tes cheveux, avec ce vent on ne voit plus ton visage.

*

Marina avait tenu à inviter Tomas. Après tout, ils se trouvaient sur son territoire et quand elle lui rendait visite à Berlin, il réglait toujours l'addition. Pour deux cafés glacés, Tomas s'était laissé faire.

– Tu as du travail aujourd'hui ? demanda-t-il.

– Tu as vu l'heure qu'il est, l'après-midi est presque passé, et puis c'est toi mon travail. Pas de photo, pas d'article !

– Alors, qu'est-ce que tu veux faire ?

– En attendant ce soir, j'irais bien me promener, il fait enfin doux, nous sommes dans la vieille ville, profitons-en.

– Il faut que j'appelle Knapp avant qu'il quitte la rédaction.

Marina passa la main sur la joue de Tomas.

– Je sais que tu es prêt à tout pour me quitter le plus vite possible, mais ne sois pas aussi inquiet, tu partiras pour la Somalie. Knapp a besoin de toi là-bas, tu me l'as expliqué cent fois. Je connais le topo par cœur. Il vise le poste de directeur de la rédaction, tu es son meilleur reporter et ton travail est vital pour sa promotion. Laisse-lui le temps de bien préparer le terrain.

– Cela fait trois semaines qu'il prépare le terrain, bon sang !

– Il prend plus de précautions parce que c'est toi ? Et alors ? Tu ne peux pas lui faire le reproche d'être aussi ton ami ! Allez, emmène-moi me promener dans ma ville.

– Tu ne serais pas en train d'inverser les rôles par hasard ?

– Si, mais avec toi j'adore ça !

– Tu te fiches de moi, là ?

– Absolument ! répliqua Marina en éclatant de rire.

Et elle l'entraîna vers les escaliers de la piazza di Spagna, pointant du doigt les deux coupoles de l'église de la Trinité-des-Monts.

– Existe-t-il un endroit plus beau que celui-ci ? demanda Marina.

– Berlin ! répondit Tomas sans aucune hésitation.

– Impensable ! Et si tu arrêtes de débiter des âneries, je t'emmènerai tout à l'heure au café Greco, tu prendras un cappuccino et tu me diras ensuite si à Berlin on en sert d'aussi bons !

*

Les yeux rivés sur l'ordinateur, Anthony essayait de décrypter les indications qui apparaissaient sur l'écran.

– Je croyais que tu parlais couramment allemand ? dit Julia.

– Parler oui, mais lire et écrire, ce n'est pas tout à

231

fait pareil, et puis ce n'est pas le problème de la langue, je ne comprends rien à ces machines.

– Pousse-toi ! ordonna Julia en reprenant les commandes du clavier.

Elle pianota à vive allure et le moteur de recherche s'afficha. Elle tapa Knapp dans la case désignée et s'interrompit soudain.

– Qu'est-ce qu'il y a ?

– Je ne me souviens pas de son nom, pour tout te dire, je ne sais même pas si Knapp est son prénom ou son nom de famille. Nous l'appelions toujours ainsi.

– Pousse-toi ! dit à son tour Anthony, et à côté de Knapp, il tapa « *Journalist* ».

Aussitôt, une liste de onze noms s'afficha. Sept hommes et quatre femmes répondaient au nom de Knapp et tous exerçaient la même profession.

– C'est lui ! s'exclama Anthony en désignant la troisième ligne. Jürgen Knapp !

– Pourquoi lui en particulier ?

– Parce que le mot *Chefredakteur* doit sûrement vouloir dire rédacteur en chef.

– Sans blague !

– Si je me souviens de la façon dont tu parlais de ce jeune homme, j'imagine qu'à quarante ans il aura été suffisamment intelligent pour faire carrière, sinon il aurait certainement changé de métier, comme ton Tomas. Félicite plutôt ma perspicacité au lieu de monter sur tes grands chevaux.

– Je ne vois pas quand je t'ai parlé de Knapp et encore moins de ce qui t'aurait permis d'établir son profil psychologique, répondit Julia, stupéfaite.

– Tu veux vraiment que l'on parle de l'acuité de tes souvenirs ? Tu veux me rappeler à quelle extrémité de la rue se trouvait le café où tu avais vécu tant de merveilleux moments ? Ton Knapp travaille à la rédaction du *Tagesspiegel*, service des informations internationales. On va lui rendre visite ou préfères-tu que nous restions là à bavasser ?

*

À l'heure où les bureaux commençaient à fermer, il leur fallut longtemps pour traverser Berlin, engorgée par les embouteillages. Le taxi les déposa devant la porte de Brandebourg. Après avoir affronté le trafic, il leur fallait maintenant se frayer un chemin entre la foule dense des habitants qui rentraient de leur travail et les essaims de touristes venus visiter ces lieux célèbres. C'était là qu'un jour un Président américain avait appelé son homologue soviétique, par-delà le mur, à la paix du monde, à abattre cette frontière de béton qui s'élevait jadis derrière les colonnes de la grande arche. Et une fois n'étant pas coutume, les deux chefs d'État s'étaient écoutés et entendus pour réunir l'Est et l'Ouest.

Julia pressa le pas, Anthony peinait à la suivre. Plusieurs fois, il cria son nom, certain de l'avoir perdue, mais il finissait toujours par repérer sa silhouette dans la cohue qui avait envahi Pariserplatz.

Elle l'attendit à la porte du bâtiment. Ensemble ils se présentèrent à l'accueil. Anthony demanda à voir Jürgen Knapp. La réceptionniste était en ligne. Elle mit son appel en attente et demanda s'ils avaient rendez-vous.

– Non, mais je suis certain qu'il sera ravi de nous recevoir, affirma Anthony.

– Qui dois-je annoncer ? demanda la réceptionniste en admirant le foulard qui retenait les cheveux de la femme accoudée à son pupitre.

– Julia Walsh, répondit cette dernière.

Assis derrière son bureau au deuxième étage, Jürgen Knapp demanda à sa correspondante de bien vouloir lui répéter le nom qu'elle venait de prononcer. Il la pria de ne pas quitter, étouffa le combiné dans le creux de sa main et avança jusqu'à la vitre qui surplombait la verrière en contrebas.

D'ici, il bénéficiait d'une vue plongeante sur le hall et plus particulièrement sur l'accueil. La femme qui enlevait son foulard pour passer sa main dans ses cheveux, même si ceux-ci étaient plus courts que dans son souvenir, cette femme à l'élégance naturelle et qui faisait maintenant les cent pas sous ses fenêtres, était sans conteste celle qu'il avait connue il y a dix-huit ans.

Il reprit le combiné.

– Dites que je ne suis pas là, que je suis en voyage cette semaine, dites même que je ne rentrerai pas avant la fin du mois. Et je vous en prie, soyez crédible !

– Très bien, répondit la réceptionniste, veillant à ne pas prononcer le nom de son interlocuteur. J'ai un correspondant en ligne pour vous, je vous mets en relation ?

– Qui est-ce ?

– Je n'ai pas eu le temps de le demander.

– Passez-moi l'appel.

La réceptionniste raccrocha et joua son rôle à la perfection.

*

– Jürgen ?

– Qui est à l'appareil ?

– Tomas, tu ne reconnais plus ma voix ?

– Si, bien sûr, pardonne-moi, j'étais distrait.

– Je suis en attente depuis au moins cinq minutes, je t'appelle de l'étranger ! Tu étais en ligne avec un ministre pour me faire patienter si longtemps ?

– Non, non, je suis désolé, rien d'important. J'ai

une bonne nouvelle pour toi, je comptais te l'annoncer ce soir, j'ai le feu vert, tu pars pour la Somalie.

– Formidable, s'exclama Tomas, je repasse à Berlin et je fonce là-bas.

– Ce ne sera pas la peine, reste à Rome, je fais établir un billet électronique et nous t'envoyons tous les documents nécessaires par courrier express, tu les auras dans la matinée.

– Tu es certain que ce n'est pas mieux que je vienne te voir à la rédaction ?

– Non, fais-moi confiance, nous avons assez attendu ces autorisations, et il n'y a plus un jour à perdre. Ton vol pour l'Afrique part de Fiumicino en fin d'après-midi, je t'appellerai demain matin avec tous les détails.

– Tu vas bien ? demanda Tomas, tu as une drôle de voix...

– Tout va pour le mieux. Tu me connais, c'est juste que j'aurais voulu être avec toi pour fêter ce départ.

– Je ne sais pas comment te dire merci, Jürgen ; je ramènerai de là-bas un prix Pulitzer pour moi et une promotion de directeur de la rédaction du service étranger pour toi !

Tomas raccrocha. Knapp regarda Julia et l'homme qui l'accompagnait traverser le hall et quitter l'enceinte du journal.

Il retourna derrière son bureau et reposa le combiné sur son socle.

17.

Tomas rejoignit Marina qui l'attendait assise en haut des grands escaliers de la piazza di Spagna. La place était bondée.

– Alors, tu lui as parlé ? demanda Marina.

– Viens, il y a trop de monde par ici, on étouffe ; allons faire un peu de lèche-vitrines et si nous retrouvons le magasin où tu as vu ce foulard de toutes les couleurs, je te l'offre.

Marina fit glisser ses lunettes de soleil sur le bout de son nez et se leva sans ajouter un mot.

– Ce n'est pas du tout la direction de la boutique, cria Tomas à son amie qui descendait d'un pas pressé vers la fontaine.

– Non, c'est même à l'opposé, et de toute manière je n'en veux pas de ton foulard !

Tomas courut derrière elle et la rattrapa au pied des marches.

– Hier, tu en rêvais !

– Tu l'as dit, c'était hier, et aujourd'hui je n'en veux plus ! Les femmes sont comme ça, elles changent d'avis et vous les hommes vous êtes des imbéciles.

– Qu'est-ce qu'il y a ? demanda Tomas.

– Il y a que si tu voulais vraiment m'offrir un cadeau, il fallait que tu le choisisses toi, que tu fasses faire un joli paquet, que tu le caches comme une surprise, parce que cela aurait été une surprise. Ça s'appelle être attentionné Tomas, c'est une chose rare que les femmes apprécient beaucoup. Et si je peux te rassurer, ce n'est pas pour autant qu'on va vous passer la bague au doigt.

– Je suis désolé, je pensais te faire plaisir.

– Eh bien, c'est tout le contraire. Je ne veux pas d'un cadeau que l'on offre pour se faire pardonner.

– Mais je n'ai rien à me faire pardonner !

– Ah non ? On croirait Pinocchio tellement ton nez s'allonge ! Viens, allons plutôt fêter ton départ au lieu de nous disputer. C'est bien ce que Knapp t'a annoncé au téléphone, n'est-ce pas ? Tu as intérêt à trouver une bonne table où m'emmener dîner ce soir.

Et Marina se remit en marche sans attendre Tomas.

*

Julia ouvrit la portière du taxi, Anthony avança vers la porte à tambour de leur hôtel.

– Il y a certainement une solution. Ton Tomas n'a pas pu se volatiliser. Il est quelque part et nous le retrouverons, c'est juste une question de patience.

– En vingt-quatre heures ? Il ne nous reste que la journée de demain, nous reprenons l'avion samedi. Tu ne l'as pas oublié ?

– C'est pour moi que le temps est compté, Julia, tu as la vie devant toi. Si tu veux aller jusqu'au bout de cette aventure tu reviendras, seule, mais tu reviendras. Au moins, ce voyage nous aura tous les deux réconciliés avec cette ville. Ce n'est déjà pas si mal.

– C'est pour cela que tu m'as entraînée jusqu'ici ? Pour avoir la conscience en paix ?

– Libre à toi de voir les choses ainsi. Je ne peux pas te forcer à me pardonner ce que je referais peut-être dans les mêmes circonstances. Mais ne nous disputons pas, pour une fois faisons tous les deux un effort. Tout peut encore arriver en une journée, crois-moi.

Julia détourna le regard. Sa main frôlait celle d'Anthony, il hésita un instant mais renonça, traversa le hall et s'arrêta devant les ascenseurs.

– Je crains de ne pouvoir te tenir compagnie ce soir, déclara-t-il à sa fille. Ne m'en veux pas, je suis fatigué. Il serait sage que j'économise mes batteries pour demain ; je n'aurais jamais imaginé qu'on puisse dire cette phrase au sens propre.

– Va te reposer. Moi aussi je suis épuisée, je dînerai d'un plateau dans ma chambre. Nous nous retrouverons au petit déjeuner, je viendrai le prendre avec toi si tu veux.

– C'est bien, dit Anthony en souriant.

La cabine les entraîna vers les étages, Julia descendit la première. Quand les portes se refermèrent, elle salua son père d'un petit geste de la main et resta sur le palier, guettant les chiffres rouges qui défilaient sur le cadran au-dessus de sa tête.

À peine arrivée dans sa chambre, Julia se fit couler un bain brûlant, elle y versa le contenu des deux flacons d'huiles essentielles posés sur le rebord de la baignoire et retourna sur ses pas se commander un bol de céréales et une assiette de fruits auprès du room-service. Elle en profita pour allumer l'écran plasma accroché au mur, juste en face du lit, y abandonna ses affaires et entra dans la salle de bains.

*

Knapp s'examina longuement dans le miroir. Il ajusta son nœud de cravate et jeta un dernier regard sur lui avant de sortir des toilettes. À vingt heures précises, l'exposition dont il avait été l'instigateur serait inaugurée au palais de la Photographie par le ministre de la Culture. La surcharge de travail engendrée par ce projet avait été considérable, mais l'enjeu, capital pour l'avancement de sa carrière. Si la soirée s'avérait réussie, si ses confrères de la presse écrite louaient dans leurs éditions du lendemain le fruit de ses efforts, il ne tarderait plus à s'installer dans le grand bureau en verre à l'entrée de la salle de rédaction. Knapp regarda la pendule dans le hall de l'immeuble, il avait un quart d'heure d'avance, largement le temps de traverser à pied Pariserplatz et d'aller se placer en bas des marches au-devant du tapis rouge, pour accueillir le ministre et les caméras de télévision.

*

Adam roula en boule la feuille de cellophane qui entourait son sandwich et visa la corbeille accrochée à un réverbère du parc. Il rata son tir et se leva pour ramasser le papier gras. Dès qu'il approcha de la pelouse, un écureuil releva la tête et se dressa sur ses pattes arrière.

– Je suis désolé, mon vieux, dit Adam, je n'ai pas de noisettes dans mes poches et Julia n'est pas en ville. On s'est fait plaquer tous les deux.

Le petit animal le regarda, dodelinant de la tête à chaque parole prononcée.

– Je ne crois pas que les écureuils aiment la charcuterie, dit-il en lui lançant un bout de jambon qui dépassait entre les tranches de pain de mie.

Le rongeur refusa ce qui lui était offert et repartit gambader le long d'un tronc d'arbre. Une joggeuse s'arrêta à la hauteur d'Adam.

– Vous parlez aux écureuils ? Moi aussi, j'adore quand ils accourent et que leurs petites frimousses s'agitent dans tous les sens.

– Je sais, les femmes les trouvent irrésistibles, pourtant, ce sont des cousins germains des rats, dit Adam en bougonnant.

Il jeta son sandwich dans la corbeille et s'éloigna, mains dans les poches.

*

On frappa à la porte. Julia attrapa le gant de toilette et essuya à la hâte le masque qui recouvrait son visage. Elle sortit du bain et enfila le peignoir accroché à la patère. Elle traversa la pièce, ouvrit au garçon d'étage et lui demanda de poser son plateau sur le lit. Elle prit un billet dans son sac, le glissa dans la note qu'elle signa et rendit au garçon. Dès qu'il fut parti, elle s'installa sous les draps et commença à picorer dans l'assiette de céréales. Télécommande en main, elle fit défiler les chaînes sur l'écran, à la recherche d'un programme qui ne serait pas en allemand.

Trois chaînes espagnoles, une suisse et deux françaises plus tard, elle renonça à regarder les images de guerre diffusées sur CNN – trop violentes –, celles des cours de la bourse sur Bloomberg – aucun intérêt, elle était nulle en maths –, le jeu présenté sur la RAI – l'animatrice était trop vulgaire à son goût – et recommença au début.

*

Le cortège arriva précédé de deux motards. Knapp se hissa sur la pointe des pieds. Son voisin essaya de passer devant lui, il donna du coude pour reprendre sa place, son collègue n'avait qu'à être là plus tôt. Déjà, la berline noire s'arrêtait devant lui. Un garde du corps ouvrit la portière et le ministre descendit, accueilli par une nuée de caméras. Accompagné du directeur de l'exposition, Knapp fit un pas en avant et s'inclina pour saluer le haut fonctionnaire avant de l'escorter le long du tapis rouge.

*

Julia parcourait le menu, pensive. De l'assiette de céréales, seul un raisin sec subsistait, et deux pépins dans la coupe de fruits. Impossible de faire son choix, elle hésitait entre un fondant au chocolat, un strudel, des pancakes et un club sandwich. Elle examina attentivement son ventre, ses hanches, et jeta le menu à l'autre bout de la pièce. Le journal télévisé s'achevait sur les images terriblement glamour d'un vernissage mondain. Hommes et femmes, notables en habit du soir, foulaient un tapis rouge sous les crépitements des flashs. Une élégante robe longue portée par une actrice ou une chanteuse, probablement berlinoise, attira son attention. Aucun visage dans cet aréopage de personnalités ne lui était familier, sauf un ! Elle se leva d'un bond d'un seul, en renversa son plateau et alla se coller devant l'écran de télévision. Elle était certaine d'avoir reconnu celui qui venait d'entrer dans le bâtiment, souriant à l'objectif qui zoomait sur lui. La caméra panneauta vers les colonnades de la porte de Brandebourg.

– Le beau salaud ! s'exclama Julia en se précipitant vers la salle de bains.

*

Le concierge lui assura que la soirée en question ne pouvait avoir lieu ailleurs qu'au Stiftung Brandenburger. Le palais faisait partie des dernières nouveautés architecturales de Berlin, et depuis les marches on jouissait en effet d'une parfaite vue sur les colonnes. Le vernissage dont lui parlait Julia était sans aucun doute celui organisé par le *Tagesspiegel*. Mlle Walsh n'avait aucune raison de s'y précipiter de la sorte, la grande exposition de photos de presse durerait jusqu'à la date anniversaire de la chute du mur, soit encore cinq mois. Si Mlle Walsh le souhaitait, il pourrait certainement lui obtenir deux invitations avant demain midi. Mais ce que Julia voulait, c'était le moyen de se procurer une robe de soirée sur-le-champ.

– Il est bientôt vingt et une heures, mademoiselle Walsh !

Julia ouvrit son sac, en versa le contenu sur le comptoir, fit le tri de tout ce qui s'y trouvait, dollars, euros, pièces de monnaie, elle retrouva même un vieux deutsche Mark dont elle ne s'était jamais séparée, ôta sa montre et poussa le tout des deux mains comme le ferait un joueur sur le tapis vert de la fortune.

– Qu'elle soit rouge, violette ou jaune peu importe, je vous en supplie dénichez-moi une robe de soirée.

Le concierge la regarda, consterné. Il haussa le sourcil gauche. Conscience professionnelle oblige, il ne pouvait pas laisser la fille de M. Walsh dans l'embarras. Il trouverait une solution à son problème.

– Rangez-moi ce désordre dans votre sac et suivez-moi, dit-il en entraînant Julia vers la buanderie.

Même dans la pénombre des lieux, la robe qu'il lui présenta semblait de toute beauté. Elle appartenait à une cliente qui occupait la suite 1206. La maison de couture l'avait fait livrer à une heure où on ne dérangeait plus Mme la comtesse, expliqua le concierge. Il allait de soi qu'aucune tache ne serait tolérée et que, telle Cendrillon, Julia devait la lui restituer avant le douzième coup de minuit.

Il la laissa seule dans la buanderie et l'invita à suspendre ses affaires à un cintre.

Julia se dévêtit, enfila la délicate pièce de haute couture avec mille précautions. Il n'y avait aucune glace où se regarder, elle chercha son reflet dans le métal d'un portant, mais le cylindre lui renvoyait une image déformée. Elle détacha ses cheveux, se maquilla à l'aveuglette, abandonna son sac avec son pantalon, son pull, et reprit le chemin obscur qui menait vers le hall.

Le concierge lui fit signe de s'approcher. Julia obéit sans discuter. Un miroir habillait le mur derrière lui, mais dès que Julia voulu vérifier son apparence, il se posta en face d'elle pour l'en empêcher.

– Non, non, non ! dit-il alors que Julia faisait une nouvelle tentative. Si mademoiselle m'autorise...

Et sortant un mouchoir en papier de son tiroir, il corrigea le trait de rouge à lèvres qui débordait.

– Maintenant vous pouvez vous admirer ! conclut-il en s'écartant.

Julia n'avait jamais rien vu d'aussi magnifique que cette robe. Bien plus belle que toutes celles dont elle avait rêvé devant les vitrines des plus grands couturiers.

– Je ne sais pas comment vous remercier ! murmura-t-elle ébahie.

– Vous faites honneur à son créateur, je suis sûr qu'elle vous va cent fois mieux qu'à la comtesse, chuchota-t-il. Je vous ai commandé une voiture, elle vous attendra sur place et vous raccompagnera à l'hôtel.

– J'aurais pu prendre un taxi.

– Avec un vêtement pareil, vous plaisantez ! Considérez que c'est votre carrosse, et mon assurance. Cendrillon, vous vous souvenez ? Bonne soirée, mademoiselle Walsh, dit le concierge en l'accompagnant jusqu'à la limousine.

Une fois dehors, Julia se hissa sur la pointe des pieds pour embrasser le concierge.

– Mademoiselle Walsh, une dernière faveur...

– Tout ce que vous vous voudrez !

– Nous avons la chance que cette robe soit longue, très longue même. Alors par pitié, ne la relevez pas de cette façon. Vos espadrilles ne sont pas du tout assorties à votre tenue !

*

Le serveur posa un plat d'antipasti sur la table. Tomas servit quelques légumes grillés à Marina.

– Je peux savoir pourquoi tu portes des lunettes de soleil dans un restaurant où la lumière est si tamisée que je n'ai même pas pu lire la carte ?

– Parce que ! répondit Marina.

– C'est une explication qui a le mérite d'être claire, répliqua Tomas en se moquant d'elle.

– Parce que je ne veux pas que tu voies le regard.

– Quel regard ?

– LE regard.

– Ah ! Excuse-moi, mais je ne comprends pas un mot de ce que tu dis.

– Je te parle de ce regard que, vous les hommes, vous voyez dans nos yeux quand nous sommes bien avec vous.

– Je ne savais pas qu'il y avait un regard spécifique pour cela.

– Si, tu es comme tous les hommes, tu sais très bien le reconnaître, va !

– D'accord, puisque tu le dis ! Et pourquoi ne devrais-je pas voir ce regard, qui trahirait que pour une fois tu es bien avec moi ?

– Parce que si tu le voyais, tu commencerais tout de suite à réfléchir à la meilleure manière de me quitter.

– Mais qu'est-ce que tu racontes ?

– Tomas, la plupart des hommes qui comblent leur

245

solitude en entretenant une complicité sans attache, avec des paroles amoureuses, mais jamais des mots d'amour, tous ces hommes-là redoutent de voir un jour chez la femme qu'ils fréquentent LE regard !

– Mais quel regard à la fin ?

– Celui qui vous fait croire que nous sommes folles amoureuses de vous ! Que nous en voudrions plus. Des choses stupides comme faire des projets de vacances, des projets tout court ! Et si nous avons le malheur de sourire devant vous en croisant un landau dans la rue alors là, c'est foutu !

– Et derrière ces lunettes noires, il y aurait ce regard-là ?

– Prétentieux ! J'ai mal aux yeux, c'est tout, qu'est-ce que tu vas imaginer ?

– Pourquoi me dis-tu tout ça, Marina ?

– Quand vas-tu te décider à m'annoncer que tu pars pour la Somalie, avant ou après ton tiramisu ?

– Qui te dit que je vais prendre un tiramisu ?

– Depuis deux ans que je te connais et que nous travaillons ensemble, je te regarde vivre.

Marina poussa ses lunettes vers le bout de son nez et les laissa tomber dans son assiette.

– D'accord, je pars demain ! Mais je viens seulement de l'apprendre.

– Tu rentres déjà demain à Berlin ?

– Knapp préfère que je prenne l'avion pour Mogadiscio directement d'ici.

– Cela fait trois mois que tu attends ce départ, trois mois que tu attends qu'il t'en parle, ton ami claque des doigts et toi tu obéis !

– Il s'agit juste de gagner une journée, nous avons perdu assez de temps comme ça.

– C'est lui qui t'a fait perdre ton temps et c'est toi qui lui rends service. Il a besoin de toi pour sa promotion alors que tu n'as pas besoin de lui pour décrocher un prix. Avec le talent que tu as, tu pourrais l'obtenir en photographiant un chien qui pisse sur un réverbère !

– Où veux-tu en venir ?

– Affirme-toi, Tomas, arrête de passer ta vie à fuir les gens que tu aimes au lieu de les affronter. Moi la première. Dis-moi par exemple que je t'emmerde avec ma conversation, que nous ne sommes que des amants et que je n'ai pas à te faire la morale et dis à Knapp qu'on ne part pas en Somalie sans être repassé chez soi, avoir préparé une valise et embrassé ses amis ! Surtout quand on ne sait pas quand on revient.

– Tu as peut-être raison.

Tomas prit son portable.

– Qu'est-ce que tu fais ?

– Eh bien, tu vois, j'envoie un message à Knapp en le prévenant de faire établir mon billet à la date de samedi au départ de Berlin.

– Je te croirai quand tu auras appuyé sur la touche d'envoi !

– Et là je pourrai avoir LE regard ?

– Peut-être...

*

La limousine s'immobilisa devant le tapis rouge. Julia dut se contorsionner pour en descendre sans dévoiler ses chaussures. Elle gravit l'escalier, une série de flashs la cueillit au haut des marches.

– Je ne suis personne ! dit-elle au cameraman qui ne comprenait pas l'anglais. À la porte, l'huissier admira l'incroyable robe de Julia. Aveuglé par la lumière crue de la caméra qui filmait son entrée, il jugea inutile de lui demander son carton d'invitation.

La salle était immense. Le regard de Julia parcourut la foule. Verre à la main, les invités flânaient, admirant les gigantesques photos. Julia répondit d'un sourire forcé aux salutations de gens qu'elle ne connaissait pas, apanage des mondanités. Un peu plus loin, une harpiste juchée sur une estrade jouait Mozart. Traversant ce qui avait l'apparence d'un ballet ridicule, Julia déambulait à la recherche de sa proie.

Une photographie qui s'élevait sur près de trois mètres de haut attira son regard. Le cliché avait été saisi dans des montagnes du Kandahar ou du Tadjikistan, ou à la frontière du Pakistan peut-être ? L'uniforme du soldat qui gisait dans le fossé ne permettait pas de l'affirmer de façon certaine et l'enfant à ses côtés, qui semblait vouloir le rassurer, ressemblait à tous les enfants du monde, aux pieds nus.

Une main se posa sur son épaule et la fit sursauter.

– Tu n'as pas changé. Qu'est-ce que tu fais ici ? Je ne te savais pas sur la liste des convives. C'est une heureuse surprise, tu es de passage dans notre ville, demanda Knapp ?

– Et toi, qu'est-ce que tu fais là ? Je te croyais en voyage jusqu'à la fin du mois, c'est en tout cas ce que l'on m'a dit quand je me suis présentée à tes bureaux cet après-midi. On ne t'a pas laissé le message ?

– Je suis rentré plus tôt que prévu. Je suis venu directement de l'aéroport.

– Il faudra que tu t'entraînes, tu mens mal, Knapp ; je sais de quoi je parle ; j'ai acquis une certaine expérience en la matière, ces derniers jours.

– Bon, d'accord. Mais comment voulais-tu que j'imagine une seconde que c'était toi qui me demandais ? Je n'ai pas eu de tes nouvelles depuis vingt ans.

– Dix-huit ! Tu connais d'autres Julia Walsh ?

– J'avais oublié ton nom de famille, Julia, pas ton prénom certes, mais je n'ai pas fait le rapprochement. J'ai des responsabilités maintenant, et il y a tant de personnes qui essayent de me vendre leurs histoires sans intérêt, je suis obligé de filtrer.

– Merci du compliment !

– Qu'est-ce que tu viens faire à Berlin, Julia ?

– Elle leva les yeux vers le cliché accroché au mur. Il était signé d'un certain T. Ullmann.

– Tomas aurait pu prendre cette photo, elle lui ressemble, dit Julia la voix triste.

– Mais Tomas n'est plus journaliste depuis des années ! Il ne vit même plus en Allemagne. Il a tiré un trait sur tout cela.

Julia encaissa le coup, se forçant à ne laisser paraître aucune émotion. Knapp enchaîna :

– Il vit à l'étranger.

– Où ?

– En Italie, avec sa femme, nous ne nous parlons plus très souvent ; une fois par an, pas plus et pas toutes les années.

– Vous êtes fâchés ?

– Non, rien de tel ; la vie tout simplement. J'ai fait de mon mieux pour l'aider à réaliser son rêve, mais, à son retour d'Afghanistan, il n'était plus le même homme. Tu devrais le savoir mieux que moi, non ? Il a choisi une autre voie.

– Non, je n'en savais rien ! rétorqua Julia en serrant les mâchoires.

– Aux dernières nouvelles, il tenait un restaurant avec son épouse à Rome. Maintenant, si tu veux bien m'excuser, j'ai d'autres invités dont je dois m'occuper. J'ai été ravi de te revoir, je suis désolé que cela soit si bref. Tu repars bientôt ?

– Dès demain matin ! répondit Julia.

– Tu ne m'as toujours pas révélé l'objet de ta visite à Berlin, voyage professionnel ?

– Au revoir, Knapp.

Julia partit sans se retourner. Elle accéléra le pas et

dès qu'elle eut franchi les grandes portes vitrées, elle se mit à courir sur le tapis rouge vers la voiture qui l'attendait.

*

De retour à l'hôtel, Julia traversa le hall à la hâte et emprunta la porte dérobée qui donnait sur le couloir de la buanderie. Elle enleva la robe, la remit en bonne place sur son cintre et enfila son jean et son pull. Elle entendit un toussotement derrière elle.

– Vous êtes visible ? demanda le concierge qui se masquait les yeux d'une main et de l'autre tendait une boîte de Kleenex.

– Non ! hoqueta Julia.

Le concierge tira un mouchoir en papier et le lui offrit par-dessus l'épaule.

– Merci, répondit-elle.

– Il me semblait bien tout à l'heure en vous voyant passer que votre maquillage avait quelque peu coulé. La soirée ne fut pas à la hauteur de vos espérances ?

– C'est le moins qu'on puisse dire, répondit Julia en reniflant.

– C'est hélas parfois ce qui arrive... L'imprévu n'est jamais sans risque !

– Mais rien de tout cela n'était prévu, bon sang ! Ni ce voyage, ni cet hôtel, ni cette ville, ni tout ce battage inutile. Je menais ma vie comme je le voulais, alors pourquoi...

Le concierge fit un pas vers elle, juste ce qu'il fallait pour qu'elle s'abandonne sur son épaule, et tapota délicatement dans son dos, tentant du mieux qu'il le pouvait de la consoler.

– Je ne sais pas ce qui vous attriste ainsi, mais si vous m'y autorisez... vous devriez partager votre chagrin avec votre père, il vous serait sûrement d'un grand réconfort. Vous avez la chance de l'avoir encore avec vous et vous avez l'air si complices tous les deux. Je suis certain que c'est un homme qui sait écouter.

– Alors là, si vous saviez, vous avez tout faux, mais alors sur toute la ligne ; mon père et moi complices ? Lui, à l'écoute des autres ? On ne doit pas parler du même homme.

– J'ai eu le plaisir de servir plusieurs fois M. Walsh, mademoiselle, et je peux vous assurer qu'il a toujours été un gentleman.

– Il n'y a pas plus individualiste que lui !

– Nous ne parlons en effet pas du même homme. Celui que je connais a toujours été bienveillant. Il parle de vous comme de sa seule réussite.

Julia resta sans voix.

– Allez voir votre père, je suis sûr que son oreille sera complice.

– Plus rien dans ma vie ne ressemble à rien. De toute façon, il dort, il était épuisé.

– Il a dû reprendre des forces, je viens de lui monter un plateau-repas.

– Mon père a commandé à manger ?

– C'est exactement ce que je viens de vous dire, mademoiselle.

Julia enfila ses espadrilles et remercia le concierge en l'embrassant sur la joue.

– Il est bien entendu que cette conversation n'a jamais eu lieu, je peux compter sur vous ? dit le concierge.

– Nous ne nous sommes même pas vus ! promit Julia.

– Et nous pouvons remettre cette robe sous sa housse sans crainte qu'elle ne soit tachée ?

Julia leva la main droite et rendit son sourire au concierge qui lui suggérait de filer.

Elle retraversa le hall et emprunta l'ascenseur. La

cabine s'arrêta au sixième, Julia hésita et appuya sur le bouton du dernier étage.

On pouvait entendre le son de la télévision depuis le couloir. Julia frappa, son père ouvrit aussitôt.

– Tu étais sublime dans cette robe, dit-il en se rallongeant sur le lit.

Julia regarda sur l'écran les nouvelles du soir qui rediffusaient les images du vernissage.

– Difficile de rater une telle apparition. Je ne t'avais jamais vue aussi élégante, mais cela ne fait que confirmer ce que je pense, il serait grand temps que tu abandonnes ces jeans troués qui ne sont plus de ton âge. Si j'avais été au courant de tes projets, je t'aurais accompagnée. J'aurais été extrêmement fier d'être à ton bras.

– Je n'avais aucun projet, je regardais le même programme que toi, Knapp est apparu sur le tapis rouge, alors j'y suis allée.

– Intéressant ! dit Anthony en se redressant. Pour quelqu'un qui prétendait être absent jusqu'à la fin du mois... ou il nous a menti, ou il a le don d'ubiquité. Je ne te demande pas comment s'est déroulée votre rencontre ? Tu m'as l'air d'être dans un drôle d'état.

– C'est moi qui avais raison, Tomas est marié. Et c'est toi qui avais raison, il n'est plus journaliste..., expliqua Julia en se laissant glisser dans un fauteuil. Elle regarda le plateau-repas posé sur la table basse devant elle.

– Tu t'es commandé à dîner ?

– C'est pour toi que j'ai commandé ce repas.

– Tu savais que j'allais venir frapper à ta porte ?

– Je sais plus de choses que tu ne le crois. Lorsque je t'ai vue à ce vernissage et connaissant ton engouement pour les mondanités, je me suis bien douté qu'il se passait quelque chose. J'ai imaginé que Tomas avait réapparu pour que tu files ainsi au milieu de la nuit. Enfin, c'est ce que je me suis dit quand le concierge m'a appelé pour me demander l'autorisation de te commander une limousine. J'avais fait préparer une douceur si ta soirée ne se passait pas comme prévue. Soulève la cloche, ce ne sont que des pancakes, ça ne remplace pas l'amour, mais avec le sirop d'érable dans le petit pot à côté, il y a là de quoi effacer un gros coup de cafard.

*

Dans la suite voisine, une comtesse regardait, elle aussi, l'édition de nuit du journal télévisé. Elle pria son mari de lui faire penser dès le lendemain à joindre son ami Karl pour le féliciter. Elle se devait néanmoins de l'avertir que la prochaine fois qu'il dessinerait une robe exclusive à son attention, il serait préférable qu'elle soit vraiment unique et qu'elle ne la voit pas portée par une autre jeune femme, qui de surcroît était mieux foutue qu'elle. Karl comprendrait certainement qu'elle la lui renvoie, la pièce bien que somptueuse n'avait plus grand intérêt à ses yeux !

*

Julia raconta à son père tous les détails de sa soirée. Le départ inopiné pour le bal maudit, sa conversation avec Knapp et son retour pathétique, sans comprendre ni s'avouer pourquoi une telle émotion l'avait saisie. Ce n'était pas d'apprendre que Tomas avait fait sa vie, cela elle s'en doutait depuis le début et comment aurait-il pu en être autrement ? Le plus pénible, et elle n'aurait pu dire pourquoi, était d'apprendre qu'il avait renoncé au journalisme. Anthony l'écouta sans l'interrompre, sans faire le moindre commentaire. Avalant sa dernière bouchée de pancake, elle remercia son père de cette surprise qui, à défaut de lui avoir remis les idées en place, lui avait certainement fait prendre un kilo. Il n'y avait plus aucun intérêt à rester ici. Signes de la vie ou pas, il n'y avait plus rien à chercher, il ne restait qu'à remettre un peu d'ordre dans son existence. Elle préparerait son sac avant de se coucher et ils pourraient tous deux reprendre l'avion dès le lendemain matin. Cette fois, ajouta-t-elle avant de sortir, c'était elle qui ressentait une impression de déjà-vu, de déjà-trop-vu, pour utiliser les mots justes.

Elle ôta ses chaussures dans le couloir et redescendit dans sa chambre en empruntant l'escalier de service.

À peine Julia partie, Anthony prit son téléphone. Il était seize heures à San Francisco, son correspondant décrocha à la première sonnerie.

– Pilguez à l'appareil !

– Je te dérange ? C'est Anthony.

– Les vieux amis ne se dérangent jamais, que me vaut le plaisir de t'entendre, cela fait si longtemps ?

– J'ai un service à te demander, une petite enquête, si c'est toujours dans tes cordes.

– Si tu savais ce que je m'ennuie depuis que je suis à la retraite, même si tu m'appelles pour me dire que tu as perdu tes clés, je veux bien m'occuper du dossier !

– As-tu gardé des contacts à la police des frontières, quelqu'un au bureau des visas qui pourrait faire une recherche pour nous ?

– J'ai encore le bras long, qu'est-ce que tu crois !

– Eh bien, j'ai besoin que tu l'allonges au maximum, voilà de quoi il s'agit...

La conversation entre les vieux compères dura une bonne demi-heure. L'inspecteur Pilguez promit à Anthony de lui obtenir les informations qu'il demandait dès que possible.

Il était vingt heures à New York. Un petit panneau apposé sur la porte du magasin d'antiquités indiquait qu'il était fermé jusqu'au lendemain. À l'intérieur, Stanley aménageait les étagères d'une bibliothèque fin XIXe reçue dans l'après-midi. Adam frappa à la vitrine.

– Mais quelle sangsue ! soupira Stanley en se cachant derrière un buffet.

– Stanley, c'est moi, Adam ! Je sais que vous êtes là !

Stanley s'accroupit, retenant son souffle.

– J'ai deux bouteilles de château-lafite !

Stanley releva lentement la tête.

– 1989 ! cria Adam depuis la rue.

La porte du magasin s'ouvrit.

– Je suis désolé, je faisais du rangement, je ne vous avais pas entendu, dit Stanley en laissant entrer son visiteur. Vous avez déjà dîné ?

18.

Tomas s'étira et se glissa hors du lit, attentif à ne pas réveiller Marina qui dormait à ses côtés. Il descendit l'escalier en colimaçon et traversa le salon à l'étage inférieur du duplex. Passant derrière le comptoir du bar, il posa une tasse sous la buse de la machine à café, recouvrit l'appareil d'une serviette pour en étouffer le bruit et appuya sur le bouton. Il fit coulisser la baie vitrée et sortit sur la terrasse profiter des premiers rayons de soleil qui caressaient déjà les toits de Rome. Il s'approcha de la balustrade et regarda la rue en contrebas. Un livreur déchargeait des cagettes de légumes devant l'épicerie qui jouxtait le café, au rez-de-chaussée de l'immeuble de Marina.

Une forte odeur de pain grillé précéda une bordée de jurons en italien. Marina apparut en peignoir, l'air maussade.

— Deux choses ! dit-elle. La première, tu es à poil et je doute que mes voisins d'en face apprécient le spectacle au petit déjeuner.

— Et la seconde ? questionna Tomas sans se retourner.

— On descend prendre le nôtre en bas, il n'y a plus rien à manger ici.

— N'avions-nous pas acheté des ciabattas hier soir ? demanda Tomas moqueur.

– Habille-toi ! répondit Marina en retournant dans l'appartement.

– Bonjour quand même ! grommela Tomas.

Une vieille dame qui arrosait ses plantes lui fit un grand salut de la main depuis son balcon situé de l'autre côté de la ruelle. Tomas lui sourit et quitta la terrasse.

Il n'était pas encore huit heures et l'air était déjà chaud. Le patron de la trattoria arrangeait sa devanture ; Tomas l'aida à sortir les parasols sur le trottoir. Marina s'assit à une table et attrapa un croissant dans une corbeille de viennoiseries.

– Tu comptes faire cette tête toute la journée ? demanda Tomas en se servant à son tour. C'est parce que je m'en vais que tu es en colère ?

– Je sais maintenant ce qui me séduit chez toi Tomas, c'est ton sens de l'à-propos.

Le propriétaire des lieux déposa devant eux deux cappuccinos fumants. Il regarda le ciel, priant pour qu'un orage éclate avant la fin de la journée et complimenta Marina sur sa beauté matinale. Il fit un clin d'œil à Tomas et rentra dans son établissement.

– Et si on ne se gâchait pas cette matinée, reprit Tomas.

– Mais oui, quelle belle idée. Pourquoi ne finis-tu pas ton croissant et puis tu montes me sauter ; ensuite une bonne douche dans ma salle de bains pendant que je joue la conne de service à faire ton sac. Un petit baiser sur le pas de la porte et puis tu disparais pour deux trois mois, ou pour toujours. Oh, et puis ne réponds rien, quoi que tu dises maintenant ce sera idiot.

– Viens avec moi !

– Je suis correspondante, pas reporter.

– On part ensemble, on passe la soirée à Berlin et demain quand je m'envolerai pour Mogadiscio, tu rentreras à Rome.

Marina se retourna pour faire signe au patron de lui apporter un autre café.

– Tu as raison, des adieux à l'aéroport c'est beaucoup mieux, un peu de pathos ne peut pas faire de mal, n'est-ce pas ? !

– Ce qui ne ferait pas de mal, c'est que tu viennes te montrer à la rédaction du journal, ajouta Tomas.

– Bois ton café pendant qu'il est chaud !

– Si tu disais oui au lieu de râler, je te prendrais un billet.

*

Une enveloppe apparut sous la porte. Anthony grimaça en se baissant pour la ramasser. Il décacheta le pli et lut la télécopie adressée à son intention.

« Désolé, je n'ai pas encore abouti mais je ne renonce pas. Espère obtenir des résultats un peu plus tard. » Le message était signé GP, initiales de George Pilguez.

Anthony Walsh s'installa au bureau de sa suite et griffonna un message à l'attention de Julia. Il appela la conciergerie pour qu'on mette à sa disposition une voiture avec chauffeur. Il quitta ses appartements et fit une courte escale au sixième étage. Il avança à pas de loup jusqu'à la chambre de sa fille, glissa le mot sous sa porte et repartit sans attendre.

– 31 Karl-Liebknecht-Strasse, s'il vous plaît, annonça-t-il à son chauffeur.

La berline noire démarra aussitôt.

*

Un thé vite avalé, Julia attrapa son bagage sur l'étagère de la penderie et le posa sur le lit. Elle commença par plier ses affaires et décida finalement

259

de les entasser dans sa valise sans plus de précautions. Interrompant ses préparatifs de départ, elle avança vers la fenêtre. Une pluie fine tombait sur la ville. En contrebas dans la rue, une berline s'éloignait.

*

– Apporte-moi ta trousse de toilette si tu veux que je la range dans ton sac, cria Marina depuis la chambre.

Tomas passa la tête dans la salle de bains.

– Je peux préparer mon sac moi-même, tu sais.

– Mal ! Tu peux le faire toi-même mais mal et je ne serai pas là en Somalie pour repasser tes affaires.

– Parce que tu l'as déjà fait ? demanda Tomas presque inquiet.

– Non ! mais j'aurais pu.

– Tu as pris une décision ?

– À savoir si je te plaque maintenant ou demain ? Tu es un veinard, j'ai décidé qu'il serait bien pour ma carrière d'aller saluer notre futur rédacteur en chef. Bonne nouvelle pour toi et n'y vois aucune corrélation avec ton départ pour Berlin, tu auras la chance de pouvoir passer une soirée de plus en ma compagnie.

– J'en suis tout à fait ravi, affirma Tomas.

– Vraiment ? reprit Marina en fermant la fermeture Éclair de son bagage. Il faut que nous quittions Rome avant midi, tu comptes monopoliser la salle de bains toute la matinée ?

– Je croyais que de nous deux c'était moi le râleur.

– Tu déteins mon vieux, ce n'est pas de ma faute.

Marina poussa Tomas pour entrer dans la salle de bains ; elle défit la ceinture de son peignoir et l'entraîna sous la douche.

*

La Mercedes noire bifurqua, elle s'immobilisa sur un parking devant une rangée de grands immeubles gris. Anthony demanda au chauffeur de bien vouloir l'attendre, il espérait être de retour dans l'heure.

Il gravit les quelques marches protégées d'un auvent et entra dans le bâtiment qui abritait aujourd'hui les archives de la Stasi.

Anthony se présenta à la réceptionniste et demanda son chemin.

Le couloir qu'il parcourut avait de quoi glacer les os. De part et d'autre, des vitrines exposaient différents modèles de micros, caméras, appareils de photographie, souffleries à vapeur pour ouvrir le courrier et encolleuses pour le refermer après lecture, copie et archivage. Matériel en tout genre pour espionner le quotidien d'une population tout entière, prisonnière d'un État policier. Tracts, manuels de propagande, systèmes d'écoute de plus en plus sophistiqués au fur et à mesure que les années passaient. Des millions de gens avaient été ainsi épiés, jugés, avaient vu leur vie fichée afin de garantir la sûreté d'un État absolu. Perdu dans ses pensées, Anthony s'arrêta devant la photographie d'une cellule d'interrogatoire.

Je sais que j'ai eu tort. Une fois le mur tombé, le processus était irréversible, mais qui aurait pu en jurer, Julia ? Ceux qui avaient connu le printemps de Prague ? Nos démocrates qui ont laissé depuis se perpétrer tant de crimes et d'injustices ? Et qui pourrait promettre aujourd'hui que la Russie est libérée à jamais de ses despotes d'hier ? Alors oui, j'ai eu peur, une peur bleue que la dictature ne referme les portes à peine ouvertes de la liberté et t'emprisonne de son étau totalitaire. J'ai eu peur d'être à jamais un père séparé de sa fille, non plus parce qu'elle l'avait choisi, mais parce qu'une dictature en aurait décidé pour elle. Je sais que tu m'en voudras toujours, mais si les choses avaient mal tourné, c'est moi

261

qui ne me serais jamais pardonné de ne pas être venu te
rechercher et, quelque part, je t'avoue être heureux
d'avoir eu tort.

– Je peux vous renseigner ? demanda une voix au
fond du corridor.

– Je cherche les archives, balbutia Anthony.

– C'est ici, monsieur, que puis-je faire pour vous ?

Quelques jours après la chute du mur, les employés
de la police politique de la RDA, pressentant la
débâcle inéluctable de leur régime, commencèrent à
faire disparaître tout ce qui pourrait témoigner de
leurs agissements. Mais comment déchirer au plus vite
des millions de fiches de renseignements individuelles,
compilées pendant près de quarante années de totali-
tarisme ? Dès le mois de décembre 1989, la population, prévenue de ces agissements, a investi les
antennes de la Sûreté d'État. Dans chaque ville d'Allemagne de l'Est, les citoyens occupèrent les locaux de
la Stasi et empêchèrent ainsi la destruction de ce qui
représentait cent quatre-vingts kilomètres de rapports
en tout genre, documents rendus aujourd'hui acces-
sibles au public.

Anthony demanda à pouvoir consulter le dossier
d'un certain Tomas Meyer, qui résidait jadis au 2
Comeniusplatz, Berlin-Est.

– Je ne peux hélas satisfaire votre requête, monsieur, s'excusa le préposé en charge.

– Je croyais qu'une loi imposait de faciliter l'accès
aux archives ?

– C'est exact, mais cette loi a également pour but
de protéger nos concitoyens contre toute atteinte à
leur vie privée qui serait causée par l'utilisation de
données personnelles, répliqua l'employé, récitant un
laïus qu'il semblait connaître par cœur.

– C'est là que l'interprétation des textes prend

toute son importance. Si je ne m'abuse, le premier objet de cette loi qui nous intéresse tous deux est bien de faciliter à chacun l'accès aux fiches de la Stasi, afin qu'il puisse clarifier l'influence que le Service de sécurité de l'État a eu sur sa propre destinée, n'est-ce pas ? reprit Anthony, qui cette fois répétait le texte inscrit sur une plaque à l'entrée du service.

– Oui, bien sûr, avoua l'employé qui ne comprenait pas où ce visiteur voulait en venir.

– Tomas Meyer est mon gendre, mentit Anthony avec un aplomb inébranlable. Il vit désormais aux États-Unis et je suis heureux de vous annoncer que je serai bientôt grand-père. Il est important, vous n'en douterez pas, qu'il puisse un jour entretenir ses propres enfants de son passé. Qui ne souhaiterait pouvoir le faire ? Vous avez des enfants, monsieur... ?

– Hans Dietrich ! répondit le préposé, j'ai deux ravissantes petites filles, Emma et Anna, cinq et sept ans.

– Quelle merveille ! s'exclama Anthony en joignant les mains, comme vous devez être heureux.

– J'en suis gâteux !

– Pauvre Tomas, les tragiques événements qui ont marqué son adolescence sont encore trop douloureux pour qu'il puisse entreprendre lui-même cette démarche. Je suis venu de très loin, en son nom, pour lui donner la chance de se réconcilier avec son passé et qui sait, peut-être un jour, de trouver la force d'accompagner sa fille ici ; car, de vous à moi, je sais que c'est une petite fille que nous aurons. La raccompagner, disais-je, sur la terre de ses ancêtres et lui permettre de renouer avec ses racines. Cher Hans, reprit solennellement Anthony, c'est un futur grand-père qui parle au papa de deux jolies petites filles, aidez-moi, aidez la fille de votre compatriote Tomas Meyer ; soyez celui qui, par un geste généreux, lui donnera ce bonheur dont nous rêvons pour elle.

Bouleversé, Hans Dietrich ne savait plus quoi penser. Les yeux embués de son visiteur l'achevèrent. Il offrit un mouchoir à Anthony.

– Tomas Meyer m'avez-vous dit ?

– C'est cela même ! répondit Anthony.

– Installez-vous à une table dans la salle, je vais voir si nous avons quelque chose sur lui.

Un quart d'heure plus tard, Hans Dietrich posa un classeur en fer sur le bureau où attendait Anthony Walsh.

– Je crois que j'ai retrouvé le dossier de votre gendre, annonça-t-il le visage radieux. Nous avons la chance qu'il n'ait pas fait partie de ceux qui ont été détruits, la reconstitution des fichiers déchirés n'est pas près d'être achevée, nous attendons toujours les crédits nécessaires.

Anthony le remercia chaleureusement, lui faisant comprendre d'un regard faussement gêné qu'il avait besoin maintenant d'un peu d'intimité pour étudier le passé de son gendre. Hans s'éclipsa aussitôt et Anthony plongea dans la lecture d'un volumineux dossier établi en 1980 sur un jeune homme qui fut surveillé pendant neuf ans. Des dizaines de pages recensaient faits et gestes, fréquentations, aptitudes, choix littéraires, comptes rendus détaillés des propos tenus en privé comme en public, opinions, attachement aux valeurs de l'État. Ambitions, espoirs, premiers émois amoureux, premières expériences et premières déceptions, rien de ce qui allait former la personnalité de Tomas ne semblait avoir été ignoré. Loin de maîtriser parfaitement la langue, Anthony se résolut à faire appel à Hans Dietrich pour qu'il l'aide à comprendre la fiche de synthèse qui se trouvait à la fin du dossier, et réactualisée pour la dernière fois le 9 octobre 1989.

Tomas Meyer, orphelin de père et de mère, était un étudiant suspect. Son meilleur ami et voisin qu'il fréquentait depuis son plus jeune âge, avait réussi une évasion à l'Ouest. Le dénommé Jürgen Knapp avait franchi le mur, probablement caché sous la banquette arrière d'une voiture et n'était jamais revenu en RDA. Aucune preuve n'avait pu établir la complicité de Tomas Meyer, et la candeur avec laquelle il parlait à l'indicateur des services de sûreté des projets de son ami indiquait sa probable innocence. L'agent qui avait nourri le dossier avait ainsi découvert les préparatifs de fuite, mais hélas trop tard pour permettre l'arrestation de Jürgen Knapp. Néanmoins, les liens étroits que Tomas entretenait avec celui qui avait trahi son pays, et le fait qu'il n'ait pas dénoncé plus tôt l'entreprise d'évasion de son ami interdisaient de le considérer comme un élément prometteur de la République démocratique. Au vu des faits cités au dossier, on ne préconisait pas de poursuite à son encontre, mais il était entendu qu'aucune fonction importante au service de l'État ne pourrait désormais lui être confiée. Le rapport recommandait enfin de le laisser sous surveillance active afin de s'assurer qu'il n'entretiendrait dans le temps aucun lien avec son ancien ami, ou avec toute autre personne résidant à l'Ouest. Une période probatoire qui durerait jusqu'à ses trente ans était recommandée avant toute révision ou clôture du dossier.

Hans Dietrich achevait sa lecture. Stupéfait, il relut deux fois le nom de l'indicateur qui avait renseigné le dossier pour s'assurer qu'il ne se trompait pas, sans pouvoir dissimuler son trouble.

– Mais qui aurait pu imaginer une pareille chose ! dit Anthony les yeux rivés sur le nom apposé au bas de la fiche. Quelle tristesse !

Hans Dietrich était tout aussi consterné, et bien d'accord avec lui.

Anthony remercia son hôte du précieux concours qu'il lui avait apporté. Attiré par un détail, l'employé des archives hésita un instant avant de révéler ce qu'il venait de découvrir.

– Je crois nécessaire, dans le cadre de la démarche que vous entreprenez, de vous confier que votre gendre a certainement dû faire la même triste découverte que nous. Une annotation sur le rabat de son dossier atteste qu'il l'a lui-même consulté.

Anthony assura Dietrich de toute sa gratitude ; il contribuerait à son humble mesure au financement de la reconstruction des archives. Réalisant aujourd'hui mieux qu'hier combien la compréhension de leur passé pouvait permettre aux hommes d'appréhender leur futur.

En quittant les lieux, Anthony ressentit le besoin de prendre l'air pour recouvrer ses esprits. Il alla s'asseoir quelques instants sur un banc dans un petit jardin en bordure du parking.

Repensant à la confidence de Dietrich, il leva les yeux au ciel et s'exclama :

– Mais comment n'y avais-je pas pensé plus tôt !

Il se leva et repartit vers la voiture. Aussitôt installé à bord, il prit son téléphone portable pour composer un numéro à San Francisco.

– Je te réveille ?

– Bien sûr que non, il est trois heures du matin !

– Désolé mais je crois disposer d'une information importante.

George Pilguez alluma sa lampe de chevet, ouvrit le tiroir de sa table de nuit et chercha de quoi écrire.

– Je t'écoute ! dit-il.

– J'ai maintenant toutes les raisons de penser que notre homme a voulu se débarrasser de son nom de famille, ne plus jamais avoir à l'utiliser ou tout du moins voulu qu'on le lui rappelle le moins possible.

– Pourquoi ?

– C'est une longue histoire...

– Et tu as une idée de sa nouvelle identité ?

– Pas la moindre !

– Parfait, tu as bien fait d'appeler au milieu de la nuit, voilà qui va faire grandement progresser mon enquête ! répliqua Pilguez, sarcastique, avant de raccrocher.

Il éteignit la lumière, croisa les bras derrière sa nuque et chercha en vain à retrouver le sommeil. Une demi-heure plus tard, sa femme lui ordonnait d'aller se remettre au travail. Peu importait que le jour ne soit pas encore levé, elle n'en pouvait plus de le sentir s'agiter ainsi dans leur lit et elle comptait bien se rendormir.

George Pilguez enfila une robe de chambre et rejoignit la cuisine en râlant. Il commença par se préparer un sandwich, beurra copieusement les deux tranches de pain puisque Natalia ne serait pas là pour lui faire la morale sur son cholestérol. Il emporta son repas et alla s'installer derrière son bureau. Certaines administrations ne fermaient jamais, il décrocha son téléphone et appela un ami qui travaillait au service des frontières.

– Si une personne ayant légalement changé de patronyme était entrée sur notre territoire, son nom d'origine figurerait-il dans nos fichiers ?

– Quelle nationalité ? répondit son correspondant.

– Allemand, né en RDA.

– Alors dans ce cas, pour obtenir un visa auprès d'un de nos services consulaires, c'est plus que probable, il y aura certainement des traces quelque part.

– Tu as de quoi noter ? demanda George.

– Je suis devant mon clavier, mon vieux, répondit son ami Rick Bram, officier aux bureaux de l'Immigration à l'aéroport John Fitzgerald Kennedy.

*

La Mercedes faisait route vers l'hôtel. Anthony Walsh regardait le paysage par la vitre. Un bandeau lumineux défilait sur la façade d'une pharmacie, affichant par intermittence la date, l'heure et la température extérieure. Il était bientôt midi à Berlin, 21 degrés Celsius...

– Et plus que deux jours, murmura Anthony Walsh.

*

Julia faisait les cent pas dans le hall, son bagage à ses pieds.

– Je vous assure, mademoiselle Walsh, que je n'ai pas la moindre idée de l'endroit où votre père s'est rendu. Il nous a commandé une voiture tôt ce matin sans nous donner plus d'indication, il n'est pas réapparu depuis. J'ai essayé de joindre le chauffeur mais son portable est coupé.

Le concierge regarda le sac de Julia.

– M. Walsh ne m'a pas non plus demandé de modifier vos réservations de voyage et ne m'a pas davantage informé de votre départ aujourd'hui. Êtes-vous certaine de sa décision ?

– C'est ma décision ! Je lui avais donné rendez-vous ce matin, l'avion décolle à quinze heures, et c'est le dernier vol possible si nous ne voulons pas rater la correspondance à Paris pour New York.

– Vous pouvez toujours transiter par Amsterdam, cela vous fera gagner du temps, je me ferai un plaisir de régler cela pour vous.

– Alors soyez gentil de le faire maintenant, répondit Julia en fouillant ses poches.

Désespérée, elle laissa tomber sa tête sur le comptoir sous le regard éberlué du concierge.

– Un problème, mademoiselle ?

– C'est mon père qui a conservé les billets !

– Je suis certain qu'il ne tardera plus à rentrer. Ne vous inquiétez pas, si vous devez absolument être ce soir à New York, vous avez encore un peu de temps devant vous.

Une berline noire vint se ranger devant l'hôtel, Anthony Walsh en descendit et franchit la porte tambour.

– Mais où étais-tu ? demanda Julia en venant à sa rencontre. Je me suis fait un sang d'encre.

– C'est bien la première fois que je te vois te soucier de mon emploi du temps, ou de ce qu'il a pu m'arriver, quelle merveilleuse journée !

– Ce qui m'inquiète, c'est que nous allons rater notre vol !

– Quel vol ?

– Nous étions convenus hier soir de rentrer aujourd'hui, tu t'en souviens ?

Le concierge interrompit leur conversation en remettant à Anthony un pli qui venait de lui être faxé. Anthony Walsh ouvrit l'enveloppe et regarda Julia tout en lisant la télécopie.

– Bien sûr, mais c'était hier soir, répondit-il, jovial.

Il jeta un œil sur le sac de Julia et demanda au bagagiste de bien vouloir le remonter dans la chambre de sa fille.

– Viens, je t'emmène déjeuner, il faut que nous parlions.

– De quoi ? demanda-t-elle, inquiète.

– De moi ! Allez, ne fais pas cette tête, je te rassure, je plaisantais...

Ils s'installèrent en terrasse.

*

L'alarme du réveil tira Stanley d'un mauvais rêve. Stigmate d'une soirée où le vin avait coulé à flots, une redoutable migraine le saisit dès qu'il ouvrit les yeux. Il se leva et tituba jusqu'à la salle de bains.

Jugeant de sa mine devant le miroir, il se jura de ne plus toucher à une goutte d'alcool avant la fin du mois, ce qui était somme toute raisonnable puisqu'on était déjà le 29. Hormis le marteau piqueur qui semblait œuvrer sous ses tempes, la journée s'annonçait plutôt belle. À l'heure du déjeuner, il proposerait à Julia de passer la chercher à son bureau et d'aller faire un tour le long de la rivière. Fronçant les sourcils, il se souvint successivement que sa meilleure amie n'était pas en ville et qu'il n'avait pas eu de ses nouvelles hier soir. Mais il fut incapable de se remémorer la conversation de la veille au cours de ce dîner trop arrosé. Ce n'est qu'un peu plus tard, après avoir bu une grande tasse de thé, qu'il se demanda si, finalement, il n'aurait pas laissé échapper le mot « Berlin » pendant son tête-à-tête avec Adam. Une fois douché, il s'interrogea sur l'intérêt d'informer Julia de ce doute qui grandissait en lui. Il faudrait peut-être qu'il l'appelle... ou pas !

*

– Qui a menti, mentira ! s'exclama Anthony en présentant le menu à Julia.

– C'est pour moi que tu dis cela ?

– Le monde ne tourne pas autour de ton nombril, ma chérie ! Je faisais allusion à ton ami Knapp !

Julia reposa la carte sur la table et renvoya le serveur qui s'approchait.

– De quoi parles-tu ?

– De quoi veux-tu que je parle à Berlin dans un restaurant où je déjeune en ta compagnie ?

– Qu'est-ce que tu as découvert ?

– Tomas Meyer, alias Tomas Ullmann, reporter pour le *Tagesspiegel* ; je pourrais parier sans grand risque qu'il travaille tous les jours avec ce petit salopard qui nous a raconté des histoires.

– Pourquoi Knapp aurait-il menti ?

– Ça, tu le lui demanderas toi-même. J'imagine qu'il a ses raisons.

– Comment as-tu appris tout cela ?

– J'ai des super-pouvoirs ! C'est un des avantages d'être réduit à l'état de machine.

Julia regarda son père, décontenancée.

– Et pourquoi pas ? reprit Anthony, tu inventes des animaux savants qui parlent aux enfants, et je n'aurais pas le droit d'avoir quelques qualités extraordinaires aux yeux de ma fille ?

Anthony avança sa main vers celle de Julia, il se ravisa et saisit un verre qu'il porta à ses lèvres.

– C'est de l'eau ! cria Julia.

Anthony sursauta.

– Je ne suis pas certaine que cela soit très recommandé pour tes circuits électroniques, chuchota-t-elle, gênée d'avoir attiré l'attention de ses voisins.

Anthony écarquilla les yeux.

– Je crois que tu viens de me sauver la vie..., dit-il en reposant le verre. Enfin, façon de parler !

– Comment as-tu appris tout cela ? questionna Julia.

Anthony observa longuement sa fille et renonça à lui faire part de sa visite matinale aux archives de la Stasi. Après tout, seul comptait l'aboutissement de ses recherches.

– On peut changer de nom pour signer ses articles, mais pour traverser la frontière, c'est tout autre chose ! Puisque nous avons trouvé ce fameux dessin à Montréal c'est qu'il s'y était rendu, de là j'ai imaginé qu'avec un peu de chance, il était aussi passé par les États-Unis.

– Alors tu as vraiment des pouvoirs surnaturels !

– J'ai surtout un vieil ami qui travaillait dans la police.

– Merci, murmura Julia.

– Que comptes-tu faire ?

– Je me le demande. Je suis simplement heureuse que Tomas soit devenu ce qu'il rêvait d'être.

– Qu'est-ce que tu en sais ?

– Il voulait être reporter.

– Et tu crois que c'était là son seul rêve ? Penses-tu vraiment que le jour où il se retournera sur sa vie, c'est un album de photos de reportages qu'il regardera ? Une carrière, la belle affaire ! Sais-tu combien d'hommes par temps de solitude se sont rendu compte que cette réussite qu'ils croyaient avoir approchée de si près, les avait éloignés si loin des leurs, pour ne pas dire d'eux-mêmes.

Julia regarda son père et devina la tristesse qui se cachait dans son sourire.

– Je te repose ma question, Julia, que comptes-tu faire ?

– Rentrer à Berlin serait certainement ce qu'il y a de plus sage.

– Sacré lapsus ! Tu as dit Berlin. C'est à New York que tu vis.

– C'était juste une coïncidence idiote.

– C'est drôle, hier encore tu aurais appelé cela un signe.

– Mais comme tu le disais tout à l'heure, c'était hier.

– Ne te trompe pas, Julia, on ne mène pas sa vie dans des souvenirs qui se confondent en regrets. Le bonheur a besoin de quelques certitudes, si minimes soient-elles. À toi seule de choisir maintenant. Je ne

272

serai plus là pour décider à ta place, et d'ailleurs cela fait déjà longtemps que ce n'est plus le cas mais prends garde à la solitude, c'est une compagnie dangereuse.

– Tu as connu la solitude, toi ?

– Nous nous sommes beaucoup fréquentés elle et moi, de longues années si c'est ce que tu veux savoir, mais il me suffisait de penser à toi pour la chasser. Disons que j'ai pris conscience de certaines choses, un peu trop tard, certes ; et encore, je ne peux pas me plaindre, la plupart des abrutis dans mon genre n'auront pas eu le droit à leur partie gratuite, même si celle-ci ne dure que quelques jours. Tiens, voilà d'autres mots justes : tu m'as manqué, Julia, et je ne peux plus rien faire pour récupérer ces années perdues. Je les ai laissées filer comme un idiot, parce qu'il fallait que je travaille, parce que je croyais avoir des obligations, un rôle à jouer, quand le seul vrai théâtre de ma vie c'était toi. Bon maintenant, assez radoté, cela ne nous ressemble pas, ni à toi ni à moi. Je t'aurais bien accompagnée pour botter les fesses de ce Knapp et lui tirer les vers du nez, mais je suis trop fatigué et puis, je te l'ai dit, c'est ta vie.

Anthony se pencha pour attraper un journal posé sur une table près de lui. Il ouvrit le quotidien et commença d'en parcourir les feuilles.

– Je croyais que tu ne lisais pas l'allemand ? dit Julia la gorge nouée.

– Tu es encore là ? rétorqua Anthony en tournant une page.

Julia plia sa serviette, repoussa sa chaise et se leva.

– Je te téléphone dès que je l'ai vu, dit-elle en s'éloignant.

– Tiens, ils annoncent des éclaircies en début de soirée ! répliqua Anthony en regardant par la fenêtre du restaurant.

Mais Julia était déjà sur le trottoir, elle héla un taxi. Anthony replia son journal et soupira.

＊

La voiture s'arrêta devant le terminal de l'aéroport de Rome-Fiumicino. Tomas régla la course et fit le tour du véhicule pour ouvrir la portière de Marina. L'enregistrement et la sécurité passés, Tomas, sac à l'épaule, regarda sa montre. Le vol décollait dans une heure. Marina flânait devant les vitrines des magasins, il la prit par la main et l'entraîna vers le bar.

– Qu'est-ce que tu veux faire ce soir ? demanda-t-il en commandant deux cafés au comptoir.

– Visiter ton appartement, depuis le temps que je me demande comment c'est chez toi.

– Une grande pièce, avec une table de travail près de la fenêtre et un lit en face adossé au mur.

– Cela me va très bien, besoin de rien d'autre, dit Marina.

＊

Julia poussa la porte du *Tagesspiegel* et se présenta à l'accueil. Elle demanda à voir Jürgen Knapp. L'hôtesse décrocha son téléphone.

– Dites-lui que j'attendrai dans ce hall jusqu'à ce qu'il arrive, dussé-je passer l'après-midi ici.

Appuyé à la paroi de la cabine en verre qui descendait lentement vers le rez-de-chaussée, Knapp ne quittait pas des yeux sa visiteuse. Julia allait et venait, faisant les cent pas devant les vitrines où étaient épinglées les pages de l'édition du jour.

Les portes de l'ascenseur s'ouvrirent. Knapp traversa le hall.

– Que puis-je faire pour toi, Julia ?

– Tu pourrais commencer par me dire pourquoi tu m'as menti !

– Suis-moi, allons dans un endroit plus tranquille.

Knapp l'entraîna vers l'escalier. Il l'invita à s'asseoir dans un petit salon près de la cafétéria pendant qu'il fouillait ses poches en quête d'un peu de monnaie.

– Café, thé ? demanda-t-il en s'approchant du distributeur de boissons.

– Rien !

– Qu'est-ce que tu viens chercher à Berlin, Julia ?

– Tu es aussi peu perspicace que cela ?

– Nous ne nous sommes pas vus depuis bientôt vingt ans, comment pourrais-je deviner ce qui t'amène ici ?

– Tomas !

– Tu m'accorderas qu'après toutes ces années, c'est pour le moins surprenant.

– Où se trouve-t-il ?

– Je te l'ai déjà dit, en Italie.

– Avec sa femme et ses enfants et il a renoncé au journalisme, je sais. Mais tout ou partie de cette belle fable est faux. Il a changé de nom, mais il est toujours reporter.

– Puisque tu le sais, alors pourquoi perdre ton temps ici ?

– Si tu veux jouer au jeu des questions-réponses, réponds d'abord à la mienne. Pourquoi m'as-tu caché la vérité ?

– Tu veux que nous nous posions de vraies questions ? J'en ai quelques-unes pour toi. T'es-tu seulement demandé si Tomas aimerait te revoir ? De quel droit t'autorises-tu à réapparaître ainsi ? Est-ce simplement parce que tu as décidé que le moment était venu ? Parce que l'envie te passait par la tête ? Te voilà resurgie d'une autre époque, mais il n'y a plus de mur à abattre, plus de révolution à faire, plus d'extase ni d'émerveillement, plus de folie ! Il ne reste qu'un peu de raison, celle d'adultes qui font de leur mieux pour avancer dans leur vie, mener leur carrière. Fiche le camp d'ici, Julia, quitte Berlin et rentre chez toi. Tu as fait assez de dégâts comme ça.

– Je t'interdis de me dire des choses pareilles, répliqua Julia, les lèvres tremblantes.

– Je n'en aurais pas la légitimité ? Continuons le jeu des questions. Où étais-tu quand Tomas a sauté sur une mine ? Étais-tu en bas de la passerelle à sa descente d'avion lorsqu'il est rentré éclopé de Kaboul ? Venais-tu chaque matin l'accompagner à ses séances de rééducation ? Étais-tu là pour le consoler quand il était désespéré ? Ne cherche pas, je connais la réponse, puisque c'était ton absence qui l'accablait ! As-tu la moindre idée du mal que tu lui as causé, de la solitude dans laquelle tu l'as plongé, sais-tu combien ça a duré ? Te rends-tu compte que cet idiot avait le cœur si abîmé qu'il trouvait encore le moyen de prendre ta défense, alors que je faisais tout mon possible pour qu'enfin il te haïsse.

Des larmes avaient beau couler sur les joues de Julia, rien n'aurait pu faire taire Knapp.

– Peux-tu compter le nombre d'années qu'il lui aura fallu pour accepter de tourner la page, pour réussir à se défaire de toi ? Pas un recoin de Berlin où nous ne marchions le soir sans qu'il me parle d'un souvenir de vous que lui rappelaient la devanture d'un café, un banc dans un parc, une table dans une taverne, les berges d'un canal. Sais-tu combien de rencontres furent vaines, combien de femmes qui tentaient de l'aimer se sont heurtées tantôt à ton parfum ou à l'écho de tes mots imbéciles qui le faisaient rire.

« J'ai dû tout apprendre de toi ; le grain de ta peau, tes humeurs du matin qu'il trouvait si charmantes sans que je comprenne pourquoi, ce que tu prenais au petit déjeuner, la manière dont tu nouais tes cheveux, maquillais tes yeux, les vêtements que tu préférais porter, le côté du lit où tu dormais. J'ai dû écouter mille fois les morceaux que tu apprenais à ta leçon de piano les mercredis, parce que l'âme en lambeaux il continuait de les jouer, semaine après semaine, année après année. Il m'a fallu regarder tous ces dessins que tu faisais à l'aquarelle ou au crayon à papier, ces stupides animaux dont il connaissait chaque nom. Devant combien de vitrines l'ai-je vu s'arrêter, parce que telle robe t'aurait plu, parce que tu aurais aimé telle peinture, tel bouquet. Et combien d'autres fois me suis-je demandé ce que tu avais bien pu lui faire pour lui manquer à ce point ?

« Et quand enfin il commençait à aller mieux, je redoutais que nous croisions une silhouette qui te ressemble, un fantôme qui lui aurait fait rebrousser le chemin parcouru. Elle fut longue la route vers cette autre liberté. Tu me demandais pourquoi je t'ai menti ? J'espère que tu as maintenant compris la réponse.

– Je n'ai jamais voulu lui faire de mal, Knapp, jamais, balbutia Julia submergée par l'émotion.

Knapp attrapa une serviette en papier et la lui tendit.

– Pourquoi pleures-tu ? Où en es-tu de ta vie, Julia ? Mariée, divorcée peut-être ? Des enfants ? Une mutation récente à Berlin ?

– Ce n'est pas la peine d'être méchant !

– Ce n'est quand même pas toi qui vas me parler de cruauté.

– Tu ne sais rien...

– Mais je devine ! Tu as changé d'avis, au bout de vingt ans, c'est cela ? Il est trop tard. Il t'avait écrit en rentrant de Kaboul, ne me dis pas le contraire, je l'ai aidé à trouver les mots. J'étais là quand il revenait de l'aéroport, la mine défaite, chaque dernier jour de ces mois où il t'attendait. Tu as fait un choix, il l'a respecté sans jamais t'en vouloir, c'est ce que tu voulais savoir ? Alors tu peux repartir en paix.

– Je n'ai fait aucun choix, Knapp, cette lettre de Tomas, je l'ai reçue avant-hier.

*

L'avion survolait la chaîne des Alpes. Marina s'était assoupie, sa tête se posa sur l'épaule de Tomas. Il abaissa le volet du hublot et ferma les yeux à la recherche d'un peu de sommeil. Dans une heure, ils seraient à Berlin.

*

Julia avait tout raconté de son histoire et pas une fois Knapp ne l'avait interrompue. Elle aussi avait mis longtemps à faire le deuil d'un homme qu'elle croyait disparu. Le récit achevé, elle se leva, s'excusa une dernière fois du mal qu'elle avait fait, sans le vouloir, sans jamais rien savoir, elle salua l'ami de Tomas, et fit jurer à Knapp de ne jamais lui parler de sa venue à Berlin. Knapp la regarda s'éloigner dans ce long couloir qui menait aux escaliers. Alors qu'elle posait le pied sur la première marche, il cria son nom. Julia se retourna.

– Je ne peux pas tenir cette promesse, je ne veux pas perdre mon meilleur ami. Tomas est dans l'avion, son vol atterrit dans trois quarts d'heure, il arrive de Rome.

19.

Trente-cinq minutes, c'était le temps imparti pour atteindre l'aéroport. En entrant dans le taxi, Julia avait promis au chauffeur de doubler le montant de la course s'ils arrivaient à l'heure. Au second carrefour, elle avait brusquement ouvert sa portière pour venir s'installer à ses côtés alors que le feu repassait au vert.

– Les passagers doivent rester à l'arrière, s'était exclamé le chauffeur.

– Peut-être, mais le miroir de courtoisie est à l'avant, dit-elle en abaissant le pare-soleil. Allez, *schnell schnell* !

Ce qu'elle voyait ne lui plaisait pas du tout. Les paupières gonflées, les yeux et le bout du nez encore rouges, vingt ans d'attente pour tomber dans les bras d'un lapin albinos, autant faire demi-tour. Un virage sur les chapeaux de roues lui fit rater une première tentative de maquillage. Julia râla et le conducteur répliqua qu'il fallait se décider, soit on arrivait dans les quinze minutes soit il s'arrêtait sur le bas-côté pour qu'elle finisse de se peinturlurer la figure !

– On fonce ! avait-elle crié en reprenant son mascara.

La route était encombrée. Elle supplia son pilote de doubler en dépit de la ligne continue. Il risquait de

279

perdre sa licence pour une infraction de ce genre, mais Julia promit que s'ils se faisaient prendre elle prétendrait accoucher. Le conducteur lui fit remarquer qu'elle n'avait pas les proportions requises pour rendre crédible pareil mensonge. Julia gonfla le ventre et se mit à gémir, mains derrière les reins. « C'est bon, c'est bon », avait dit le chauffeur en appuyant sur l'accélérateur.

– J'ai quand même un peu grossi, non ? s'inquiéta Julia en regardant sa taille.

Dix-huit heures vingt-deux, elle sauta sur le trottoir avant même que la voiture ne soit complètement à l'arrêt. Le terminal s'étendait tout en longueur.

Julia demanda où se trouvaient les arrivées internationales. Le steward qui passait par là lui désigna l'extrémité ouest. Après une course folle, essoufflée, elle leva les yeux vers le tableau d'affichage. Aucun vol en provenance de Rome. Julia ôta ses chaussures et l'épreuve de vitesse reprit de plus belle dans la direction opposée. Là-bas, une foule guettait la sortie des passagers, Julia se fraya un chemin sur le côté, jusqu'à la balustrade. Un premier flot surgit, les portes coulissantes s'ouvraient et se refermaient au fur et à mesure que les voyageurs quittaient la zone de livraison des bagages. Touristes, vacanciers, marchands, hommes et femmes d'affaires, chacun portait un habit de circonstance. Des mains se levaient, s'agitaient en l'air, certains s'enlaçaient, s'embrassaient, d'autres se contentaient de se saluer ; ici on parlait le français, là l'espagnol, un peu plus loin l'anglais, à la quatrième vague c'était enfin de l'italien. Deux étudiants, dos voûtés, avançaient bras dessus, bras dessous, ils ressemblaient à des tortues ; un curé agrippé à son bréviaire avait l'allure d'une pie, un copilote et une hôtesse échangeaient leurs adresses, ceux-là avaient été girafes dans une vie passée, un congressiste, à tête de hibou, cherchait son groupe en étirant le cou, une petite fille cigale courait vers les bras de sa mère, un mari ours retrouvait son épouse et puis soudain, parmi cent autres visages, le regard de Tomas apparut, intact, tel qu'il était il y a vingt ans.

Quelques rides autour des paupières, la fossette au menton un peu plus prononcée, une barbe légère, mais ces yeux, doux comme le sable, ce regard qui l'avait fait naviguer sur les toits de Berlin, chavirer sous la pleine lune du parc Tiergarten, étaient les mêmes. Retenant son souffle, Julia se hissa sur la pointe des pieds, se colla à la barrière et leva le bras. Tomas tourna la tête pour parler à la jeune femme qui le tenait par la taille ; ils passèrent juste devant Julia dont les talons venaient de retoucher terre. Le couple sortit du terminal et disparut.

*

– Tu veux que nous passions d'abord chez moi ? demanda Tomas en refermant la portière du taxi.

– Je ne suis plus à quelques heures près pour découvrir ton antre. Nous devrions plutôt aller au journal. Il est déjà tard, Knapp risque de s'en aller et il était important pour ma carrière qu'il me voie, c'est bien le prétexte invoqué pour que je t'accompagne à Berlin, n'est-ce pas ?

– Potsdamerstrasse, indiqua Tomas au chauffeur.

Dix voitures derrière eux, une femme montait à bord d'un autre taxi, en direction de son hôtel.

*

Le concierge informa Julia que son père l'attendait au bar. Elle le retrouva assis à une table près de la vitrine.

– Les choses n'ont pas l'air de s'être bien passées, dit-il en se levant pour l'accueillir.

Julia se laissa choir dans un fauteuil.

– Disons qu'elles ne se sont pas passées du tout. Knapp n'avait pas complètement menti.

– Tu as vu Tomas ?

– À l'aéroport, il arrivait de Rome... en compagnie de sa femme.

– Vous vous êtes parlé ?

– Lui ne m'a pas vue.

Anthony appela le serveur.

– Tu veux boire quelque chose ?

– Je voudrais rentrer à la maison.

– Ils portaient des alliances ?

– Elle le tenait par la taille, je n'allais pas leur demander leur certificat de mariage.

– Il y a quelques jours à peine, j'imagine que toi aussi quelqu'un te tenait par la taille. Je n'étais pas là pour le voir puisque c'était à l'occasion de mes obsèques, quoique si, j'étais quand même un peu présent... je suis désolé, cela me fait rigoler de dire cela.

– Je ne vois vraiment pas ce qu'il y a de risible. Nous devions nous marier ce jour-là. Cet absurde voyage s'achève demain et c'est sans doute mieux comme ça. Knapp avait raison, de quel droit aurais-je réapparu dans sa vie.

– Le droit à une seconde chance, peut-être ?

– Pour lui, pour toi ou pour moi ? C'était une démarche égoïste et vouée à l'échec.

– Qu'est-ce que tu comptes faire ?

– Ma valise et me coucher.

– Je voulais dire, après notre retour.

– Faire le point, essayer de recoller les pots que j'ai cassés, tout oublier et reprendre le cours de ma vie, je n'ai pas d'autre alternative cette fois.

– Bien sûr que si, tu as le choix d'aller jusqu'au bout, d'en avoir le cœur net.

– C'est toi qui vas me donner des leçons sur l'amour ?

Anthony regarda sa fille attentivement et approcha son fauteuil.

– Te souviens-tu de ce que tu faisais presque toutes les nuits quand tu étais enfant, enfin, jusqu'à ce que tu t'écroules de sommeil ?

– Je lisais sous mes draps à la lampe de poche.

– Pourquoi n'allumais-tu pas la lumière de ta chambre ?

– Pour te laisser croire que je dormais alors que je bouquinais en cachette...

– Tu ne t'es jamais demandé si ta lampe était magique ?

– Non, pourquoi, j'aurais dû ?

– S'est-elle éteinte une seule fois pendant toutes ces années ?

– Non, répondit Julia, troublée.

– Et pourtant, tu n'en as jamais changé les piles... Ma Julia, qu'est-ce que tu connais de l'amour, toi qui n'as jamais aimé que ceux qui te renvoyaient une belle image de toi. Regarde-moi en face et parle-moi de ton mariage, de tes projets d'avenir ; jure-moi qu'en dehors de ce périple imprévu, rien n'aurait pu venir troubler ton amour pour Adam. Et tu saurais tout des sentiments de Tomas, du sens de sa vie, alors que tu n'as pas la moindre idée de la direction à donner à la tienne, simplement parce qu'une femme le tenait par la taille ? Tu veux que nous parlions à cœur ouvert, alors j'aimerais te poser une question et que tu me promettes d'y répondre sincèrement. Combien de temps aura duré ta plus longue histoire d'amour ? Je ne parle pas de Tomas, ni de sentiments rêvés, mais d'une relation vécue. Deux, trois, quatre ans, cinq,

283

peut-être ? Qu'importe, on dit que l'amour dure sept ans. Allez, sois honnête et réponds-moi. Serais-tu capable sept ans durant de t'offrir à quelqu'un sans réserve, de tout donner, sans retenue, sans appréhension, ni doute, sachant que cette personne que tu aimes plus que tout au monde oubliera presque tout de ce que vous aurez vécu ensemble ? Accepterais-tu que tes attentions, tes gestes d'amour, s'effacent de sa mémoire et que la nature qui a horreur du vide comble un jour cette amnésie par des reproches et des regrets. Sachant ceci inévitable, trouverais-tu quand même la force de te lever au milieu de la nuit quand l'être aimé a soif, ou simplement fait un cauchemar ? Aurais-tu l'envie chaque matin de préparer son petit déjeuner, de veiller à occuper ses journées, à la divertir, à lui lire des histoires quand elle s'ennuie, lui chanter des chansons, à sortir parce qu'il lui faut prendre l'air, même quand le froid se fait glacial ; et puis, le soir venu, ignorerais-tu ta fatigue, viendrais-tu t'asseoir au pied de son lit pour rassurer ses peurs, lui parler d'un avenir qu'elle vivra forcément loin de toi ? Si ta réponse à chacune de ces questions est oui, alors pardonne-moi de t'avoir méjugée, tu sais vraiment ce que c'est que d'aimer.

– C'est de maman que tu parles ?

– Non, ma chérie, c'est de toi. Cet amour que je viens de te décrire, c'est celui d'un père, ou d'une mère à l'égard de ses enfants. Combien de jours et de nuits passées à vous veiller, à guetter le moindre danger qui vous menacerait, à vous regarder, vous aider à grandir, à sécher vos larmes, à vous faire rire ; combien de parcs en hiver et de plages en été, de kilomètres parcourus, de mots répétés, de temps qui vous est consacré. Et pourtant, pourtant... à quel âge remontent vos premiers souvenirs d'enfance ?

Imagines-tu à quel point il faut aimer pour

apprendre à ne vivre que pour vous, sachant que vous oublierez tout de vos premières années, que celles à venir souffriront de ce que nous n'aurons pas bien fait, qu'un jour viendra, inéluctablement, où vous nous quitterez, fiers de votre liberté.

Tu me reproches mes absences ; sais-tu comme on a le mal de vivre le jour où vos enfants s'en vont ? As-tu imaginé le goût de cette rupture ? Je vais te dire ce qui arrive, on est là comme un con sur le pas de sa porte à vous regarder partir, à se convaincre qu'il faut se réjouir de cet envol nécessaire, aimer l'insouciance qui vous pousse et nous dépossède de notre propre chair. La porte refermée, il faut tout réapprendre ; à meubler les pièces vides, à ne plus guetter le bruit des pas, à oublier ces craquements rassurants de l'escalier lorsque vous rentriez tard, et que l'on s'endormait enfin tranquille, alors qu'il faut désormais chercher le sommeil, en vain puisque vous ne rentrerez plus. Tu vois, ma Julia, pourtant aucun père, aucune mère n'en tire quelconque gloire, c'est cela aimer et nous n'avons pas d'autre choix puisque nous vous aimons. Tu m'en voudras toujours de t'avoir séparée de Tomas, pour la dernière fois je te demande pardon de ne pas t'avoir remis cette lettre.

Anthony leva le bras et demanda au serveur de leur apporter de l'eau. Des gouttes de sueur perlaient à son front, il prit un mouchoir dans sa poche.

– Je te demande pardon, répéta-t-il le bras toujours en l'air, je te demande pardon, je te demande pardon, je te demande pardon.

– Ça ne va pas ? s'inquiéta Julia.

– Je te demande pardon, répéta Anthony trois fois de suite.

– Papa ?

– Je te demande pardon, je te demande pardon...

Il se leva, tituba et retomba dans son fauteuil.

Julia appela le serveur à l'aide. Anthony assura d'un geste que ce n'était pas nécessaire.

– Où sommes-nous ? questionna-t-il, hébété.

– À Berlin, au bar de l'hôtel !

– Mais où sommes-nous maintenant ? Quel jour ? Qu'est-ce que je fais là ?

– Mais arrête ! supplia Julia paniquée, nous sommes vendredi, nous avons fait ce voyage ensemble. Nous sommes partis de New York il y a quatre jours pour retrouver Tomas, tu te rappelles ? C'est à cause de ce dessin idiot que j'ai vu sur un quai de Montréal. Tu me l'as offert, tu souhaitais venir ici, dis-moi que tu te rappelles. Tu es fatigué, c'est tout, il faut que tu économises tes batteries ; je sais que c'est absurde mais c'est toi qui me l'as expliqué. Tu voulais que nous parlions de tout et nous n'avons parlé que de moi. Il faut que tu retrouves tes esprits, il nous reste deux jours, rien que pour nous, pour nous dire toutes ces choses que nous ne nous sommes pas dites. Je veux tout réapprendre de ce que j'ai oublié, réentendre les histoires que tu me racontais. Celle de cet aviateur égaré sur les rives d'un fleuve d'Amazonie, quand son avion à court de carburant avait dû se poser, de la loutre qui avait guidé son chemin. Je me souviens de la teinte de sa robe, elle était bleue, d'un bleu que toi seul pouvais décrire, comme si tes mots étaient des crayons de couleur.

Julia prit son père par le bras pour l'accompagner dans sa chambre.

– Tu as mauvaise mine, dors, et demain tu auras repris des forces.

Anthony refusa de s'allonger sur le lit. Le fauteuil près de la fenêtre ferait très bien l'affaire.

– Tu vois, dit-il en s'asseyant, c'est marrant, on se trouve toutes les bonnes raisons de s'interdire d'aimer, par peur de souffrir, d'être abandonné un jour. Et pourtant qu'est-ce qu'on aime la vie, alors qu'on sait qu'elle vous quittera un jour.

– Ne dis pas ça...

– Cesse de te projeter dans le futur, Julia. Il n'y a pas de pots cassés à réparer. Il n'y a que des choses à vivre, et ça ne se passe jamais comme on l'a prévu. Mais ce que je peux te dire, c'est que ça défile à une vitesse sidérante. Qu'est-ce que tu fais ici avec moi dans cette chambre, va, va marcher sur les pas de tes souvenirs. Tu voulais faire le point, alors file. Il y a vingt ans tu étais là, pars retrouver ces années tant qu'il est encore temps. Tomas est dans la même ville que toi ce soir, qu'importe que tu le voies ou pas. Vous respirez le même air. Tu sais qu'il est là, plus près de toi qu'il ne le sera jamais. Sors, arrête-toi sous chaque fenêtre éclairée, lève la tête, demande-toi ce que tu ressens quand tu croiras reconnaître sa silhouette der-rière un rideau ; et si tu penses que c'est lui, crie son prénom depuis la rue, il t'entendra, descendra ou non, te dira qu'il t'aime ou bien de foutre le camp à jamais, mais tu en auras le cœur net.

Il pria Julia de le laisser seul. Elle s'approcha de lui et Anthony se mit à sourire.

– Je suis désolé de t'avoir fait peur au bar tout à l'heure, je n'aurais pas dû, dit-il, d'un air sournois.

– Tu n'as quand même pas simulé ce malaise...

– Tu crois que ta mère ne m'a pas manqué quand elle a commencé à s'égarer ? Tu n'es pas la seule à l'avoir perdue. J'ai vécu quatre années à ses côtés, sans qu'elle ait la moindre idée de qui j'étais. File main-tenant, c'est ta dernière nuit à Berlin !

*

Julia regagna sa chambre et s'allongea sur son lit. Les programmes à la télévision n'avaient aucun intérêt, les magazines posés sur la table basse étaient tous en allemand. Elle se releva et se décida finalement à aller goûter la douceur du soir. À quoi bon rester ici, autant flâner en ville et profiter de ces derniers instants de Berlin. Elle fouilla son sac à la recherche d'un lainage ; au fond, sa main effleura l'enveloppe bleue qu'elle avait cachée jadis entre les pages d'un livre d'histoire rangé sur une étagère dans la chambre de son enfance. Elle regarda l'écriture manuscrite et mit la lettre dans sa poche.

Avant de quitter l'hôtel, elle remonta au dernier étage, et frappa à la porte de la suite où son père se reposait.

– Tu as oublié quelque chose ? demanda Anthony en lui ouvrant.

Julia ne répondit pas.

– Je ne sais pas où tu vas et c'est certainement mieux comme ça, mais n'oublie pas, demain à huit heures je t'attendrai dans le hall. J'ai réservé une voiture, nous ne pouvons pas rater cet avion, il faut que tu me ramènes à New York.

– Crois-tu qu'un jour on cesse de souffrir en amour ? demanda Julia sur le pas de la porte.

– Si tu as de la chance, jamais !

– Alors, c'est à mon tour de te demander pardon ; j'aurais dû partager ceci avec toi plus tôt. Elle m'appartenait et je voulais la garder pour moi seule, mais elle te concerne aussi.

– Qu'est-ce que c'est ?

– La dernière lettre que maman m'a écrite.

Elle la tendit à son père et repartit.

Anthony regarda sa fille s'éloigner. Ses yeux se posèrent sur l'enveloppe qu'elle lui avait confiée, il reconnut aussitôt l'écriture de sa femme, inspira profondément et, les épaules lourdes, alla s'asseoir dans un fauteuil pour la lire.

Julia,

Tu entres dans cette chambre, ta silhouette se découpe dans ce rai de lumière qu'invente la porte que tu entrouvres. J'entends tes pas qui avancent vers moi. Je connais bien les traits de ton visage, il m'arrive de chercher ton nom, je sais ton odeur familière, puisqu'elle me fait du bien. Seule cette fragrance rare m'évade de cette inquiétude qui m'étreint depuis de si longs jours. Tu dois être cette jeune fille qui vient souvent à la tombée du soir, alors le soir doit approcher puisque tu t'approches de mon lit. Tes mots sont doux, plus apaisés que ceux de l'homme du midi. Je le crois aussi quand il me dit qu'il m'aime, puisqu'il semble me vouloir du bien. Lui, ce sont ses gestes qui sont doux, il se lève parfois et s'en va vers l'autre lumière qui domine les arbres par-delà la fenêtre ; il y pose parfois sa tête et pleure d'un chagrin que je ne comprends pas. Il m'appelle par un nom que je ne connais pas non plus mais que je refais mien à chaque instant, juste pour lui faire plaisir. Il faut que je t'avoue que lorsque je lui souris à l'appel de ce nom qu'il me donne, je le sens comme plus léger. Alors je souris aussi pour le remercier de m'avoir nourri.

Tu t'es assise auprès de moi, sur le rebord du lit. Je suis du regard les doigts fins de ta main qui caressent mon front. Je n'ai plus peur. Tu ne cesses de m'appeler et je lis dans tes yeux que toi aussi tu veux que je te donne un nom. Mais dans tes yeux à toi, il n'y a plus de tristesse, c'est pour cela que j'aime ta visite. Je ferme les miens quand ton poignet passe par-dessus mon nez. Ta peau sent mon enfance, ou bien était-ce la tienne ? Tu es ma fille, mon amour, je le sais maintenant et pour quelques secondes encore. Tant de choses à te dire et si peu de temps. Je voudrais que tu ries, mon cœur, que tu coures dire à ton père qui va se cacher à la fenêtre pour pleurer qu'il cesse, que je le reconnais parfois, dis-lui que je sais qui il est, dis-lui que je me souviens comme nous nous sommes aimés puisque je l'aime à nouveau chaque jour où il me rend visite.

Bonne nuit, mon amour, ici je dors, et j'attends.

Ta Maman.

20

Knapp attendait à l'accueil. Tomas l'avait appelé en quittant l'aéroport pour le prévenir de leur arrivée. Après avoir salué Marina et serré son ami dans ses bras, il les amena tous les deux jusqu'à son bureau.

– C'est une bonne chose que tu sois là, dit-il à Marina, tu vas me tirer une sacrée épine du pied. Votre Premier ministre est en visite à Berlin ce soir, la journaliste qui devait couvrir l'événement et la soirée de gala donnée en son honneur est tombée malade. Nous avons trois colonnes réservées dans l'édition de demain, il faut que tu te changes et partes sur-le-champ. J'aurai besoin de tes feuillets avant deux heures du matin, le temps de les envoyer à la correction. Tout doit être calé en machines avant trois heures. Désolé d'interférer dans vos plans si vous en aviez pour ce soir, mais il y a urgence et le journal passe avant tout !

Marina se leva, elle salua Knapp, posa un baiser sur le front de Tomas et murmura à son oreille : *Arrivederci*, mon idiot, avant de s'éclipser.

Tomas s'excusa auprès de Knapp et courut la rattraper dans le couloir.

– Tu ne vas quand même pas lui obéir au doigt et à l'œil ! Et notre dîner en tête à tête ?

– Et toi, tu ne lui obéis pas au doigt et à l'œil ? Rappelle-moi à quelle heure s'envole ton avion pour Mogadiscio ? Tomas, tu me l'as dit cent fois, la carrière avant tout, n'est-ce pas ? Demain tu ne seras plus là, et qui sait pour combien de temps. Prends soin de toi. Si les vents nous sont favorables, nos vies finiront bien par se recroiser dans une ville ou dans une autre.

– Prends au moins les clés de chez moi, viens écrire ton article à la maison.

– Je serai mieux à l'hôtel. Je crois que je pourrais difficilement me concentrer, la tentation de visiter ton palace serait irrésistible.

– Il n'y a qu'une pièce tu sais, tu en auras vite fait le tour.

– Tu es vraiment mon idiot préféré, je parlais de te sauter dessus, imbécile. Une prochaine fois, Tomas, et si je changeais d'avis, je me ferais un plaisir de venir te réveiller en sonnant à ta porte. À bientôt !

Marina lui adressa un ciao de la main et s'éloigna.

*

– Tu vas bien ? demanda Knapp alors que Tomas rentrait dans son bureau en claquant la porte.

– Tu es vraiment chiant ! Je viens pour une nuit à Berlin avec Marina, la dernière avant mon départ, et il faut que tu te débrouilles pour me l'enlever. Tu veux me faire croire que tu n'avais personne d'autre sous la main ? Qu'est-ce qu'il y a, bon sang ? Elle te plaît et tu es jaloux ? Tu es devenu tellement ambitieux que plus rien ne compte que ton journal ? Tu voulais que nous passions la soirée ensemble ?

– Tu as fini ? demanda Knapp en reprenant place derrière sa table de travail.

– Avoue que tu es un sacré emmerdeur ! poursuivit Tomas, furieux.

292

– Je doute que nous partagions cette soirée. Installe-toi dans ce fauteuil, il faut que je te parle et, compte tenu de ce que j'ai à te dire, je préfère que tu sois assis.

*

Le parc de Tiergarten était plongé dans la lumière du soir. De vieux réverbères diffusaient leur halo jaunâtre le long de la voie pavée. Julia avança jusqu'au canal. Sur le lac, les bateliers accrochaient les barques les unes aux autres. Elle poursuivit son chemin jusqu'à la lisière du zoo. Un peu plus loin, un pont surplombait la rivière. Elle coupa à travers bois, sans avoir peur de s'égarer, comme si chaque sentier, chaque arbre qu'elle croisait lui étaient familier. Devant elle se dressait la colonne de la Victoire. Elle dépassa le rond-point, ses pas la guidaient vers la porte de Brandebourg. Soudain, elle reconnut l'endroit où elle se trouvait et s'arrêta. Il y avait presque vingt ans, au détour de cette allée se dressait un pan du mur. C'était ici que, pour la première fois, elle avait vu Tomas. Aujourd'hui, un banc sous un tilleul s'offrait aux visiteurs.

– J'étais sûr de te retrouver là, dit une voix derrière elle. Tu as toujours cette même démarche.

Le cœur serré, Julia sursauta.

– Tomas ?

– Je ne sais pas ce que l'on doit faire en pareilles circonstances, se serrer la main, s'embrasser ? dit-il la voix hésitante.

– Je ne sais pas non plus, dit-elle.

– Quand Knapp m'a confié que tu étais à Berlin, sans pouvoir me dire où te trouver, j'ai d'abord pensé à appeler toutes les auberges de jeunesse de la ville, mais il y en a vraiment beaucoup maintenant. Alors j'ai imaginé qu'avec un peu de chance tu reviendrais par ici.

– Ta voix est la même, un peu plus grave, dit-elle avec un sourire fragile.

Il fit un pas vers elle.

– Si tu préfères, je pourrais grimper à cet arbre, je sauterais depuis cette branche, c'est presque la même hauteur que la première fois où je te suis tombé dessus.

Il fit un pas de plus, et la prit dans ses bras.

– Le temps a passé vite, et si lentement à la fois, dit-il en la serrant encore plus fort.

– Tu pleures ? demanda Julia en caressant sa joue.

– Non, c'est juste une poussière, et toi ?

– Sa sœur jumelle, c'est idiot, pourtant il n'y a pas de vent.

– Alors ferme les yeux, lui demanda Tomas.

Et retrouvant les gestes du passé, il effleura les lèvres de Julia du bout des doigts avant de poser un baiser sur chacune de ses paupières.

– C'était la plus jolie façon de me dire bonjour.

Julia abandonna son visage au creux de la nuque de Tomas.

– Tu as la même odeur, je n'aurais jamais pu l'oublier.

– Viens, dit-il, il fait froid, tu trembles.

Tomas prit Julia par la main et l'entraîna vers la porte de Brandebourg.

– Tu es venue à l'aéroport tout à l'heure ?

– Oui, comment le sais-tu ?

– Pourquoi ne m'as-tu pas fait signe ?

– Je crois que je n'avais pas vraiment envie de dire bonjour à ta femme.

– Elle s'appelle Marina.

– C'est un joli prénom.

– C'est une amie avec qui j'entretiens une relation épistolaire.

– Tu veux dire épisodique ?

– Quelque chose comme ça, ma pratique de ta langue n'est toujours pas parfaite.

– Tu te débrouilles plutôt bien.

Ils quittèrent le parc et traversèrent la place. Tomas la conduisit à la terrasse d'un café. Ils s'installèrent à une table et restèrent un long moment à se regarder en silence, incapables de trouver les mots à se dire.

– C'est fou comme tu n'as pas changé, reprit Tomas.

– Si, je t'assure qu'en vingt ans j'ai changé. Si tu me voyais au réveil, tu verrais bien que les années ont passé.

– Je n'ai pas besoin de ça, j'ai compté chacune d'elles.

Le garçon déboucha la bouteille de vin blanc que Tomas avait commandée.

– Tomas, pour ta lettre, il faut que tu saches...

– Knapp m'a tout raconté de votre rencontre. Ton père avait de la suite dans les idées !

Il leva son verre et trinqua délicatement. Devant eux un couple s'arrêta sur la place, émerveillé par la beauté des colonnades.

– Tu es heureuse ?

Julia ne dit rien.

– Où en es-tu de ta vie ? demanda Tomas.

– À Berlin, avec toi, aussi désemparée qu'il y a vingt ans.

– Pourquoi ce voyage ?

– Je n'avais pas d'adresse où te répondre. Vingt ans pour que ta lettre me parvienne, je ne faisais plus confiance à la poste.

– Tu es mariée, tu as des enfants ?

– Pas encore, répondit Julia.

– Pas encore pour les enfants ou pour le mariage ?

– Pour les deux.

– Des projets ?

– Cette cicatrice sur ton menton, tu ne l'avais pas avant.

– Avant, je n'avais sauté que du haut d'un mur, pas encore sur une mine.

– Tu as un peu forci, dit Julia en souriant.

– Merci !

– C'était un compliment, je te le jure, ça te va très bien.

– Tu mens mal, mais j'ai vieilli, c'est indiscutable. Tu as faim ?

– Non, répondit Julia en baissant les yeux.

– Moi non plus. Veux-tu que nous marchions ?

– J'ai l'impression que chaque mot que je dis est une connerie.

– Mais non, puisque tu ne m'as encore rien dévoilé sur ta vie, dit Tomas d'un air triste.

– J'ai retrouvé notre café, tu sais.

– Moi je n'y suis jamais retourné.

– Le patron m'a reconnue.

– Tu vois bien que tu n'as pas changé.

– Ils ont détruit le vieil immeuble où nous vivions pour en construire un tout neuf. De notre rue, il ne reste plus que le petit jardin en face.

– C'est peut-être mieux comme ça. Je n'avais pas de bons souvenirs là-bas, à part nos quelques mois ensemble. J'habite à l'Ouest maintenant. Pour beaucoup, cela ne signifie plus rien, mais moi, depuis mes fenêtres, j'aperçois encore la frontière.

– Knapp m'a parlé de toi, reprit Julia.

– Qu'est-ce qu'il t'a dit ?

– Que tu tenais un restaurant en Italie et que tu avais une ribambelle de gamins qui t'aidaient à cuire tes pizzas, répondit Julia.

– Quel crétin... où est-il allé chercher une chose pareille ?

– Dans les souvenirs du mal que je t'ai fait.

– J'imagine que moi aussi je t'en ai fait puisque tu me croyais mort...

Tomas regarda Julia en plissant les yeux.

– C'est prétentieux ce que je viens de dire, non ?

– Oui, un peu, mais c'est vrai.

Tomas prit la main de Julia dans la sienne.

– Nous avons chacun suivi notre route, c'est la vie qui en a décidé ainsi. Ton père l'a beaucoup aidé, mais il faut croire que le destin ne voulait pas nous réunir.

– Ou il voulait nous protéger... Peut-être aurions-nous fini par ne plus nous supporter ; nous aurions divorcé, tu serais le type que je détesterais le plus au monde et nous ne passerions pas cette soirée ensemble.

– Si, pour discuter de l'éducation de nos enfants ! Et puis il y a des couples qui se séparent et restent amis. Tu as quelqu'un dans ta vie ? Si tu pouvais ne pas évider la question cette fois !

– Éluder !

– Quoi ?

– Tu voulais dire éluder la question, évider ce serait plutôt pour un poisson.

– Tu me donnes une idée. Suis-moi !

À la terrasse voisine se tenait un restaurant de fruits de mer. Tomas prit d'assaut une table, sous les regards furieux des touristes qui attendaient leur tour.

– Tu fais des choses comme ça maintenant ? demanda Julia en s'asseyant. Ce n'est pas très civilisé. On va se faire virer !

– Dans mon métier, il faut être débrouillard ! Et puis, le patron est un ami, autant en profiter.

Celui-ci vint justement saluer Tomas.

– La prochaine fois, essaie de faire une arrivée plus

discrète, tu vas me brouiller avec ma clientèle, chuchota le propriétaire de l'établissement.

Tomas présenta Julia à son ami.

– Que recommanderais-tu à deux personnes qui n'ont pas du tout faim ? lui demanda-t-il.

– Je vais déjà vous apporter un bouquet de crevettes, l'appétit vient en mangeant !

Le patron s'éclipsa. Avant d'entrer en cuisine, il se retourna, leva le pouce et d'un clin d'œil appuyé fit comprendre à Tomas qu'il trouvait Julia ravissante.

– Je suis devenue dessinatrice.

– Je sais, j'aime beaucoup ta loutre bleue...

– Tu l'as vue ?

– Je te mentirais si je te disais que je ne rate aucun de tes dessins animés, mais comme tout se sait dans ma profession, le nom de sa créatrice est arrivé à mes oreilles. J'étais à Madrid, un après-midi avec un peu de temps devant moi. J'ai remarqué l'affiche, je suis entré dans la salle ; je dois t'avouer que je n'ai pas compris tous les dialogues, l'espagnol n'est pas mon fort, mais je pense avoir saisi l'essentiel de l'histoire. Je peux te poser une question ?

– Tout ce que tu voudras.

– Tu ne te serais pas inspirée de moi pour créer le personnage de l'ours, par hasard ?

– Stanley me dit que celui du hérisson te ressemble plus.

– Qui est Stanley ?

– Mon meilleur ami.

– Et comment peut-il savoir que je ressemble à un hérisson ?

– Il faut croire qu'il est très intuitif, perspicace, ou que je lui parlais souvent de toi.

– On dirait qu'il a beaucoup de qualités. C'est quel genre d'ami ?

– Un ami veuf avec qui j'ai partagé beaucoup de moments.

– Je suis désolé pour lui.

– Mais, de bons moments tu sais !

– Je parlais du fait qu'il ait perdu sa femme, elle est morte il y a longtemps ?

– Son compagnon...

– Alors je suis encore plus triste pour lui.

– Ce que tu es bête !

– Je sais, c'est idiot, mais je le trouve plus sympathique maintenant que tu me dis qu'il aimait un homme. Et qui t'a inspiré la belette ?

– Mon voisin du dessous, il tient un magasin de chaussures. Raconte-moi cet après-midi où tu es allé voir mon dessin animé, comment était cette journée ?

– Triste, quand la séance s'est achevée.

– Tu m'as manqué, Tomas.

– Toi aussi, bien plus que tu ne peux l'imaginer. Mais nous devrions changer de sujet. Il n'y a pas de poussière à culpabiliser dans ce restaurant.

– À accuser ! C'est ce que tu voulais dire.

– Qu'importe. Des journées comme celles vécues en Espagne, j'en ai connu des centaines, ici ou ailleurs et il m'arrive encore parfois de les vivre. Tu vois, il faut vraiment que nous parlions d'autre chose, sinon, c'est moi qui vais culpabiliser de t'ennuyer avec ma nostalgie.

– Et à Rome ?

– Tu ne m'as toujours rien dit de ta vie, Julia.

– Vingt ans, c'est long à raconter tu sais.

– Tu es attendue ?

– Non, pas ce soir.

– Et demain ?

– Oui. J'ai quelqu'un à New York.

– C'est sérieux ?

– Je devais me marier... samedi dernier.

– Devais ?

– Nous avons dû annuler la cérémonie.

– De son fait ou du tien ?

– Mon père...

– Décidément c'est une manie chez lui. Il a aussi pulvérisé la mâchoire de ton futur époux ?

– Non, cette fois, c'était encore plus surprenant.

– Je suis désolé.

– Non, tu ne dois probablement pas l'être et je ne peux pas t'en vouloir.

– Détrompe-toi, j'aurais bien aimé qu'il casse la gueule de ton fiancé... Cette fois, je suis sincèrement désolé de ce que je viens de te dire.

Julia laissa échapper un rire, un second et le fou rire l'emporta.

– Qu'est-ce qu'il y a de drôle ?

– Si tu avais vu ta tête, continua Julia en riant, on aurait dit un enfant qui vient de se faire prendre dans l'armoire à confitures avec de la fraise partout autour de la bouche. Je comprends encore mieux pourquoi tu m'as inspiré tous ces personnages. Personne d'autre que toi ne peut faire de pareilles mimiques. Qu'est-ce que tu m'as manqué !

– Arrête de répéter ça, Julia.

– Pourquoi ?

– Parce que tu devais te marier samedi dernier.

Le patron du restaurant arriva à leur table, un grand plat dans les bras.

– J'ai trouvé votre bonheur, lança-t-il enjoué. Deux soles légères, quelques légumes grillés pour les accompagner, une petite sauce aux herbes fraîches, juste ce qu'il faut pour dénouer deux estomacs. Je vous les prépare ?

– Excuse-moi, dit Tomas à son ami, nous n'allons pas rester, apporte-moi la note.

– Qu'est-ce que j'entends ? Je ne sais pas ce qui

s'est passé entre vous deux depuis tout à l'heure, mais il n'est pas question que vous partiez de chez moi sans avoir goûté à ma cuisine. Alors engueulez-vous un bon coup, dites-vous tout ce que vous avez sur le cœur, pendant que j'apprête ces deux merveilles et vous me ferez le plaisir de vous réconcilier autour de mes poissons, c'est un ordre, Tomas !

Le patron s'éloigna pour accommoder les soles sur une desserte, sans jamais quitter Tomas et Julia des yeux.

– J'ai l'impression que tu n'as pas le choix, tu vas devoir me supporter encore un peu, sinon, ton ami risque de se mettre très en colère, dit Julia.

– J'en ai bien l'impression moi aussi, dit Tomas en esquissant un sourire. Pardonne-moi, Julia, je n'aurais pas dû...

– Cesse de demander pardon tout le temps, ça ne te va pas. Essayons de manger, et puis tu me raccompagneras, j'ai envie de marcher à tes côtés. Ça, j'ai le droit de le dire ?

– Oui, répondit Tomas. Comment ton père a-t-il empêché votre mariage, cette fois ?

– Oublions-le et parle-moi plutôt de toi.

Tomas raconta vingt ans de vie, avec beaucoup de raccourcis et Julia fit de même. À la fin du dîner, le patron leur imposa de goûter à son soufflé au chocolat. Il l'avait préparé spécialement pour eux, il le servit avec deux cuillères, mais Julia et Tomas n'en utilisèrent qu'une seule.

Ils quittèrent le restaurant sous une nuit presque blanche et rentrèrent par le parc. La lune pleine se reflétait dans le lac où se balançaient quelques barques attachées à un ponton.

Julia raconta à Tomas une légende chinoise. Il lui fit le récit de ses voyages mais jamais de ses guerres, elle lui parla de New York, de son métier, souvent de son meilleur ami, mais jamais de ses projets d'avenir.

Ils laissèrent le parc derrière eux et marchèrent dans la ville. Julia s'arrêta au détour d'une place.

– Tu te souviens ? dit-elle.

– Oui, c'est ici que j'ai retrouvé Knapp au milieu de la foule. Quelle incroyable nuit ! Que sont devenus tes deux amis français ?

– Cela fait longtemps que nous ne nous sommes pas parlé. Mathias est libraire, Antoine architecte. L'un vit à Paris, l'autre à Londres, je crois.

– Ils sont mariés ?

– ... et divorcés, aux dernières nouvelles.

– Tiens, dit Tomas en désignant la vitrine éteinte d'un café, c'est le bistrot où nous allions toujours quand nous rendions visite à Knapp.

– Tu sais, j'ai fini par trouver ce chiffre pour lequel vous vous disputiez sans cesse.

– Quel chiffre ?

– Celui du nombre d'habitants de l'Est qui avaient collaboré avec la Stasi en lui fournissant des renseignements ; je l'ai découvert il y a deux ans, à la bibliothèque, en parcourant une revue qui publiait une étude sur la chute du mur.

– Et il y a deux ans, tu t'intéressais à ce genre de nouvelles ?

– Deux pour cent seulement, tu vois, tu peux être fier de tes concitoyens.

– Ma grand-mère en faisait partie, Julia, je suis allé consulter mon dossier aux archives. Je me doutais bien qu'il y en avait un sur moi, à cause de l'évasion de Knapp. Ma propre grand-mère les renseignait, j'y ai lu des pages et des pages si détaillées sur ma vie, mes activités, mes amis. Drôle de façon de renouer avec ses souvenirs d'enfance.

– Si tu savais ce que j'ai vécu ces derniers jours !

Elle l'a peut-être fait pour te protéger, pour que tu ne sois pas inquiété.

– Je ne l'ai jamais su.

– C'est pour cela que tu as changé de nom ?

– Oui, pour tirer un trait sur mon passé, recommencer une nouvelle vie.

– Et j'en faisais partie, de ce passé que tu as effacé ?

– Nous sommes arrivés à ton hôtel, Julia.

Elle leva la tête, l'enseigne du Brandenburger Hof illuminait la façade. Tomas la prit dans ses bras et sourit tristement.

– Il n'y a pas d'arbre ici, comment se dit-on au revoir dans de telles circonstances ?

– Tu crois que cela aurait marché entre nous ?

– Qui sait ?

– Je ne sais pas comment se dire au revoir, Tomas, ni même si j'en ai envie.

– C'était doux de te revoir, un cadeau inattendu de la vie, murmura Tomas.

Julia posa sa tête sur son épaule.

– Oui, c'était doux.

– Tu n'as pas répondu à la seule question qui me préoccupe, es-tu heureuse ?

– Plus maintenant.

– Et toi, tu crois que cela aurait marché entre nous ? lui demanda Tomas.

– Probablement.

– Alors tu as changé.

– Pourquoi ?

– Parce que dans le temps, avec ton humour sarcastique tu m'aurais répondu que nous aurions couru au fiasco, que tu n'aurais jamais supporté que je vieillisse, que je prenne un peu de poids, que je sois tout le temps en vadrouille...

– Mais depuis j'ai appris à mentir.

303

– Là je te retrouve enfin, telle que je n'ai cessé de t'aimer...

– Je connais un moyen infaillible de savoir si nous aurions eu une chance... ou pas.

– Lequel ?

Julia posa ses lèvres sur celles de Tomas. Le baiser dura, semblable à celui de deux adolescents qui s'aiment au point d'en oublier le reste du monde. Elle le prit par la main et l'entraîna vers le hall de l'hôtel. Le concierge somnolait sur sa chaise. Julia guida Tomas jusqu'aux ascenseurs. Elle appuya sur le bouton et leur baiser se poursuivit jusqu'au sixième étage.

Les peaux réunies, pareilles aux plus intimes souvenirs, confondaient leurs moiteurs au creux des draps. Julia ferma les yeux. La main caressante glissait sur son ventre, les siennes s'attachaient à la nuque. La bouche effleurait l'épaule, le cou, la courbe des seins, les lèvres se promenaient, indociles ; ses doigts s'agrippèrent à la chevelure de Tomas. La langue descendait et le plaisir montait en vagues, réminiscence de voluptés inégalées. Les jambes s'enlaçaient, les corps se nouaient l'un à l'autre, rien ne pouvait plus les défaire. Les gestes étaient intacts, parfois malhabiles mais toujours tendres.

Les minutes s'égrenèrent en heures, et le petit matin se leva sur leurs deux corps abandonnés, alanguis dans la tiédeur du lit.

*

La cloche d'une église sonna huit coups dans le lointain. Tomas s'étira et alla à la fenêtre. Julia s'assit et regarda sa silhouette teintée d'ombre et de lumière.

– Qu'est-ce que tu es belle, dit Tomas en se retournant.

Julia ne répondit pas.

– Et maintenant ? questionna-t-il d'une voix douce.

– J'ai faim !

– Ton sac sur ce fauteuil, il est déjà fait ?

– Je repars... ce matin, répondit Julia hésitante.

– Il m'a fallu dix ans pour t'oublier, je croyais avoir réussi ; je pensais avoir connu la peur sur les terrains de guerre, je me trompais sur toute la ligne, ce n'était rien comparé à ce que je ressens à côté de toi dans cette chambre, à l'idée de te perdre encore.

– Tomas...

– Qu'est-ce que tu vas me dire, Julia, que c'était une erreur ? Peut-être. Quand Knapp m'a avoué que tu étais en ville, j'imaginais que le temps aurait effacé les différences qui nous ont séparés, toi la jeune fille de l'Ouest, moi le gamin de l'Est ! J'espérais que vieillir nous aurait au moins apporté cela de bon. Mais nos vies sont toujours très différentes, n'est-ce pas ?

– Je suis dessinatrice, toi reporter, nous avons tous les deux accompli nos rêves...

– Pas les plus importants, en tout cas pas moi. Tu ne m'as pas encore donné les raisons pour lesquelles ton père a fait annuler ton mariage. Est-ce qu'il va surgir dans cette chambre et m'assommer à nouveau ?

– J'avais dix-huit ans et pas d'autre choix que de le suivre, je n'étais même pas majeure. Quant à mon père, il est mort. Son enterrement a eu lieu le jour où devait avoir lieu mon mariage, maintenant tu sais pourquoi...

– Je suis désolé pour lui, pour toi aussi si tu as de la peine.

– Cela ne sert à rien d'être désolé, Tomas.

– Pourquoi es-tu venue à Berlin ?

– Tu le sais très bien, puisque Knapp t'a tout expliqué. Ta lettre m'est parvenue avant-hier, je ne pouvais pas faire plus vite...

– Et tu ne pouvais plus te marier sans être sûre, c'est cela ?

– Tu n'as pas besoin d'être méchant.

Tomas s'assit au pied du lit.

– J'ai apprivoisé la solitude, il faut une patience terrible. J'ai marché dans des villes aux quatre coins du monde à la recherche de l'air que tu respirais. On dit que les pensées de deux personnes qui s'aiment finissent toujours par se rencontrer, alors je me demandais souvent en m'endormant le soir s'il t'arrivait de penser à moi quand je pensais à toi ; je suis venu à New York, j'arpentais les rues, rêvant de t'apercevoir et redoutant tout à la fois qu'une telle chose se produise. J'ai cru cent fois te reconnaître, et c'était comme si mon cœur s'arrêtait de battre quand la silhouette d'une femme te rappelait à moi. Je me suis juré de ne plus jamais aimer ainsi, c'est une folie, un abandon de soi impossible. Le temps a passé, le nôtre avec, tu ne penses pas ? T'es-tu posé cette question avant de prendre l'avion ?

– Arrête, Tomas, ne gâche pas tout. Que veux-tu que je te dise ? J'ai scruté le ciel pendant des jours et des nuits, certaine que tu me regardais de là-haut... Alors non, je ne me suis pas posé cette question avant de prendre l'avion.

– Qu'est-ce que tu proposes, que nous restions amis ? Que je t'appelle quand je passerai à New York ? Nous irons boire un verre en nous remémorant nos bons souvenirs, liés par la complicité que noue l'interdit ? Tu me montreras des photos de tes enfants, qui ne seront pas les nôtres. Je te dirai qu'ils te ressemblent, essayant de ne pas deviner dans leurs traits ceux de leur père. Pendant que je serai dans la salle de bains, tu décrocheras le téléphone pour appeler ton futur mari et je ferai couler l'eau pour ne pas t'entendre lui dire Bonjour, chéri ? Te sait-il seulement à Berlin ?

– Arrête ! hurla Julia.

– Que lui diras-tu en rentrant ? demanda Tomas en retournant à la fenêtre.

– Je n'en sais rien.

– Tu vois, c'est moi qui avais raison, tu n'as pas changé.

– Si Tomas, bien sûr que j'ai changé, mais il aura suffi d'un signe du destin, qui me conduise ici pour que je réalise que mes sentiments eux n'ont pas changé...

En bas, dans la rue, Anthony Walsh faisait les cent pas en consultant sa montre. Trois fois déjà qu'il levait la tête vers la fenêtre de la chambre de sa fille, et même depuis le sixième étage, l'impatience pouvait se lire sur ses traits.

– Rappelle-moi quand est-ce que ton père est mort ? demanda Tomas en laissant retomber le voilage sur la vitre.

– Je te l'ai déjà dit, je l'ai enterré samedi dernier.

– Alors ne dis plus rien. Tu as raison, ne gâchons pas le souvenir de cette nuit ; on ne peut pas aimer quelqu'un et lui mentir, pas toi, pas nous.

– Je ne te mens pas...

– Ce sac sur le fauteuil, prends-le, rentre chez toi, murmura Tomas.

Il enfila son pantalon, sa chemise, sa veste et ne prit pas le temps de nouer les lacets de ses chaussures. Il s'approcha de Julia, lui tendit la main et l'attira au creux de ses bras.

– Je prends l'avion pour Mogadiscio ce soir, je sais déjà que là-bas je penserai sans cesse à toi. Ne t'inquiète pas, n'aie aucun regret, j'ai espéré vivre ce moment tant de fois que je ne peux plus les compter, et ce moment était magnifique mon amour. De pouvoir t'appeler ainsi encore une fois, rien qu'une seule, était un rêve que je n'osais plus faire. Tu as été et seras toujours la plus belle femme de ma vie, celle qui m'a donné mes plus beaux souvenirs, c'est déjà beaucoup. Je ne te demande qu'une chose, jure-moi d'être heureuse.

Tomas embrassa tendrement Julia et partit sans se retourner.

En sortant de l'hôtel, il s'approcha d'Anthony qui attendait toujours devant la voiture.

– Votre fille ne devrait plus tarder, dit-il avant de le saluer.

Il s'éloigna dans la rue.

21.

De tout le voyage qui les ramenait de Berlin à New York, Julia et son père n'échangèrent pas un mot ; sauf une phrase qu'Anthony prononça plusieurs fois « Je crois que j'ai encore fait une connerie » et ce, sans que sa fille n'en comprenne pleinement le sens. Ils arrivèrent en milieu d'après-midi, Manhattan était sous la pluie.

– Écoute, Julia, tu vas dire quelque chose à la fin ! protesta Anthony en entrant dans l'appartement d'Horatio Street.

– Non ! répondit Julia en posant son bagage.

– Tu l'as revu hier soir ?

– Non !

– Dis-moi ce qui s'est passé, je peux peut-être te conseiller.

– Toi ? Ce serait bien le monde à l'envers.

– Ne sois pas têtue, tu n'as plus cinq ans et je n'ai plus que vingt-quatre heures.

– Je n'ai pas revu Tomas et je vais prendre une douche. Point final !

Anthony s'interposa devant la porte, lui barrant le passage.

– Et après, tu comptes rester dans cette salle de bains les vingt prochaines années ?

– Pousse-toi !

– Pas tant que tu ne m'auras pas répondu.

– Tu veux savoir ce que je vais faire maintenant ? Je vais essayer de rassembler les morceaux de ma vie que tu as savamment éparpillés en une semaine. Je n'aurai probablement pas le loisir de tous les recoller puisqu'il en manquera toujours, et ne fais pas cette tête comme si tu ne comprenais pas, tu n'as pas cessé pendant tout le vol de t'en faire le reproche.

– Je ne parlais pas de notre voyage...

– Alors de quoi ?

Anthony ne répondit pas.

– C'est bien ce que je pensais ! dit Julia. En attendant, je vais enfiler des jarretières, mettre un soutien-gorge à balconnet, le plus sexy que je possède, j'appellerai Tomas et j'irai me faire sauter. Et si j'arrive encore à lui mentir comme j'ai appris à le faire depuis que je suis avec toi, peut-être acceptera-t-il que nous reparlions du mariage.

– Tu as dit Tomas !

– Quoi ?

– C'est avec Adam que tu devais te marier, tu viens encore de faire un lapsus.

– Écarte-toi de cette porte ou je te tue !

– Tu perdrais ton temps, je suis déjà mort. Et si tu crois que tu vas réussir à me choquer en me racontant ta vie sexuelle, tu es loin du compte, ma chérie !

– Dès que j'arriverai chez Adam, reprit Julia en toisant son père, je le colle au mur, je le déshabille...

– Ça suffit ! hurla Anthony. Je n'ai pas besoin non plus d'en connaître tous les détails, ajouta-t-il en recouvrant son calme.

– Tu me laisses aller me doucher, maintenant ?

Anthony leva les yeux au ciel et lui céda le passage. L'oreille collée à la porte il entendit Julia téléphoner.

Non, il ne fallait surtout pas déranger Adam s'il

était en réunion, simplement le prévenir qu'elle venait de rentrer à New York. S'il était libre ce soir, il pouvait passer la prendre à vingt heures, elle l'attendrait en bas de chez elle. En cas d'empêchement, elle serait toujours joignable.

Anthony regagna le salon sur la pointe des pieds et s'installa sur le canapé. Il prit la télécommande pour allumer la télévision et se ravisa aussitôt, ce n'était pas la bonne. Il observa le fameux boîtier blanc et sourit en le replaçant juste à côté de lui.

Un quart d'heure plus tard, Julia réapparut, un imperméable sur les épaules.

– Tu vas quelque part ?

– Travailler.

– Un samedi ? Par ce temps ?

– Il y a toujours du monde au bureau le week-end, j'ai des mails et du courrier en retard.

Elle s'apprêtait à sortir quand Anthony la rappela.

– Julia ?

– Qu'est-ce qu'il y a encore ?

– Avant que tu ne fasses une vraie connerie, je veux que tu saches que Tomas t'aime toujours.

– Et comment le sais-tu ?

– Nous nous sommes croisés ce matin, il m'a d'ailleurs très gentiment salué en sortant de l'hôtel ! J'imagine qu'il m'avait vu dans la rue depuis la fenêtre de ta chambre.

Julia fustigea son père du regard.

– Va-t'en, quand je reviendrai je veux que tu sois parti d'ici !

– Pour aller où, là-haut dans ce grenier infâme ?

– Non, chez toi ! dit Julia, et elle claqua la porte derrière elle.

*

Anthony attrapa le parapluie accroché à la patère près de l'entrée et sortit sur le balcon qui surplombait la rue. Penché à la balustrade, il regarda Julia s'éloigner vers le carrefour. Dès qu'elle eut disparu, il se rendit dans la chambre de sa fille. Le téléphone était posé sur la table de nuit. Il souleva le combiné et appuya sur la touche de rappel automatique.

Il se présenta à son interlocutrice en qualité d'assistant de Mlle Julia Walsh. Évidemment qu'il savait que cette dernière venait d'appeler, et qu'Adam n'était pas disponible ; il était cependant d'une extrême importance de lui dire que Julia l'attendrait plus tôt que prévu, à dix-huit heures chez elle et non dans la rue, puisqu'il pleuvait. C'était en effet dans quarante-cinq minutes et, tout bien considéré, il était préférable de le déranger en réunion. Inutile qu'Adam la rappelle, son portable n'avait plus de batterie et elle était sortie faire une course. Anthony se fit promettre à deux reprises que le message serait délivré à son destinataire et raccrocha en souriant, l'air particulièrement satisfait.

Une fois le combiné sur son socle, il ressortit de la pièce, s'installa confortablement dans un fauteuil, et ne quitta plus du regard la télécommande posée sur le canapé.

*

Julia fit pivoter son fauteuil et alluma son ordinateur. Une liste interminable de mails défila sur l'écran ; elle jeta un bref coup d'œil à sa table de travail, la bannette de courrier en débordait et le voyant de messagerie clignotait frénétiquement sur le cadran du téléphone.

Elle prit son portable dans la poche de l'imper-méable et appela son meilleur ami au secours.

– Il y a du monde dans ton magasin ? demanda-t-elle.

– Avec le temps qu'il fait ici, pas même une gre-nouille, c'est un après-midi fichu.

– Je sais, je suis trempée.

– Tu es rentrée ! s'exclama Stanley.

– Il y a à peine une heure.

– Tu aurais pu m'appeler plus tôt !

– Tu fermerais ta boutique pour retrouver une vieille amie chez Pastis ?

– Commande-moi un thé, non un cappuccino, enfin ce que tu veux ; j'arrive tout de suite.

Et dix minutes plus tard, Stanley rejoignait Julia qui l'attendait attablée au fond de l'ancienne brasserie.

– Tu as l'air d'un épagneul qui serait tombé dans un lac, dit-elle en l'embrassant.

– Et toi d'un cocker qui l'aurait suivi. Qu'est-ce que tu nous as choisi ? demanda Stanley en s'asseyant.

– Des croquettes !

– J'ai deux trois ragots croustillants sur qui a couché avec qui cette semaine, mais toi d'abord ; je veux tout savoir. Laisse-moi deviner, tu as retrouvé Tomas puisque je n'ai eu aucun signe de toi ces deux derniers jours, et à voir ta tête, tout ne s'est pas passé comme tu l'envisageais.

– Je n'envisageais rien...

– Menteuse !

– Si tu voulais passer un moment en compagnie d'une vraie imbécile, profites-en c'est maintenant !

Julia raconta presque tout de son voyage ; sa visite au syndicat de la presse, le premier mensonge de Knapp, les raisons de la double identité de Tomas, le vernissage, le carrosse commandé au dernier moment par le concierge pour l'y conduire ; quand elle lui parla des chaussures qu'elle avait portées avec sa robe longue, Stanley, scandalisé, repoussa sa tasse de thé pour commander un blanc sec. La pluie redoublait au-dehors. Julia fit le récit de sa visite à l'Est, une rue où des maisons avaient disparu, le décor vieillot d'un bar qui avait survécu, sa conversation avec le meilleur ami de Tomas, sa course folle vers l'aéroport, Marina, et enfin, avant que Stanley ne défaille, ses retrouvailles avec Tomas dans le parc de Tiergarten. Julia pour-suivit, décrivant cette fois la terrasse d'un restaurant où l'on servait le meilleur poisson du monde, même si elle y avait à peine goûté, une balade nocturne autour d'un lac, une chambre d'hôtel où elle avait fait l'amour la nuit dernière et enfin l'histoire d'un petit déjeuner qui n'avait jamais eu lieu. Alors que le serveur revenait pour la troisième fois demander si tout allait bien, Stanley le menaça de sa fourchette s'il osait les déranger à nouveau.

– J'aurais dû t'accompagner, dit Stanley. Si j'avais pu imaginer une pareille aventure, je ne t'aurais jamais laissée partir seule là-bas.

Julia tournait inlassablement la cuillère dans sa tasse de thé. Il la regarda attentivement et arrêta son geste.

– Julia, tu ne prends pas de sucre... tu te sens un peu perdue, n'est-ce pas ?

– Tu peux enlever le « un peu ».

– En tout cas, je te rassure, je ne le vois pas du tout retourner avec cette Marina, crois-en mon expérience.

– Quelle expérience ? répliqua Julia en souriant. De toute façon à l'heure qu'il est, Tomas est dans un avion pour Mogadiscio.

– Et nous à New York, sous la pluie ! répondit Stanley en regardant l'averse qui battait la vitre.

Quelques passants s'étaient réfugiés à l'abri de la

banne, sur la terrasse. Un vieux monsieur serrait sa femme contre lui, comme pour la protéger un peu mieux.

– Je vais remettre de l'ordre dans ma vie, du mieux que je le peux, reprit Julia. Je suppose que c'est la seule chose à faire.

– Tu n'avais pas tort, je trinque avec une vraie imbécile. Tu as cette chance inouïe que pour une fois ta vie ressemble à un formidable bordel, et tu voudrais faire le ménage dans les chambres ? Tu es complètement sotte, ma pauvre chérie. Et, je t'en prie, sèche-moi ces yeux tout de suite, il y a assez de flotte dehors ; ce n'est vraiment pas le moment de pleurer, j'ai encore beaucoup trop de questions à te poser.

Julia passa le revers de la main sur ses paupières et sourit à nouveau à son ami.

– Que comptes-tu dire à Adam ? reprit Stanley. J'ai bien cru que j'allais devoir le prendre en pension complète si tu ne revenais pas. Il m'a invité demain chez ses parents à la campagne. Je te préviens, ne fais pas de gaffe, je me suis inventé une gastro.

– Je vais lui révéler la part de vérité qui lui fera le moins de mal.

– Ce qui fait le plus souffrir en amour, c'est la lâcheté. Tu veux tenter une seconde chance avec lui ou pas ?

– C'est peut-être dégueulasse à dire, mais je ne me sens pas le courage d'être à nouveau seule.

– Alors il va dérouiller, pas maintenant, mais tôt ou tard il dérouillera !

– Je ferai en sorte de le protéger.

– Je peux te demander quelque chose d'un peu personnel ?

– Tu sais bien que je ne te cache jamais rien...

– Cette nuit avec Tomas, c'était comment ?

– Tendre, doux, magique et triste au matin.

– Je te parle du sexe, ma chérie.

– Tendre, doux, magique...

– Et tu veux me faire croire que tu ne sais pas où tu en es ?

– Je suis à New York, Adam aussi, et Tomas est désormais très loin.

– L'important, ma chérie, ce n'est pas de savoir dans quelle ville ou quel coin du monde se trouve l'autre, mais où il se situe dans l'amour qui nous lie à lui. Les erreurs ne comptent pas, Julia, il n'y a que ce que l'on vit.

*

Adam sortit d'un taxi sous une pluie battante. Les caniveaux dégorgeaient d'eau. Il sautilla sur le trottoir et sonna avec insistance à l'Interphone. Anthony Walsh abandonna son fauteuil.

– Ça va, ça va, une seconde ! râla-t-il en appuyant sur le bouton qui commandait l'ouverture de la porte au rez-de-chaussée.

Il entendit les pas dans l'escalier et accueillit son visiteur avec un grand sourire.

– Monsieur Walsh ? s'exclama ce dernier, effaré, en reculant d'un pas.

– Adam, quel bon vent vous amène ?

Adam resta sans voix sur le palier.

– Vous avez perdu votre langue, mon ami ?

– Mais vous êtes mort ? balbutia-t-il.

– Ah, ne soyez pas désagréable. Je sais que nous ne nous aimons pas beaucoup mais de là à m'envoyer au cimetière, quand même !

– Mais justement, j'y étais au cimetière le jour de votre enterrement, bredouilla Adam.

– Ça suffit maintenant, vous devenez grossier, mon

316

vieux ! Bon, on ne va pas rester plantés là toute la soirée, entrez quand même, vous êtes tout pâle.

Adam avança vers le salon. Anthony lui fit signe d'ôter son trench-coat qui ruisselait.

– Excusez-moi d'insister, dit-il en accrochant son imperméable au porte-manteau, vous comprendrez ma surprise, mais mon mariage a été annulé à cause de vos obsèques...

– C'était aussi un peu celui de ma fille, non ?

– Elle n'a quand même pas inventé toute cette histoire juste pour...

– Vous quitter ? Ne vous donnez pas autant d'importance. Nous avons un sens de l'inventivité très poussé dans la famille, mais c'est mal la connaître que d'imaginer qu'elle puisse faire une chose aussi saugrenue. Il doit y avoir d'autres explications, et, si vous vous taisez pendant deux secondes, je pourrai peut-être vous en proposer une ou deux.

– Où est Julia ?

– Cela fait bientôt vingt ans hélas que ma fille a perdu l'habitude de me tenir informé de son emploi du temps. Pour tout vous dire, je la croyais avec vous. Nous sommes rentrés à New York depuis trois bonnes heures.

– Vous étiez en voyage avec elle ?

– Bien sûr, elle ne vous en a pas parlé ?

– Je pense qu'elle aurait eu un peu de mal étant donné que j'étais à l'arrivée de l'avion qui ramenait votre dépouille d'Europe et avec elle dans le corbillard qui nous a conduits jusqu'au cimetière.

– De plus en plus charmant ! Et puis quoi d'autre encore ? Vous avez appuyé vous-même sur le bouton de l'incinérateur pendant que vous y êtes !

– Non, mais, j'ai jeté une poignée de terre sur votre cercueil !

– Merci de la délicate attention.

317

– Je crois que je ne me sens pas très bien, confia Adam dont le teint virait au vert.

– Alors asseyez-vous, au lieu de rester debout comme un imbécile.

Il indiqua le canapé à Adam.

– Oui, là, vous reconnaissez encore un endroit où poser votre postérieur ou vous avez perdu tous vos neurones en me voyant ?

Adam obéit. Il se laissa tomber sur le coussin et ce faisant, s'assit malencontreusement sur le bouton de la télécommande.

Anthony se tut instantanément, ses yeux se fermèrent et il s'écroula de tout son long sur le tapis devant Adam, pétrifié.

*

– Tu ne m'as pas ramené une photo de lui, j'imagine ? demanda Stanley. J'aurais tellement voulu voir à quoi il ressemble. Je dis n'importe quoi mais je déteste quand tu es silencieuse comme cela.

– Pourquoi ?

– Parce que je n'arrive plus à compter le nombre de pensées qui te passent par la tête.

Leur conversation fut interrompue par Gloria Gaynor qui chantonnait *Je survivrai* dans le sac de Julia.

Elle attrapa son portable et montra à Stanley le cadran où s'affichait le nom d'Adam. Stanley haussa les épaules et Julia prit l'appel. Elle entendit la voix terrorisée de son fiancé.

– Nous avons pas mal de choses à nous dire toi et moi, enfin surtout toi, mais cela devra attendre, ton père vient de faire un malaise.

– En d'autres circonstances j'aurais pu trouver ça drôle, là c'est plutôt de mauvais goût.

– Je suis dans ton appartement, Julia...

– Qu'est-ce que tu fais chez moi, nous n'avions rendez-vous que dans une heure, dit-elle tétanisée ?

– Ton assistant a appelé pour me dire que tu voulais que nous nous retrouvions plus tôt.

– Mon assistant ? Quel assistant ?

– Qu'est-ce que ça peut bien faire ? Je suis en train de te dire que ton père est allongé par terre, inerte au milieu de ton salon ; rejoins-moi au plus tôt, je préviens les secours !

Stanley sursauta quand son amie hurla.

– Surtout pas ! J'arrive immédiatement !

– Tu as perdu la raison ? Julia, j'ai eu beau le secouer, il ne réagit plus ; j'appelle tout de suite le 911 !

– Tu n'appelles personne tu m'entends, je serai là dans cinq minutes, répondit Julia en se levant.

– Où es-tu ?

– En face de la maison, chez Pastis ; je traverse la rue et je monte ; en attendant ne fais rien, ne touche à rien et surtout pas à lui !

Stanley qui ne comprenait pas tout de ce qui se passait chuchota à son amie qu'il s'occuperait de l'addition. Alors qu'elle traversait la salle en courant il lui cria de l'appeler dès que l'incendie serait éteint !

*

Elle grimpa les marches quatre à quatre et, en entrant, vit le corps immobile de son père étendu au beau milieu du salon.

– Où est la télécommande ? dit-elle en faisant une entrée fracassante.

– Quoi ? demanda Adam totalement décontenancé.

– Un boîtier avec des boutons dessus, un seul en l'occurrence, une télécommande, tu sais encore ce que c'est ? répondit-elle en balayant la pièce du regard.

– Ton père est inanimé et tu veux regarder la télévision ? J'appelle les secours pour qu'ils envoient deux ambulances.

– Tu as touché à quelque chose ? Comment est-ce arrivé ? questionna Julia en ouvrant les tiroirs les uns après les autres.

– Je n'ai rien fait de particulier, à part discuter avec ton père que nous avons enterré la semaine dernière, ce qui finalement est quand même assez particulier.

– Plus tard, Adam, tu feras de l'humour tout à l'heure, pour l'instant il y a urgence.

– Je n'essayais pas du tout d'être drôle. Tu comptes m'expliquer ce qui se passe ici ? Ou alors dis-moi au moins que je vais me réveiller et que je vais rire tout seul du cauchemar que je suis en train de faire...

– Au début je me suis dit la même chose ! Où est-elle à la fin ?

– Mais de quoi parles-tu ?

– De la télécommande de papa.

– Cette fois j'appelle ! jura Adam en se dirigeant vers le téléphone de la cuisine.

Bras en croix, Julia lui barra le chemin.

– Tu ne fais pas un pas de plus, et tu m'expliques exactement comment c'est arrivé.

– Je te l'ai déjà dit, fulmina Adam, ton père m'a ouvert la porte, tu me pardonneras mon étonnement en le voyant, il m'a fait entrer chez toi, en me promettant de m'expliquer la raison de sa présence ici. Il m'a ensuite ordonné d'aller m'asseoir et alors que je prenais place dans le canapé il s'est écroulé au beau milieu d'une phrase.

– Le canapé ! Pousse-toi, cria Julia en bousculant Adam.

Elle souleva frénétiquement les coussins les uns après les autres et soupira de soulagement en trouvant enfin l'objet convoité.

– C'est bien ce que je disais, tu es devenue complètement dingue, maugréa Adam en se relevant.

– Je vous en prie, faites que ça marche, supplia Julia en empoignant le boîtier blanc.

– Julia ! vociféra Adam. Tu vas enfin m'expliquer à quoi tu joues, bon sang !

– Tais-toi, reprit-elle au bord des larmes, je vais nous épargner bien des mots inutiles, tu vas comprendre dans deux minutes. Et pourvu que tu comprennes, pourvu que ça fonctionne...

Elle implora le ciel d'un regard vers la fenêtre, ferma les yeux et appuya sur le bouton du boîtier blanc.

– Vous voyez, mon petit Adam, les choses ne sont pas toujours ce qu'elles ont l'air d'être..., dit Anthony en rouvrant les yeux et il s'interrompit en découvrant Julia au milieu du salon.

Il toussota et se releva alors qu'Adam s'abandonnait mollement dans le fauteuil qui lui tendait les bras.

– Mince alors, reprit Anthony, quelle heure est-il ? Déjà huit heures ? Je n'ai pas vu le temps passer, ajouta-t-il en s'époussetant les manches.

Julia lui lança un regard incendiaire.

– Je vais vous laisser, c'est préférable, poursuivit-il très embarrassé. Vous avez certainement plein de choses à vous raconter. Écoutez bien ce que Julia a à vous dire, mon cher Adam, soyez très attentif et ne l'interrompez pas. Au début, cela vous paraîtra un peu difficile à admettre, mais, avec une certaine concentration, vous verrez, tout s'éclaircira. Voilà, le temps de trouver mon pardessus et je suis parti...

Anthony attrapa la gabardine d'Adam qui pendait au portemanteau, traversa la pièce sur la pointe des pieds pour s'emparer du parapluie oublié près de la fenêtre et sortit.

*

Julia avait d'abord désigné la caisse au milieu du salon et tenté ensuite d'expliquer l'incroyable. À son tour, elle s'affala sur le canapé pendant qu'Adam faisait les cent pas.

– Qu'aurais-tu fait à ma place ?

– Je n'en sais rien, je ne sais même plus où est la mienne de place. Tu m'as menti pendant une semaine, tu veux maintenant que je croie à cette fable.

– Adam, si ton père sonnait à la porte de chez toi le lendemain de sa mort, si la vie t'offrait de passer encore quelques moments avec lui, six jours pour pouvoir se dire toutes les choses inavouées, revisiter tous les secrets de ton enfance, tu ne saisirais pas cette chance, tu n'accepterais pas ce voyage même s'il relevait de l'absurde ?

– Je croyais que tu haïssais ton père.

– Je le pensais aussi, et pourtant tu vois, maintenant j'aimerais avoir quelques instants de plus avec lui. Je n'ai fait que lui parler de moi alors qu'il y a tant d'autres choses que je voudrais comprendre de lui, de sa vie. Pour la première fois, j'ai pu le regarder avec des yeux d'adulte, libérée de presque tous mes égoïsmes. J'ai admis que mon père avait des défauts, moi aussi, cela ne veut pas dire pour autant que je ne l'aime pas. En rentrant, je me disais que si j'étais certaine que mes enfants montrent un jour la même tolérance envers moi, alors j'aurais peut-être moins peur de devenir à mon tour parent, j'en serais peut-être plus digne.

– Tu es délicieusement naïve. Ton père a orchestré ta vie depuis le jour de ta naissance ; n'est-ce pas ce que tu me disais les rares fois où tu me parlais de lui ? En admettant que cette histoire absurde soit vraie, il aura réussi l'improbable pari de poursuivre son œuvre même après sa mort. Tu n'as rien partagé avec lui, Julia, c'est une machine ! Tout ce qu'il a pu te dire était préenregistré. Comment t'es-tu laissé prendre à ce piège ? Ce n'était pas une conversation entre vous deux, c'était un monologue. Toi qui conçois des personnages de fiction, permets-tu aux enfants de s'entretenir avec eux ? Bien sûr que non, tu anticipes simplement leurs envies, inventes les phrases qui les divertiront, les rassureront. À sa façon, ton père a usé du même stratagème. Il t'a manipulée, une fois de plus. Votre petite semaine à deux ne fut qu'une parodie de retrouvailles, sa présence un mirage, ce qui a toujours été s'est poursuivi quelques jours de plus. Et toi, en manque de cet amour qu'il ne t'a pas donné, tu es tombée dans le panneau. Jusqu'à le laisser mettre à mal nos projets de mariage, et ce n'était pas son premier essai réussi.

– Ne sois pas ridicule, Adam, mon père n'a pas décidé de mourir juste pour nous séparer.

– Où étiez-vous tous les deux cette semaine, Julia ?

– Qu'est-ce que cela peut faire ?

– Si tu ne peux pas me l'avouer, ne t'inquiète pas, Stanley l'a fait à ta place. Ne lui reproche rien, il était ivre mort ; c'est toi qui m'avais dit qu'il ne résistait pas à la tentation d'un bon vin, et j'ai choisi l'un des meilleurs. Je l'aurais fait venir de France pour te retrouver, pour comprendre pourquoi tu t'éloignais de moi, pour savoir s'il fallait que je t'aime encore. J'aurais attendu cent ans, Julia, pour pouvoir t'épouser. Aujourd'hui je ne ressens plus qu'un immense vide.

– Je peux t'expliquer, Adam.

– Maintenant tu le pourrais ? Et lorsque tu es

passée à mon bureau m'annoncer que tu partais en voyage, le jour suivant où nous nous sommes croisés à Montréal, celui d'après et tous les autres où je t'appelais sans que jamais tu ne me prennes au téléphone ou répondes à mes messages ? Tu as choisi d'aller à Berlin retrouver cet homme qui hantait ton passé et tu ne m'en as rien dit. Qu'est-ce que j'ai été pour toi, une passerelle entre deux étapes de ta vie ? Quelqu'un de sécurisant auquel tu t'accrochais en espérant un jour le retour de celui que tu n'as cessé d'aimer ?

– Tu ne peux pas penser une chose pareille, supplia Julia.

– Et s'il frappait à ta porte, à l'instant même, que ferais-tu ?

Julia resta silencieuse.

– Alors comment le saurais-je puisque tu ne le sais pas toi-même ?

Adam s'avança vers le palier.

– Tu diras à ton père, ou à son robot, que je lui offre mon imperméable.

Adam s'en alla. Julia compta ses pas dans l'escalier et elle entendit le bruit de la porte au rez-de-chaussée se refermer derrière lui.

*

Anthony frappa délicatement avant d'entrer dans le salon. Julia était appuyée à la fenêtre, le regard perdu vers la rue.

– Pourquoi as-tu fait ça, murmura-t-elle ?

– Je n'ai rien fait, c'était un accident, répondit Anthony.

– Accidentellement, Adam arrive chez moi une heure plus tôt ; accidentellement, tu lui ouvres la

324

porte ; accidentellement, il s'assied sur la télécommande et, tout aussi accidentellement, tu te retrouves allongé par terre au milieu du salon.

– J'avoue que cela fait une succession de signes assez conséquente... il faudrait peut-être que nous tentions tous deux d'en comprendre la portée...

– Cesse d'être ironique, je n'ai plus du tout envie de rire, je te repose une dernière fois ma question, pourquoi as-tu fait cela ?

– Pour t'aider à lui avouer la vérité, pour te confronter à la tienne. Ose me dire que tu ne te sens pas plus légère. En apparence probablement plus seule que jamais, mais, au moins, en paix avec toi-même.

– Je ne parle pas seulement de ton numéro de ce soir...

Anthony inspira profondément.

– Sa maladie a fait que ta maman ne savait plus qui j'étais avant de mourir, mais je suis certain qu'au fond de son cœur elle n'avait pas oublié la façon dont nous nous sommes aimés. Moi je ne l'oublierai pas. Nous n'avons pas été un couple parfait ni des parents modèles, loin s'en faut. Nous avons connu nos moments d'incertitude, de disputes, mais jamais, tu m'entends, jamais nous n'avons douté du choix que nous avions fait d'être ensemble, de cet amour que nous te portons. La conquérir, l'aimer, avoir un enfant d'elle, auront été les choix les plus importants de ma vie, les plus beaux, même s'il m'aura fallu un temps fou à trouver les mots justes pour te le dire.

– Et c'est au nom de ce merveilleux amour que tu as fait autant de dégâts dans ma vie ?

– Tu te souviens de ce fameux petit bout de papier dont je te parlais au cours de notre voyage ? Tu sais, celui que l'on garde toujours quelque part près de soi, dans son portefeuille, dans une poche, dans sa tête ;

pour moi il s'agissait de ce mot griffonné que ta mère m'avait laissé le soir où je ne pouvais pas payer l'addition dans une brasserie des Champs-Élysées – tu comprends mieux maintenant pourquoi je rêvais de finir ma vie à Paris – mais pour toi, était-ce ce vieux deutsche Mark qui n'a jamais quitté ton sac ou les lettres de Tomas que tu avais rangées dans ta chambre ?

– Tu les as lues ?

– Je ne me serais jamais autorisé une chose pareille. Mais je les ai aperçues en allant ranger son dernier courrier. Lorsque j'ai reçu ton faire-part de mariage, je suis monté dans ta chambre. Au milieu de cet univers qui me ramenait à toi, à tout ce que je n'ai pas oublié et n'oublierai jamais, je n'ai cessé de me demander ce que tu ferais le jour où tu apprendrais l'existence de cette lettre de Tomas, s'il fallait que je la détruise ou que je te la donne, si te la remettre le jour de tes noces était ce qu'il y avait de mieux à faire ? Je n'avais plus beaucoup de temps pour en décider. Mais tu vois, comme tu le dis si bien, lorsqu'on lui prête un peu attention, la vie vous offre des signes épatants. À Montréal, j'ai trouvé une partie de la réponse à la question que je me posais, une partie seulement ; la suite t'appartenait. J'aurais pu me contenter de te poster la lettre de Tomas, mais tu avais si bien réussi à couper les ponts que jusqu'à ce que je sois invité à ton mariage, je n'avais même pas ton adresse et aurais-tu seulement ouvert un pli venant de moi ? Et puis, je ne savais pas que j'allais mourir !

– Tu auras toujours eu des réponses à tout, n'est-ce pas ?

– Non, Julia, tu es seule face à tes choix, et ce depuis bien plus longtemps que tu ne le supposes. Tu pouvais m'éteindre, tu t'en souviens ? Il te suffisait d'appuyer sur un bouton. Tu avais la liberté de ne pas te rendre à Berlin. Je t'ai laissée seule lorsque tu as décidé d'aller attendre Tomas à l'aéroport ; je n'étais pas non plus avec toi quand tu es retournée sur les lieux de votre première rencontre, et encore moins quand tu l'as ramené à l'hôtel. Julia, on peut blâmer son enfance, accuser indéfiniment ses parents de tous les maux qui nous accablent, les rendre coupables des épreuves de la vie, de nos faiblesses, de nos lâchetés, mais finalement on est responsable de sa propre existence, on devient qui l'on a décidé d'être. Et puis, il faut que tu apprennes à relativiser tes drames, il y a toujours pire famille que la sienne.

– Comme quoi par exemple ?

– Comme la grand-mère de Tomas qui le trahissait, par exemple !

– Comment l'as-tu appris ?

– Je te l'ai dit, aucun parent ne vit la vie de ses enfants à leur place mais cela ne nous empêche pas de nous inquiéter et de souffrir chaque fois que vous êtes malheureux. Parfois cela nous donne cette impulsion d'agir, de tenter d'éclairer votre chemin, peut-être qu'il vaut mieux se tromper par maladresse, par excès d'amour, que de rester là à ne rien faire.

– Si ton intention était d'éclairer ma route, c'est raté, je suis dans le noir le plus absolu.

– Dans le noir, mais plus aveugle !

– C'est vrai ce que disait Adam, cette semaine entre nous deux, ça n'a jamais été un dialogue...

– Oui, il avait peut-être raison, Julia, je ne suis plus tout à fait ton père, seulement ce qu'il en reste. Mais cette machine n'a-t-elle pas été capable de trouver une solution à chacun de tes problèmes ? Est-il arrivé une seule fois au cours de ces quelques jours, que je ne puisse répondre à l'une de tes questions ? C'est sans doute que je te connaissais mieux que tu ne le supposais et peut-être, peut-être cela te révélera-t-il un jour que je t'aimais bien plus que tu ne l'imaginais. Maintenant que tu sais cela, je peux vraiment mourir.

Julia regarda longuement son père et retourna s'asseoir auprès de lui. Ils restèrent tous deux un long moment, silencieux.

– Tu pensais réellement ce que tu as dit sur moi ? demanda Anthony.

– À Adam ? Parce qu'en plus tu écoutes aux portes ?

– À travers le plancher pour être précis ! Je suis monté dans ton grenier ; avec cette pluie je n'allais quand même pas attendre dehors, j'aurais pu attraper un court-circuit, dit-il en souriant.

– Pourquoi ne t'ai-je pas connu plus tôt ? demanda-t-elle.

– Parents et enfants mettent souvent des années avant de se rencontrer.

– J'aurais voulu que nous ayons quelques jours de plus.

– Je crois que nous les avons eus, ma Julia.

– Comment cela se passera-t-il demain ?

– Ne t'inquiète pas, tu as de la chance, la mort d'un père est toujours un sale moment à passer, mais au moins pour toi, c'est déjà fait.

– Je n'ai plus envie de rire.

– Demain est un autre jour, nous verrons bien.

Alors que la nuit avançait, la main d'Anthony glissa vers celle de Julia et finit par la prendre au creux de la sienne. Leurs doigts se serrèrent et restèrent ainsi enlacés. Et plus tard, quand Julia s'endormit, sa tête vint se poser sur l'épaule de son père.

*

L'aube n'était pas encore là. Anthony Walsh prit mille précautions pour ne pas réveiller sa fille en se levant. Il l'allongea délicatement sur le canapé et posa une couverture sur ses épaules. Julia grommela dans son sommeil et se retourna.

Après s'être assuré qu'elle dormait toujours profondément, il alla s'asseoir à la table de la cuisine, prit une feuille de papier, un stylo et se mit à écrire.

La lettre achevée, il la déposa en évidence sur la table. Puis il ouvrit son bagage, sortit un petit paquet de cent autres lettres retenues par un ruban rouge et alla dans la chambre de sa fille. Il les rangea, veillant à ne pas écorner la photo jaunie de Tomas qui les accompagnait, et sourit en refermant le tiroir de sa commode.

De retour dans le salon il avança vers le canapé, prit la télécommande blanche qu'il mit dans la poche haute de son veston et se pencha vers Julia pour poser un baiser sur son front.

– Dors, mon amour, je t'aime.

22.

En ouvrant les yeux, Julia s'étira longuement. La pièce était vide et la porte de la caisse refermée.

– Papa ?

Mais aucune réponse ne vint troubler le silence qui régnait. Le couvert du petit déjeuner était dressé sur la table de la cuisine. Une enveloppe était adossée au pot de miel, entre la boîte de céréales et le carton de lait. Julia s'assit et reconnut l'écriture.

Ma fille,

Lorsque tu liras cette lettre, mes forces se seront épuisées ; j'espère que tu ne m'en voudras pas, j'ai préféré t'éviter des adieux inutiles. Enterrer son père une fois, c'est déjà bien assez. Quand tu auras lu ces derniers mots, sors de chez toi quelques heures. Ils viendront me chercher et j'aime mieux que tu ne sois pas là. Ne rouvre pas cette boîte, j'y dors, paisible, grâce à toi. Ma Julia, merci de ces jours que tu m'as offerts. Cela faisait si longtemps que je les guettais, si longtemps que je rêvais de faire la connaissance de la femme merveilleuse que tu es devenue. C'est l'un des grands mystères de la vie de parent que j'aurai appris ces derniers jours. Il faut savoir apprivoiser le temps où l'on rencontrera l'adulte qu'est devenu son enfant, apprendre à lui céder sa place.

Pardon aussi pour tous les manquements de ton enfance dont je suis responsable. J'ai fait de mon mieux. Je n'ai pas été suffisamment là, pas autant que tu le souhaitais ; j'aurais voulu être ton ami, ton complice, ton confident, je n'ai été que ton père, mais je le serai pour toujours. Où que j'aille désormais, j'emmène avec moi le souvenir d'un amour infini, celui que je te porte. Te souviens-tu de cette légende chinoise, cette histoire si jolie qui racontait les vertus d'un reflet de lune dans l'eau ? J'avais tort de ne pas y croire, là aussi, tout n'était qu'affaire de patience ; mon vœu aura fini par se réaliser puisque cette femme que j'espérais tant voir réapparaître dans ma vie, c'était toi.

Je te revois encore petite fille, quand tu courais dans mes bras, c'est idiot à dire, mais c'est la plus jolie chose qui me soit arrivée dans ma vie. Rien ne m'aura rendu plus heureux que tes éclats de rire, que ces câlins d'enfant que tu me faisais quand je rentrais le soir. Je sais qu'un jour, quand tu seras libérée du chagrin, les souvenirs te reviendront. Je sais aussi que tu n'oublieras jamais les rêves que tu me racontais quand je venais m'asseoir au pied de ton lit. Même dans mes absences, je n'étais pas aussi loin de toi que tu le croyais, même maladroit, malhabile, je t'aime. Je n'ai plus qu'une seule chose à te demander, promets-moi d'être heureuse.

Ton Papa.

Julia replia la lettre. Elle avança jusqu'à la caisse au milieu du salon. Elle caressa le bois de la main et murmura à son père qu'elle l'aimait. Le cœur lourd, elle obéit à sa dernière volonté, veillant en descendant l'escalier à confier sa clé à son voisin. Elle prévint M. Zimoure qu'un camion viendrait chercher chez elle un colis ce matin et lui demanda de bien vouloir leur ouvrir. Elle ne lui laissa pas le loisir d'en discuter, déjà, elle remontait la rue à pied, en direction d'un magasin d'antiquités.

23.

Un quart d'heure s'était écoulé, le silence régnait à nouveau dans l'appartement de Julia. Un léger déclic suivi d'un grincement et la porte de la caisse s'ouvrit. Anthony en sortit, épousseta ses épaules et avança jusqu'au miroir pour ajuster le nœud de sa cravate. Il remit en bonne place sur l'étagère le cadre qui contenait sa photo, et balaya les lieux du regard.

Il quitta l'appartement et descendit vers la rue. Garée devant l'immeuble, une voiture l'attendait.

– Bonjour, Wallace, dit-il en s'installant à l'arrière.

– Heureux de vous revoir, monsieur, répondit son secrétaire particulier.

– Les transporteurs sont prévenus ?

– Le camion est juste derrière nous.

– Parfait, rétorqua Anthony.

– Je vous raccompagne à l'hôpital, monsieur ?

– Non, j'ai assez perdu de temps comme cela. Nous allons à l'aéroport en passant d'abord par la maison, je dois changer de valise. Vous préparerez aussi un bagage pour vous, je vous emmène avec moi, j'ai perdu le goût de voyager seul.

– Puis-je vous demander où nous partons, monsieur ?

– Je vous expliquerai en route. Il faudra que vous pensiez à prendre votre passeport.

La voiture bifurqua dans Greenwich Street. Au carrefour suivant, la vitre s'ouvrit et une télécommande blanche atterrit dans le caniveau.

24.

De mémoire de New-Yorkais, jamais octobre n'avait donné de températures aussi douces. L'été indien était un des plus beaux que la ville ait jamais connus. Comme tous les week-ends depuis trois mois, Stanley avait rejoint Julia pour bruncher en sa compagnie. Aujourd'hui la table qui leur était réservée chez Pastis attendrait. Ce dimanche était particulier, M. Zimoure inaugurait ses soldes et pour la première fois où Julia frappait à sa porte sans avoir à lui annoncer une catastrophe, il avait accepté de lui ouvrir sa boutique deux heures avant l'horaire officiel.

– Alors, comment me trouves-tu ?

– Tourne-toi et laisse-moi regarder.

– Stanley, cela fait une demi-heure que tu examines mes pieds, je n'en peux plus de rester debout sur ce podium.

– Tu veux mon avis, ma chérie, oui ou non ? Tourne-toi encore que je te voie de face. C'est bien ce que je pensais, ce n'est pas du tout la hauteur de talons qu'il te faut.

– Stanley !

– Cette manie d'acheter en soldes m'horripile.

– Tu as vu les prix ici ! Pardon si je n'ai pas d'autre choix avec mon salaire d'infographiste, chuchota-t-elle.

– Ah, tu ne vas pas recommencer !

– Bon, vous les prenez ? demanda M. Zimoure épuisé. Je crois que je vous les ai toutes sorties, à vous deux vous avez réussi à mettre mon magasin en pièces.

– Non, reprit Stanley, nous n'avons pas encore essayé les ravissants escarpins que je vois sur cette étagère, oui, la dernière tout en haut.

– Dans la pointure de mademoiselle, je n'en ai plus.

– Et dans la réserve ? supplia Stanley.

– Il faut que je descende voir, soupira M. Zimoure en s'éclipsant.

– Il a de la chance d'être l'élégance incarnée celui-là, parce que avec un tel caractère...

– Tu trouves qu'il est l'élégance incarnée ? rit Julia.

– Depuis le temps, nous pourrions peut-être l'inviter au moins une fois à dîner chez toi.

– Tu plaisantes ?

– Ce n'est pas moi qui ne cesse de répéter qu'il vend les plus belles chaussures de tout New York, que je sache.

– Et c'est pour cela que tu voudrais...

– Je ne vais pas rester veuf toute ma vie, tu as quelque chose contre ?

– Absolument rien, mais enfin M. Zimoure... ?

– Oublie Zimoure ! dit Stanley en jetant un œil vers la vitrine.

– Déjà ?

– Ne te retourne surtout pas, mais cet homme qui nous regarde derrière la vitrine est absolument irrésistible !

– Quel type ? demanda Julia sans oser faire le moindre mouvement.

– Celui qui a le visage collé à la vitre depuis dix minutes et qui te regarde comme s'il avait vu la Vierge... À ce que je sache, elle n'aurait pas porté des escarpins à trois cents dollars, et encore moins en soldes ! Ne te retourne pas je t'ai dit, c'est moi qui l'ai vu en premier !

Julia releva la tête et ses lèvres se mirent à trembler.

– Oh non, dit-elle la voix fragile, celui-là, je l'avais vu bien avant toi...

Elle abandonna ses chaussures sur l'estrade, tourna le loquet de la porte du magasin, et se précipita dans la rue.

*

Quand M. Zimoure regagna son magasin, il trouva Stanley, assis seul sur l'estrade, une paire d'escarpins à la main.

– Mlle Walsh est partie ? demanda-t-il effaré.

– Oui, répondit Stanley, mais ne vous inquiétez pas, elle reviendra, probablement pas aujourd'hui, mais elle reviendra.

M. Zimoure en laissa tomber la boîte qu'il tenait dans les mains. Stanley la ramassa et la lui rendit.

– Vous avez l'air tellement désespéré, allez, je vous aide à tout ranger et ensuite, je vous emmène prendre un café, ou un thé si vous préférez.

*

Tomas effleura les lèvres de Julia du bout des doigts et posa un baiser sur ses paupières.

– J'ai essayé de me convaincre que je pouvais vivre sans toi, mais tu vois, je ne peux pas.

– Et l'Afrique, tes reportages, que dira Knapp ?

– À quoi me sert de parcourir la Terre pour rapporter la vérité des autres si je me mens à moi-même, à quoi me sert d'aller de pays en pays quand celle que j'aime ne s'y trouve pas ?

– Alors ne te pose plus d'autre question, c'était la

plus belle façon de me dire bonjour, dit Julia en se hissant sur la pointe des pieds.

Ils s'embrassèrent et leur baiser dura, semblable à celui de deux amants qui s'aiment au point d'en oublier le reste du monde.

– Comment m'as-tu retrouvée ? demanda Julia blottie dans les bras de Tomas.

– Je t'ai cherchée pendant vingt ans, en bas de chez toi, ce n'était pas ce qu'il y a de plus difficile, répondit-il.

– Dix-huit, et crois-moi, c'était bien assez long comme ça !

Et Julia l'embrassa à nouveau.

– Mais toi Julia, qu'est ce qui t'a décidée à venir à Berlin ?

– Je te l'ai dit, un signe du destin... C'est en voyant un portrait de toi oublié sur la table d'une dessinatrice de rue.

– Je n'ai jamais fait faire mon portrait.

– Bien sûr que si, c'était ton visage, tes yeux, ta bouche, il y avait même ta fossette au menton.

– Et où se trouvait ce dessin si ressemblant ?

– Sur le vieux port de Montréal.

– Je ne suis jamais allé à Montréal...

Julia leva les yeux, un nuage filait dans le ciel de New York, elle sourit en regardant la forme qu'il prenait.

– Il va drôlement me manquer.

– Qui ça ?

– Mon père. Viens maintenant, allons nous promener, il faut que je te présente à ma ville.

– Tu es pieds nus !

– Ça n'a vraiment plus aucune importance, répondit Julia.

Merci à

Emmanuelle Hardouin,
Pauline Lévêque,
Raymond et Danièle Levy,
Louis Levy,
Lorraine.

Susanna Lea et Antoine Audouard.

Nicole Lattès, Leonello Brandolini, Brigitte Lannaud, Antoine Caro, Anne-Marie Lenfant, Élisabeth Villeneuve, Sylvie Bardeau, Tine Gerber, Lydie Leroy, Aude de Margerie, Joël Renaudat, Arié Sberro et toutes les équipes des Éditions Robert Laffont.

Katrin Hodapp, Mark Kessler, Marie Garnero, Marion Millet.

Pauline Normand, Marie-Ève Provost.

Brigitte Forissier, Sarah Forissier.

Léonard Anthony et toute son équipe.

Christine Steffen-Reimann.

Philippe Guez, Éric Brame et Miguel Courtois.

Yves et Martyn Lévêque, Charles Veillet-Lavallée.

Âmes sœurs

(Pocket n° 11063)

Arthur parle tout seul, ouvre la porte de la voiture à un être imaginaire… Serait-il devenu fou ? Mais non, Lauren existe. Trouvée un soir dans un placard de sa salle de bains, son esprit est là, mais son corps est dans le coma, dans un hôpital de San Francisco. Et si c'était vrai ? Et si c'était vrai qu'Arthur soit le seul homme capable de partager le secret de Lauren ?

Il y a toujours un Pocket à découvrir

Rôles inversés

Marc Levy

roman

Vous revoir

Et si c'était vrai... 2

(Pocket n° 12412)

Quatre ans après leur première rencontre, le hasard réunit à nouveau Arthur et Lauren, les deux héros inoubliables de *Et si c'était vrai...* Victime d'un accident, Arthur est transporté aux urgences et confié à Lauren, devenue amnésique et à présent médecin. Cette fois, c'est elle qui tient la vie du jeune homme entre ses mains…

Il y a toujours un Pocket à découvrir

L'amour en toutes lettres

(Pocket n° 11593)

Adolescents,
ils représentaient tout
l'un pour l'autre. Mais
la vie va les éloigner.
Ils ne sauront de leurs vies
réciproques que ce que
disent les lettres
qu'ils vont s'écrire
pendant des années,
sans que jamais ne se
brise le lien qui les unit...
Philip avait alors promis
à Susan qu'il serait
toujours là s'il lui arrivait
quelque chose.
Il ne pouvait pas savoir
que cette promesse
allait profondément
bouleverser sa vie...

Il y a toujours un Pocket à découvrir

Démons et merveilles

(Pocket n° 12034)

Pour mettre un terme à
leur éternelle rivalité,
Dieu et Lucifer se sont
lancé un ultime défi :
leurs meilleurs agents
ont sept jours pour faire
basculer l'Humanité
vers le Bien ou le Mal.
Un combat définitif
semble sur le point de
se jouer dans l'arène de
San Francisco…
Mais l'explosive rencontre
entre le démoniaque
Lucas et l'angélique
Zofia pourrait bien
bouleverser le cours des
événements…

Il y a toujours un Pocket à découvrir

Le fil du temps

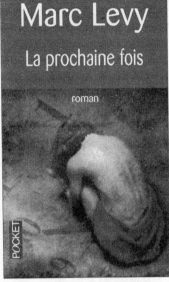

(Pocket n° 11063)

Jonathan Gardner est expert en peinture à Boston. À la recherche d'une toile mystérieuse, il est invité à se rendre dans une galerie en Angleterre pour préparer une importante vente aux enchères. Il y rencontre alors sa propriétaire, une belle jeune femme du nom de Clara. Ne s'étant jamais vus, ils semblent pourtant s'être déjà rencontrés. Mais où et quand ? À Londres ? Il y a plus d'un siècle ?

Il y a toujours un Pocket à découvrir

Réinventer la vie à deux

(Pocket n° 13248)

Quand deux pères trentenaires réinventent la vie en s'installant sous un même toit, ils s'imposent deux règles, pas de baby-sitter et pas de présence féminine dans la maison... Dans le « village français », au cœur de Londres, une histoire d'amitié, d'amour drôle et tendre.

Il y a toujours un Pocket à découvrir

*Ce volume a été composé et mis en pages
par ÉTIANNE COMPOSITION
à Montrouge.*

Impression réalisée par

CPI
Brodard & Taupin

52437 – La Flèche (Sarthe), le 15-04-2009
Dépôt légal : avril 2009

POCKET – 12, avenue d'Italie - 75627 Paris cedex 13

Imprimé en France